春到福妻到

2

文創風 686

灩灩清泉 著

目錄

第十三章

出發那天，辰時剛過，慶伯便來接人。陳阿福幾人帶著七七、灰灰和陳實一家人告別，去了楚府。

楚府外院已經停了六輛馬車，這些都是要去棠園的。陳阿福把一大盆糯米棗子和兩盆陳實送的滷味，交給正在收拾行李的羅管事，表明自己想在老槐村停一下，她要跟那裡的佃戶簽租佃協定的事。

羅管事早聽羅方說過這事，說道，他們要在廣河鎮吃晌飯，那裡離老槐村不遠，到時候在那裡等他們。

沒過多久，楚令宣抱著楚含嫣領著幾個婆子、丫鬟從後院走過來，楚含嫣手裡還拿著一個小號的燕子玩偶。

古代男人很少抱孩子，更何況是抱女兒。這位楚大人隨時隨地都抱著女兒，還真是位女兒奴。

七七和灰灰一看到楚含嫣就興奮，扯著嗓門喊著「嫣兒妹妹、嫣兒妹妹」，陳大寶也大聲招呼道：「楚大叔，嫣兒妹妹。」

楚令宣朝大寶和陳阿福微微點了一下頭，唇角還往上勾了勾。

楚含嫣呆呆地看了兩眼陳大寶、七七和灰灰，又把眼珠緩慢地轉向陳阿福。

陳阿福的心裡咯噔一下，默唸著，別要我抱，千萬別要我抱……

結果，楚含嫣還是向她伸出了手，「啊」了一聲，偏要她抱。

楚令宣想到當初的尷尬，低聲說：「閨女，讓爹爹抱。」

楚含嫣漂亮的大眼睛裡立即浮現水霧，嘴也癟上了，呆呆地看著陳阿福說道：「鳥鳥……飛了，鳥鳥……飛了，姨姨……」

楚令宣不知道女兒為何一見到這個女子就說「鳥鳥飛了」，但女兒能說這麼多話，讓他高興異常。看到女兒流淚，他心疼得要命，幾步走過去，把楚含嫣向陳阿福遞去。

陳阿福聽著那糯糯的一聲「姨姨」，心也軟了，伸手接過孩子。好在這次孩子不是斜著的，而是立著的，自己的懷裡也沒有燕沉香。

楚含嫣一進陳阿福的懷抱，便抱著她的脖子，把小臉和鼻子緊緊貼在她的肩膀上。

陳阿福才想起來，自己肩膀那處，正是金燕子早上蹭嘴巴的位置。她情不自禁地在心裡給小姑娘點了個讚，小鼻子真是太靈了。

楚令宣看閨女沒有再丟臉，心裡鬆了一口氣，讓陳阿福帶著兩個孩子去坐第一輛馬車。

女子的背影纖細婀娜，抱著一個、拖著一個還是不疾不徐地向前走著。嫣姊兒緊緊抱著她的脖子，整張小臉幾乎都陷在她的頸窩裡；大寶扯著她的裙子，邊走邊抬頭望著她……

望著陳阿福的背影，楚令宣對這個女子有些好奇。她之前是個傻女，病好後美麗聰慧得讓人側目；做的小點滿口生香，做的盤釦和衣裳獨特好看，做的玩偶更是標新立異。

她雖然有兒子，但還是個十五歲的少女。為什麼對孩子們有那麼大的吸引力？她似乎很懂嫣兒，嫣兒也極喜歡她。

陳阿福抱著楚含嫣，上了那輛最大的華蓋馬車，陳大寶也被魏氏抱了上來。車廂裡寬敞華麗，還有小几，相當於前世勞斯萊斯加長型的大小。隨後又上來一個三十歲左右的清秀婦人，魏氏說她是宋嬤嬤，是嫣姊兒身邊新來的管事。

宋嬤嬤手裡還拿了一個青花細瓷碗，裡面裝了糯米棗子。她把碗放在几上，笑著拈起一顆棗子餵進楚含嫣的嘴裡，又笑著給大寶餵了一顆。

不錯的婦人，不管她是真心還是做表面，至少沒有看不起大寶。

楚含嫣趴在陳阿福的懷裡，一直聞著她肩膀上的味道，等到那味道漸漸消失了，才抬頭呆呆地看了陳阿福兩眼，悶悶說道：「鳥鳥……飛了……」

自己肩膀上的味道吸引不了她時，就應該跟她交流了，小姑娘最感興趣的就是金燕子，那麼就從這方面著手。

陳阿福笑道：「是呢！鳥鳥飛了，牠飛去南邊了。嫣姊兒還記得嗎？陳姨跟妳說過，那隻鳥鳥是小燕子，名字叫金寶。小燕子每年秋天都會從北方飛去南方……等到冬天過去，春天來了，花開了，牠喜歡吃的小蟲子出來了，牠又會飛回來……喲，嫣姊兒笑了，嫣姊兒喜歡小燕子飛回來，也喜歡美麗的花兒，對嗎？嗯，是呢！凡是小娘子都愛美，都喜歡看漂亮的花兒，小燕子也喜歡，金寶更喜歡……」

陳阿福的語速很慢，輕輕地跟楚含嫣講著，像柔柔的和風。

楚含嫣的眼睛多數時候還是呆呆的，但偶爾會看幾眼陳阿福，很給面子地勾勾嘴唇，竟然還「啊」了兩聲。

宋嬤嬤見了，高興地低聲說道：「看，姊兒笑了。呀，姊兒真聰明。」

陳阿福看了宋嬤嬤一眼，聲音溫柔，眼裡含著喜愛，真是位不錯的管事嬤嬤。「嫣姊兒聰明得緊，以後宋嬤嬤多跟嫣姊兒說話，她就會對妳笑、跟妳說話了。」

宋嬤嬤和魏氏都無聲地笑了笑，暗道：她們說了幾籮筐的話，連姊兒的一個眼神都換不來，更別說跟她們笑，或是說話了。

楚含嫣似乎不滿陳阿福不跟她說鳥鳥了，發起小脾氣，張開嘴哭了兩聲。

陳阿福又趕緊笑著跟楚含嫣說起小燕子，說起了金寶。陳大寶也會說說他對金寶的思念，說牠若看到這麼多穿花衣的小燕子，不知道會有多高興。

楚含嫣看著手裡的燕子玩偶說：「鳥鳥……燕子……花衣裳。」

陳阿福高興地舉了舉她拿小燕子玩偶的手。「哎呀，嫣姊兒真聰明，知道這燕子穿了花衣裳。這花衣是陳姨做的，姊兒喜歡什麼樣的花衣裳，跟陳姨說說，陳姨做出來給它穿上。」

陳大寶趕緊說：「嫣兒妹妹，我娘會唱『小燕子，穿花衣』的曲兒，可好聽了。」又央求陳阿福說：「娘，快給嫣兒妹妹唱唱吧！嫣兒妹妹一定喜歡聽。」

楚含嫣似乎對曲兒不感興趣，也似乎不懂啥叫曲兒，茫然地看了陳大寶一眼，又低頭看著手裡的小燕子玩偶。

陳阿福沒唱，故意把食指放在嘴唇上說：「這裡怎能唱曲兒？咱們回去悄悄唱，只唱給嫣姊兒和大寶聽。」

楚含嫣聽了，又晃了晃手裡的小燕子玩偶。「悄……悄，鳥鳥，燕子，金寶聽。」

陳阿福呵呵笑道：「是啊！嫣姊兒真好，還記得要給金寶聽，陳姨差一點就把牠忘了，金寶也喜歡聽陳姨唱曲兒呢……」

騎著馬的楚令宣跟在馬車後面，嘴雖然是抿著的，但唇角卻一直微微上勾。聽陳阿福說不能唱曲兒，心裡莫名地有些失落。那聲音不算清脆，卻極為動聽，不知道唱出來的曲兒是怎麼樣的？會不會如她說話一般，輕柔得如拂過耳畔的和風，讓人感到舒緩愜意？可惜，她要「悄悄唱」。

楚令宣很為自己的決定開懷，讓陳家娘子給嫣兒當「針線師傅」，嫣兒肯定會快樂得多。

午時剛過，一行人馬到了廣河鎮，直接去鎮上的廣河酒樓。

宋嬤嬤要抱著楚含嫣進包廂，可楚含嫣抱著陳阿福的脖子不放，無奈只得讓陳阿福抱著她去包廂。包廂的中間有一張大方桌，上面已經擺了許多菜，還有陳實送的一些滷味。

楚令宣坐在桌前，覺得陳阿福不是下人，跟自己同桌餵嫣姊兒吃飯不妥，便讓宋嬤嬤和魏氏把桌上的幾盤菜拿去靠牆的几上，讓陳阿福和楚含嫣在那裡吃，又指了指陳大寶說：「你是男人，跟我一桌。」

陳大寶聽楚大叔把自己歸到男人的隊伍，極為高興，馬上坐到桌前笑道：「楚大叔喝酒嗎？小子給您斟酒。那天在楚府，楚太爺爺說我斟酒很像回事，還獎勵我，給我喝了一點酒呢……」

一高興便把偷喝酒的事情當著娘親的面說出來，大寶嚇得趕緊捂住小嘴，轉頭看了陳阿福一眼。見娘親抬頭瞋了他一眼，他臭屁說道：「娘放心，楚太爺爺只用筷子蘸了一點讓我舔，不會把兒子的腦袋醉傻。」

這話成功把楚令宣逗得笑起來，在一旁服侍的羅管事和長隨楚懷也無聲地笑了。

站在椅子上的灰灰撲著翅膀叫起來。「小子，來一口。」

這個聲音陳阿福聽來很陌生，有些南腔北調，但楚令宣等人卻再熟悉不過，又大笑起來。

陳阿福是第一次看到楚令宣這麼暢快地笑，發現他還有酒窩。怪不得嫣姊兒也有一對小梨渦，原來是像他。

羅管事笑道：「這鸚鵡都成精了，跟老侯爺沒待多久，就把他老人家的口音學得十成十。」

灰灰見把人都逗笑了，又再接再厲，對著楚令宣叫道：「那甜棗只有那麼些，你都吃了，老子吃啥，那麼大個男人那麼嘴饞。」

話音一落，眾人趕緊把笑都憋了回去。

楚令宣的笑意倒是更濃，搖頭笑道：「怪不得老爺子稀罕這兩隻鸚鵡，還真逗。」

七七或許見人表揚灰灰了，伸長脖子叫起來。「鳥鳥……飛了，鳥鳥……飛了……飛了……」聲音跟楚含嫣的一樣。

眾人又笑起來，看了七七，又向楚含嫣看去。楚含嫣也瞪大眼睛看了七七兩眼，眼裡透出的澄澈和不知所措，像初生的嬰兒。

陳阿福愛極小妮子這個樣子，竟然情不自禁地親了親她，親完才後知後覺，自己再怎麼樣也只是比下人階級高一點的「師傅」，眾目睽睽下這樣對嫣姊兒，怕會惹怒楚令宣。畢竟這個世界的等級是嚴苛的，古人對這種親熱也不習慣。

她快速瞥了一眼楚令宣，見他有些愣神，或許沒想到她會有這種舉動，一旁的宋嬤嬤和魏氏則又吃驚、又害怕。

楚含嫣卻令人意外地笑起來，美麗的小嘴如被微風吹開的三月桃花，就如第一次在紅林山遇到她，她看見金燕子的笑。

這抹笑，不僅美麗、純真，更讓陳阿福提起的心放了下來，柔成了一灘水。

陳阿福默唸著「美麗的小天使」，抑制住想再親親她小臉的衝動，輕輕叫了聲。「嫣姊兒。」

楚含嫣睜著黑葡萄一樣的眼睛望著她，「啊」了一聲，眼神裡似有期盼，見沒有得到想要的，又漸漸呆滯起來，轉向別處。

或許之前從來沒有得到過這樣的情感表達，她喜歡，她想再要；但陳阿福有天大的膽子，也不敢再親她的小臉了。

在現代，她每次看到同事或同學的小孩子可愛，都會親親捏捏逗逗，三十歲以後更甚。孩子的父母知道這是她喜歡自己孩子的一種表達方式，不僅不會怪罪，還非常高興，可在「守禮」的古代就不是這麼一回事了。

看到小姑娘的眼神由期盼到呆滯，陳阿福心裡不忍，但只能默默說抱歉。

楚令宣看到閨女的笑，看到閨女由期盼到呆滯，知道閨女喜歡陳阿福的親近；但他也看到了陳阿福眼裡的那絲惶恐，看到她不敢再那樣親近自己的閨女。

他心裡還是希望陳阿福親近女兒的，只得低下頭，說了一句。「吃吧！」讓羅管事也坐下吃。

陳大寶很懂事地給他斟了一杯酒，又拿了一個大碗，裝了些七七和灰灰喜歡吃的飯菜放在地上，讓牠們吃，還說：「你們學舌有功，獎勵你們吃好東西。」

之後，眾人才開始吃飯。

飯。

楚含嫣吃飽後，抱著燕子玩偶很快睡著了。魏氏把楚含嫣接過去，陳阿福才抽出空吃

陳阿福快速吃了一碗飯，便同早已吃完飯的羅管事一起去老槐村。

老槐村離廣河鎮很近。那幾家佃戶已經等在村口，幾人去里正家。陳阿福給里正送上兩包點心和在鎮上買的兩條肉，由里正做見證，簽了租佃合約。

之後，陳阿福和羅管事回到廣河鎮。楚含嫣和陳大寶午睡還沒醒，由魏氏和陳阿福抱著坐上馬車，一行人馬朝棠園方向駛去。

走了半個時辰，下午申時初，便到了棠園。

陳阿福和王氏一起去跟楚令宣和羅管事道謝。之後，上了王氏和陳阿祿坐的馬車，這輛車裡的東西都是陳家的，車伕會直接把他們送去響鑼村東北邊。

望著窗外熟悉的風景，還有隱隱可見的那一片村落，陳阿福激動起來；雖然才穿越過來半年多，但那兩棟草房子已經給她家的歸屬感。

突然，一直在他們馬車上盤旋的七七和灰灰，「嘎嘎」叫著往前俯衝過去，隱約能聽到追風的叫聲。

睡在陳阿福懷裡的大寶一下子睜開眼睛，喊道：「追風，我聽到追風的聲音了！」然後坐起來，腦袋伸出車窗，大叫著。「追風，我們回來了！」

馬車駛到籬笆牆外，陳名已經站在那裡等了。

王氏和陳阿福把馬車上的東西都拿下來，送了車伕一包點心，把他送走。

幾人把東西拿進屋內收拾好，敘了一陣話，陳名讓大寶拿了幾包糖果點心送去三爺爺等幾家族親及小石頭家；再去大房請陳老太太和陳業、陳阿貴晚上來吃飯兼拿東西。

之後，王氏就把那一張一百畝水田的契書交給陳名，說了陳阿福如何掙的錢。

陳阿福道：「那些銀子是在府城掙的，這些田地是女兒孝敬爹娘的，爹放心收下就是；若爹想跟大伯和奶奶說，就說吧！反正三叔一家都知道，如今，咱們家也不怕別人惦記了。」

陳名拿著那張寫了自己名字的契書感慨道：「謝謝阿福了，自從妳病好以後，家裡的日子就越過越好，現在爹連地主都當上了。唉，百無一用是書生，爹除了讀書，竟然什麼也不會，既不善農事，又不懂生意。身體不好的時候，是妳娘供著我；身體好了，也沒本事掙錢，又讓閨女供著我，爹汗顏啊！」

陳阿福笑道：「爹連童生都考得上，這些東西只要爹肯放下身段學，肯定學得會。」

陳名的身體慢慢好了，現在除了不能幹體力活，不能走遠路，其他的大致跟常人無異。必須讓他學會生存之道，扛起一個成年男人該扛的責任。

陳名以後的路到底該怎麼走，陳阿福想了很久。他十四歲之前一直在讀書，之後得了肺病就開始臥床休息，直到現在。可以這麼說，十八歲之前是陳業養他，十八歲以後則是王氏養他。

雖然他心地良善、心胸寬闊，但於生存上來說，的確是「百無一用」。

看陳名沈思著，陳阿福故意試探道：「要不，爹爹再繼續讀書？」

陳阿福打心底不希望陳名繼續學習，去考什麼舉人、進士，畢竟陳名已經三十多歲，他不應該為了自己未知的前程而把生計推給妻子、兒女；何況妻子為了給他治病、為了供起這個家已經快把眼睛弄瞎了，他也心知肚明陳阿福不是他的親生骨肉。

若他真的選擇這條路，那麼自己孝敬他一百畝田，再孝敬他一棟大房子就夠了，最多每個月給些生活費。這樣既報答了他庇護小阿福的恩情，也能讓他們一家人衣食無憂地生活，讓小阿祿好好求學。

若是陳名能夠正視家裡的現狀，願意自立，願意為妻子、兒女扛起生活的重擔，那陳阿福極其願意帶著他一起發家致富。

陳名沈吟了一會兒，抬起頭來堅定地說道：「我這麼大歲數，讀也讀不出什麼名堂，考舉人、進士的夢想，就讓阿祿和大寶去實現吧！我健健康康正值壯年，不能再讓妻子、兒女養活我，不能再繼續委屈你們了。」

王氏感動得眼圈都有些紅了，抬頭說道：「當家的，只要你身子骨兒好了，我們再辛苦，都值。」

陳名笑了笑又說道：「我雖然什麼都不會，但可以學，以後，我要學怎麼侍弄田地，還要學怎麼做生意，等錢多了，就投些在生意上……」說到後面，他眼裡發著光，很是躊躇滿志的樣子。

哪怕他連說豪言壯語都是一副溫吞的樣子，但他的豪邁之情還是感染了王氏和陳阿福，大家都笑起來，對未來充滿了信心。

陳阿福拍著馬屁道：「爹到底是童生，考慮得就是長遠，有爹謀劃，以後咱們不只要當大地主，還要當大財主。」

商量完，陳阿福回去自己的院子，把房裡打掃了一遍，又出去把在外面找吃食的雞叫回後院，關起來，抓了幾把糙米餵雞和籠子裡的小鳥。

回屋把衣裳換了，坐在炕上歇息，聽著窗外那兩隻百靈鳥啾啾的叫聲，再看看四周簡陋的擺設，窗外的紅林山，斜陽已滑落到山尖，覺得還是自己的家好。

沒多久，大寶就嘟著嘴進來了。

陳阿福看他嚴肅的樣子，問道：「怎麼，是胡氏或陳阿菊給你氣受？」

大寶搖搖頭，悶悶地說道：「沒有，我是直接去地裡跟大姥爺說的。」

陳阿福問：「那你為啥不開心啊？」

大寶爬到陳阿福的腿上坐下，把頭埋在她懷裡，嘟著嘴說道：「娘，四喜子告訴我，說陳舉人當了知府大人，好大的官呢！比縣太爺的官還大，咱們村的高里正、咱們，都歸他管。」

到底傳過來了。

陳阿福說道：「陳舉人別說當了知府大人，就是當了首輔大人，也跟咱們老百姓無關。咱過咱的日子，管他那麼多幹啥。」

大寶的眉毛都皺在一起，扭著小胖指頭說道：「還有人問我，問姥姥哭了沒有，後悔沒有，姥爺生氣沒有，打沒打姥姥……他們還說姥姥不賢才被趕出來呢！他們好討厭。」

什麼叫不賢才被趕出陳家？陳大寶學得不甚清楚，陳阿福也不知道內情到底是怎麼回事。

「悠悠眾口，咱們是堵不住的，也不可能一一去解釋。有些事，越解釋，人家說得越起勁，先不理他們，日子久了就會慢慢平息下來。」

聽大寶「嗯」了一聲，陳阿福又輕聲說：「記著，這些話不要當著姥姥和姥爺的面說。」

「哦，兒子沒有那麼傻。知府大人那麼大的官，不會把姥姥抓進大牢吧？若這樣，我就找楚大叔幫忙。」

陳阿福皺眉道：「當然不會，姥姥沒有不賢，也沒有做錯什麼，不要聽那些人胡說八道。」

陳世英這件事既然在村裡都傳遍了，又傳得這麼不堪，陳名肯定已經知道了；但他並沒有表現出來，對王氏和自己依然如以前一樣溫和，還表態要振作起來，讓妻子、兒女過好日子。不管他做不做得到，這份心胸已經令陳阿福肅然起敬。

這個男人，真不錯，比那個偽君子陳大人強多了。

不過，這件事還是由陳名跟王氏說好得多，畢竟要把多年前的傷口翻出來，王氏肯定會難過，更會難堪。陳名性情溫和，又對王氏很好，他會勸解王氏的。

只是響鑼村離趙家村的距離不到十里，若是村裡有人見過陳世英，或許自己的身世會被懷疑。

又想著懷疑就懷疑，反正自己和王氏不認就是了。那個陳家不認王氏，定然也不會認她。古代的鄉下人都怕官，即使懷疑，事關知府大人的清譽，也不敢胡亂說出來，除非腦袋缺根筋。

母子倆說了一陣話，便聽到舊院子裡熱鬧起來，陳老太太和陳業、胡氏、陳阿貴，還有陳大虎都來了。

陳阿福母子來到舊院子，讓大寶和大虎在院子裡面跟追風玩，陳阿福則去廚房跟王氏一起忙碌。

之前已經說好，今天坐車回來，幾人都很辛苦，把陳實送的那一小盆滷味拿出來吃，留一半給大房拿回去，另一半切著下酒，再做一鍋韭菜雞蛋大滷麵就行。

陳阿福進了廚房，看見陳老太太和胡氏在廚房跟王氏說話，她們臉上的表情都不太自然。

胡氏的眼裡掩飾不住好奇的小火苗，看了看一旁的陳老太太，嘴巴張了張，還是沒敢說出心裡的話。

哼！一個二手貨，再溫柔能幹又如何，還不是讓人說三道四，給陳名戴了綠帽子。

陳老太太的臉色有些沈，看幾眼王氏，又看幾眼陳阿福。她既氣憤王氏最近被村人說嘴，連帶著自己兒子也被說了進去；又有些忌憚陳阿福，她可是知府大人的親閨女呢！

若是這個妮子知道自己有那樣富貴的爹，會不會跑去陳舉人家認祖歸宗？好不容易把她養大，又這麼能幹，若是跑了，兒子可虧大了。一定得跟兒子說清楚，千萬不能讓她知道自己的身世，也得讓兒子敲打敲打王氏……

王氏看出這兩人似乎看自己和女兒有些不對勁，感到莫名其妙，只得狐疑地低頭做事。

陳阿福猜測她們肯定是因為陳舉人的事才如此，心裡極不高興，對陳老太太說道：「奶奶，我娘已經跟我三叔帶話，說妳和大伯想他了，讓他們一家過年回來住一陣子；可我三叔……」她故意看了看胡氏，乾笑兩聲，把話嚥了回去。

陳老太太看陳阿福這副表情，想著肯定是陳實怕胡氏再獅子大開口，不敢回來，也沒心思再想王氏和陳阿福母女的事了，對胡氏罵道：「回你們老胡家妳比誰都勤快，卻跑到我兒子家來坐著當菩薩。妳不過去燒火，還等著我兒子來服侍妳？」

胡氏氣得不行，只得坐去灶前燒火，她不敢惹老太太，狠狠地瞪了陳阿福一眼。

先把滷味切好，陳老太太領著幾個男人坐在炕上喝著酒，又把大虎和大寶叫進屋裡吃飯，陳阿福母女在廚房忙著擀麵做麵條和韭菜炒雞蛋。

自從陳阿福會掙錢後，大寶在陳家的地位節節攀高，現在不僅不用坐在灶前燒火，還能跟大虎一樣，去炕上坐著吃肉。

胡氏見老太太進屋了，張嘴低聲說道：「弟妹，最近咱們村裡傳了一件新鮮事，哎喲，傳得那叫難聽……」

王氏在切麵，聽了胡氏的話抬頭問：「什麼新鮮事？」

陳阿福正在炒蛋，聽了胡氏的話，用鐵鏟在鍋沿使勁一敲。

刺耳的響聲把胡氏嚇了一跳，罵道：「死丫頭，嚇死人了。妳是不是傻病還沒好，用那麼大勁，就不怕把鍋敲破了？」

王氏聽胡氏罵閨女，不高興了，沈臉說道：「我家阿福的病早好了，現在是既勤快又孝順，比有些人家的閨女強多了。」

胡氏還要繼續說，陳阿福冷冷截斷了話。「大伯娘，這次我們去三叔家，可是聽了好些事，要不要我跟我大伯念叨念叨？」

胡氏聽了這話，嚇得不敢言語了。

麵條煮好端進屋，陳阿福才發現，陳阿菊竟然也在屋裡，她一直老實地坐在門後的凳子上，也沒吱聲，所以她才不知道她也來了。

她今天能「屈尊」跑來，定是想看看富裕起來的二房帶了什麼禮物回來，加上想聽聽陳阿滿的事情吧？陳阿菊和陳阿滿歲數差不多大，陳阿菊最不服氣陳阿滿是城裡人，每次回鄉穿得都比自己好。

幾個女人坐在地上的大桌吃起飯來。王氏講了陳實家的近況，說了他們賣滷串生意不錯，只是沒有說掙了多少錢，又講了陳阿福當了棠園小主子針線師傅，及給霓裳繡坊設計衣物的事。

看到胡氏和陳阿菊嫉妒得眼睛發紅，陳阿福心裡好笑不已。

陳業和陳老太太聽了，倒是非常高興。

陳業酒喝得多，滿臉通紅，嘆道：「早知阿福這麼能幹，老子也不會無償給老胡家當那麼多年的長工。當初胡老五小的時候，看在阿貴娘的分上，我幫他也就幫了，可他長大了以後，啥事不幹，還讓老子去給他家幹活。那時我就想，他胡老五雖然混帳，但腦子好使，在附近一帶也吃得開，想著我幫了他這麼多忙，他應能照應著我們老陳家；可萬萬沒想到，他卻是六親不認，把算盤打到我老陳家的頭上，還不給老子一點面子。呸，什麼東西……」

他越說越氣，說到後面又開始罵胡氏。陳阿貴趕緊攔住他的話頭，說道：「爹莫氣，你都說了我舅六親不認，還有啥氣的，以後不給他當不要錢的長工就是。」

陳阿福又插嘴說了些陳阿玉如何能幹、陳阿堂如何會讀書、陳阿滿如何勤快漂亮討喜的話。

陳老太太笑道：「那三個孩子倒是可人疼。」

陳業聽了，對陳阿菊說道：「看看，阿滿比妳還小，人家在家裡什麼活都幹，妳要學著點，這麼大的姑娘，也該做些事了。」

陳老太太也道：「早該學著做了，這麼大的姑娘啥都不會，將來到婆家怎麼辦。在娘家妳娘慣著妳，將來婆家可不會慣著妳。」

飯後，將送大房和老太太的東西一拿出來，陳阿福以餘光看到胡氏和陳阿菊的眼裡都發光。

給老太太的銀簪子和給陳業的玉嘴煙斗、給陳阿蘭的銀丁香最亮眼，老太太和陳業高興地咧著嘴直樂。給陳阿蘭的銀丁香，陳阿福還跟老太太特別說明，因為阿蘭要嫁人了，所以才特意買這副耳環送給她。

此外，又把給陳老太太、陳業和陳阿貴的綢子、陳大丫的緞子衣裳，以及陳實給老太太和陳業做的綢子衣裳拿出來，還有一些吃食。

看到堆了半炕的東西，陳老太太和陳業父子直說讓他們破費了，這麼多矜貴東西，得花多少錢啊！

正說得高興，卻聽見一陣哭聲傳來，是陳阿菊。她等著送自己的東西，可看到人家都送完了，還沒見著送她的，便不服氣地跺腳哭了起來。

胡氏也氣得不行，拍著胸口說道：「我的嘴再是得罪人，這麼些年，也盡心盡力服侍婆婆、男人、小叔啊！你們怎能這樣對我？再怎樣，我也是我當家的媳婦啊！你們怎能這麼不尊重我。這不是送不送我東西的事，而是沒把我當家的放在眼裡……」

胡氏有一點還是聰明的，當著陳業的面，一點都不強勢，不會硬搶硬要，還把陳業推到前頭。上次當著陳業的面強要緞子，是因為陳阿菊把她的心鬧亂了，出了混招。

陳阿菊一哭，陳業又氣又臊，握著拳頭罵道：「住嘴，再哭，老子拿鞋底子抽妳。」又罵胡氏道：「若不是妳老胡家缺德，若不是妳張著大嘴亂說話得罪人，人家會這麼對妳嗎？」

「大嫂快別這樣，也給妳帶了。」王氏低頭在箱子裡找，邊找還邊說：「怎麼沒在那堆東西裡呢？是不是收拾東西的時候塞到別處了？」

這是後來王氏跟陳阿福商量的，把自己的綢子分一塊給胡氏。胡氏是陳業的媳婦，若不給她一點面子，怕陳業臉面不好看，也會不高興，自家可是白送大房這麼多東西了。

陳阿福沒法子，只得聽了；但她讓王氏用如此的方式送，她算準貪財的胡氏會鬧騰，要丟丟她的臉才行。

胡氏一聽，果真充滿期待地看著王氏在箱子裡翻找。

王氏翻了幾下，翻出了一塊綠色綢子，笑道：「原來在這裡，這綢子送給大嫂做衣裳。」

胡氏失望不已，問道：「不是婆婆那樣的銀簪子啊？」

這話說得不僅讓陳業和陳阿貴紅了臉，連陳老太太都為有這麼貪心的兒媳婦臉紅。

陳業吼道：「妳這個貪心的臭娘兒們，再不要臉面，信不信老子揍妳。」

胡氏方才憤憤地住嘴，見陳阿菊還在哭，又故意說道：「我們一家都得了東西，卻獨獨沒有阿菊的。小娘子都愛美喜歡打扮，我就把我這塊綢子給她了。」

陳阿福似笑非笑解釋道：「大伯娘不能這麼說，這麼多吃食，是送你們一家的，也包括阿菊；除了長輩，我們這次只專門給阿貴哥買了塊綢子。阿蘭是因為要出嫁了，才送了這副銀耳環，大丫的小衣裳不是特意買的，是正好給繡坊做東西剩了兩塊布頭，只夠做給她，大嫂、大虎還不是都沒有。」

其實，陳阿福很想給高氏送塊綢子，但不願意讓陳業覺得她們只針對陳阿菊，所以連高氏也沒送。

陳業看到胡氏和閨女那副樣子就覺得丟人，便對陳阿貴道：「去，帶著你娘、妹子和大虎先回家，我和你奶奶再說一會兒話。」

陳阿貴起身，把東西收拾好，拉著胡氏和大虎走。陳阿菊哭著還不想走，被陳阿貴硬拉走了，嘴裡還說著她。「妳這麼大的人，連大虎都不如，哪有這樣強向人要東西的……」

銀丁香被陳老太太收進了懷裡，她怕這副耳環還沒到家就被陳阿菊搶走，又對陳業說道：「阿菊得好好教教了，胡氏慣著，你不能慣，再這樣下去，是害了她。」

陳業紅著臉點點頭。

王氏和陳阿福收拾碗筷的時候，陳名還是跟陳業說了陳阿福送自家一百畝田的事情。陳阿福得到一隻珍貴鳥兒賣給了棠園，棠園主子給了幾百兩銀子，她又幫府城繡坊設計了盤釦，又得到些銀子，就送了他一百畝的田。如今，他的身子好了，想跟著陳業學種田，以後好管理自家的田地。

陳業和陳老太太聽說陳名家竟然買了一百畝田地，驚得眼睛都瞪大起來，嘴巴張得能塞下顆雞蛋。

「老天，那是啥鳥兒，能值這麼多銀子？」陳老太太驚道。

陳阿福笑道：「那隻鳥是我在林子裡撿柴的時候無意中撿到的，只覺得羽毛豔麗，叫聲好聽，就讓大寶送去了棠園。哪知道那鳥兒叫雲錦雀，據說值些錢。」

陳業和陳老太太以為陳阿福一共只買了這一百畝田，還都記在陳名名下，極高興，直誇陳阿福是個孝順孩子。

等王氏和陳阿福把碗筷收進廚房，就聽陳業低聲對陳名說道：「老二，你的話沒說對，啥叫阿福送你的？她是咱陳家還沒出嫁的閨女，她掙的東西，就是屬於你這個家，屬於陳家二房的。阿福聰明又孝順，你可不要把你們的關係弄生分了。」

「生分」兩個字說得特別重。

陳老太太也說道：「你大哥說得對，阿福是個孝順孩子……」然後，老太太把門關上，三人不知道在屋裡說些什麼。

見門被關上，這是要避著她們母女了。王氏驚得抬頭看了陳阿福一眼，陳阿福心裡特別不是滋味。

她已經自立門戶，現在看到她聰明會掙錢了，想攪和到一起？或者說，是怕她萬一知道自己不是這個陳家的人，把產業帶走吧？再或許，他們給陳名出主意，讓自己再重新回到陳家，死死地把自己抓住？

陳業是精明、勤快，但到底小家子氣了些，少了男人應有的豁達，怪不得只能在土裡刨食。

王氏和陳阿福收拾完，就去了東屋，大寶和阿祿正在炕上逗著追風玩。

王氏拉著陳阿福說道：「阿福，相信妳爹，他不會有那些念頭。」

陳阿福摟著王氏的一隻胳膊說道：「娘，我知道，我若是連我爹都信不過，還能信誰？在我心裡，爹、娘、弟弟和大寶，你們都是我最親最親的人。」

幾人在東屋說了一陣子話，西屋裡的三人還沒談好。

陳阿福領著大寶回新院子了。陳名已經說了，不會再讓妻子、兒女受委屈，就看他的表現吧！不管陳業母子聽了村裡什麼傳言，有什麼想法，希望陳名能夠護住家人。

秋夜如水，星光滿地。

棠園的怡然院裡，楚令宣坐在掛了幾個小燕子玩偶的架子床邊，看著楚含嫣抱著大燕子玩偶進入夢中。他最喜歡看到閨女睡熟的樣子，沒有呆滯，沒有委屈，眉目安詳，唇邊時而會帶出一絲笑靨。

他的唇勾了勾，用手輕輕撫了撫女兒的小臉，才起身去書房。

羅管事及他的大兒子羅源還在書房候著他。

羅管事聽羅源說了響鑼村的一些傳言及打聽到的消息，心中可謂驚濤駭浪。他一直覺得自己見過新來的知府陳大人，卻又想不起什麼時候見過，原來……有些事是自己忽略了，沒想那麼多，得馬上向主子稟報才行。

當楚令宣聽完那些話，也是震驚不已，忙說道：「我一直記得陳大人的籍貫是湖安省，十幾年前他中了湖安省鄉試的解元，翻年春闈又被皇上點了探花，那年他才十六歲，可謂風光無二；怎麼家鄉變成了冀北省，還是鄰鎮趙家村的人……怎麼陳家娘子的娘，會是陳大人的童養媳，他考上舉人，陳母就把王氏趕出陳家了？」

羅管事說道：「那都是十幾年前的舊事了，大爺還小，又在京城，不知道也正常；老奴是九年前才來棠園，這事也不大清楚。」

羅源躬身道：「奴才這次專門去了趙家村，花了些銀子才把那一家的情況大概都打探清楚了。陳大人的籍貫在湖安省沒錯……」

據說，陳大人的爹是湖安省的舉人，早年去京城考進士未中，回家途經趙家村，借住在陳大人的娘趙氏家裡。誰知當天夜裡突患重病，被迫在趙家住下。趙家知道他是舉人，對他很是禮遇，請人給他治病不說，還好吃好喝地招待。

陳父一住兩月有餘，身體還是沒有大好，不能長途旅行。趙氏父母就提出，把自己閨女許給他，讓他在趙家長期休養，等病好後再回鄉，或是直接等到三年後，再進京赴考都行。

陳父那時已經沒有多少盤纏，加上父母早亡，家鄉只有族親，想著不如在這裡好好發憤，等考中進士再衣錦還鄉；又見趙氏長得尚可，家境在鄉下也算殷實，便同意了。

趙氏娘家出錢在趙家村修了個院子，陳父便在這裡娶妻生子。誰知陳父的病一直反反覆覆，既不能回鄉，也不能去京城考試；特別是兒子陳世英五歲那年，竟是差點死了……

羅源繼續說：「陳父病重，陳母聽一個遊方和尚說，要在東邊找一個屬兔的人到家裡沖喜，陳父的病就能好。陳母不願意找個女人回來給丈夫做妾沖喜，就找了屬兔、年僅十歲的王娟娘給兒子當童養媳沖喜。這樣，不僅能沖喜，又能幫自己幹活帶孩子。不過，那時陳大人雖然剛剛五歲，卻已是遠近聞名的神童，讀書讀得極好，而且，長得唇紅齒白，俊俏異常。陳母花了五兩銀子把王娟娘買進門，並沒有去衙裡上檔。明面說，王娟娘是她兒子的童養媳，實際上就是用五兩銀子雇的一個小長工。這在鄉下是常事，很多人家都是等兒子長大要跟童養媳圓房了，才去縣衙上檔。不過，陳母應該不是這樣想的，興許，那時她就做了兩手準備……

「還別說，王娟娘一進陳家的門，快死的陳父竟然好轉起來，又活了四年才過世。陳父死之前，讓他們把他的屍骨運回原籍，還讓兒子認祖歸宗。陳母帶著兒子和王娟娘扶靈回了老家，七七後又回來趙家村，說是陳家的族人欺負他們孤兒寡母……從此，他們就在趙家村長住了，只有陳大人考秀才和考舉人的時候，才回了兩次湖安省。」羅源把打聽到的事都說了。

楚令宣聽了，冷哼道：「最毒婦人心！那個老婦為了兒子的前程，忒會算計了。不過，我記得陳夫人姓江，是江大人的閨女，而不姓唐啊！」

羅源笑道：「是，大爺沒記錯，那唐家的女兒只當了貴妾，陳大人最終娶的，是江家二姑娘。」

楚令宣冷笑道：「算來算去，卻給他人做了嫁衣，那唐家還是算不過陳家老婦；只是可憐了王娟娘，在陳家守了十年，卻被用如此的方式趕出門……不過，王娟娘也太著急了，一女不更二夫，陳母再可恨，繼母再逼迫，她也不應該回娘家十天就改嫁，至少得等到陳大人回家……」

話剛說到這裡，楚令宣一下子瞪大眼睛，吃驚道：「那，那陳家娘子長得、長得……」

楚令宣終於想通了，為什麼一直覺得陳阿福長得有些面熟，原來竟是她長得太像陳大人了！

即使楚令宣沒說出心中的話，羅管事也明白主子的意思，他點頭道：「嗯，陳家娘子的確長得像陳大人，而且，王氏嫁給陳名七個多月就早產生下了陳家娘子，這或許也是陳家娘子曾經癡傻的原因吧……那時的陳名都快死了，怎麼會……陳家娘子，肯定是陳大人的親生閨女無疑。」

想到那母女兩人的遭遇，楚令宣唏噓不已，心裡十分難過。原來，這世上還有跟自己母親一樣苦命又隱忍的女子，於她們而言，或許死去便能解脫，但為了子女，她們卻要委屈地活著。

還有那陳阿福，第一次看到她時竟是那麼狼狽，被一個縣尉的兒子欺負成那樣，若不是自己恰巧看到，施以援手，真不知道後果會怎樣。她再如何，也是真正的官家小姐，本應該尊貴地活著，想到這裡，他覺得自己應該對嫣兒更好一些……

楚令宣譏諷道：「陳大人的名聲一直很好，都說他溫和有禮，為官有道，是難得的好官，連聖上都讚譽有加，沒想到，他還有這麼大一個把柄，若被有心人抓住不放，名聲可就壞了。陳母做的惡，不知道陳大人是真不知實情，還是揣著明白裝糊塗；若是知道，卻讓王氏懷著孕被趕出家門，他的人品就有問題了。」

羅源又躬身道：「那陳母甚是精明，她把王娟娘趕出陳家的時候，陳大人在湖安省中舉的消息還沒傳到咱們冀北省，人也沒回來。當然，唐家人是否快馬加鞭回來報信，別人就不得而知了。她對外的說詞是，王氏不賢，嫉妒心重，婆婆說她不懂詩詞歌賦，恐難給夫君紅袖添香，就想給兒子再納個貴妾，王氏卻不願意，又哭又鬧，還主動求去。陳母急火攻心，差點沒氣死，只得把她攆回娘家。至於陳母是怎樣逼迫王氏離去，怎樣讓王氏繼母趕緊把王氏嫁掉，王氏卻心甘情願再嫁，又不把其中的緣由說出來，就不得而知了。」說完趕緊補充道：「王氏那麼快再嫁，其中一個原因，或許就是為了給腹中的孩子求個身分吧！」

楚令宣把手上的茶碗往桌上重重一放，冷哼道：「任那老婦巧言如簧，也改變不了她兒子一中舉，就把王娟娘趕走的事實！我生平最恨這種人，為了一己私慾，就壞事做盡。」

羅管事見大爺氣性上來了，想到自家主子被迫出家的事情，心裡酸澀不已。三人沈默了一會兒，他問道：「大爺，那陳家娘子是陳大人的千金。」他直覺地說出千金，又覺得自己說的是一個笑話，忙改口道：「哦，是陳大人的親生骨肉，還……還繼續讓她給嫣姊兒當針線師傅嗎？」

「當然要繼續請她當了，嫣兒喜歡她，她對嫣兒也疼愛有加，看她的人品和聰慧，即使知道陳大人是她的親生父親，有那樣的祖母，父親內心真實想法她雖不知道，但肯定不願意認祖歸宗。陳家老婦為了兒子的官聲，也不會願意認她，她跟我們府有瓜葛，於她或許還是好事。」楚令宣抬起頭對羅管事父子說：「她現在的這個家勢弱，你們要儘量照應，實在有那勢大的，爺不介意你拿我的名頭，甚至是侯府的名頭壓他們。」

羅管事父子躬身應是。

夜裡，陳阿福正睡得香，突然被一陣嗚咽聲驚醒。聽著有些像王氏的聲音，她趕緊坐起身，腦袋湊近窗戶，又把縫隙開大些。那嗚咽聲已經變小，再仔細聽，還是能聽出是王氏的聲音。

王氏似乎把嘴捂住了，但嗚咽聲依然傳了出來，在寂靜的夜裡，顯得有些淒厲和嚇人，間或還能聽到陳名溫柔的聲音。

一陣冷風吹來，陳阿福打了一個哆嗦，趕緊把窗戶關小。她重新躺下，卻久久不能入眠。

王氏看似柔弱斯文，實則堅強隱忍，哭成這樣，得多傷心難過啊！

陳阿福想著王氏夜裡肯定沒睡好，她一大早起來做了早飯。剛做好，陳名走了進來，他想抱柴火煮飯。

陳阿福笑道：「爹，飯我都煮好了，你們去我那裡吃。」

陳名點點頭，嘆了口氣。「妳娘昨兒夜裡睡晚了，現在還沒起。」把陳阿福拉到側門另一邊，輕聲道：「現在村裡有些不好聽的傳言，阿福聽了別往心裡去。妳只要記著，妳娘是個好女人，妳以前怎樣尊敬她，以後還是怎樣尊敬她。妳若有一點點怠慢了妳娘，不僅會讓妳娘傷心，爹也不會高興。」

他的語氣一如以前一樣溫和，但面色卻極其嚴肅。

陳阿福很是感動，摟著陳名的胳膊說：「爹，不管別人怎麼說，我只信我看到的，只信我感受到的。我娘是最好的娘，我爹也是最好的爹，這一輩子我都會尊敬你們。」

陳名欣慰地點點頭。

兩人正說著，阿祿拄著枴杖出來了，他的小臉緊繃，問陳名道：「爹，我娘昨天夜裡怎麼哭得那麼厲害？是誰欺負她了？」

陳名嘆了口氣，又把剛才的話重複一遍。

陳阿祿重重地點點頭，說道：「我娘那麼好，我怎麼會不尊敬她呢？那些嚼舌根的人太可惡，他們幹麼要說我娘？」

陳阿福道：「別人的嘴咱們堵不住，這些天儘量別讓娘去外面，也防著大伯娘過來嚼舌根。」

大概辰時，王氏才起床，她的眼睛又紅又腫。

陳阿福笑道：「飯都做好了，去我那邊吃。」

幾人沈默地吃著飯，陳名時不時地給王氏挾點蘿蔔絲，還把雞蛋殼剝好遞給她，讓王氏紅了臉。

另外三人怕王氏不好意思，都裝作沒看見，低頭吃著飯；特別是阿祿，為了表示自己專心吃飯，沒看到別的，喝粥的響聲比平時大得多。

第十四章

飯後，陳阿福領著追風去澆菜地、挑水，再把衣裳洗了，就要趕著去楚家。

走在路上，陳阿福看到有些人站在遠處對她指指點點，見她走近了，嚇得趕緊躲開。雖說村人大多本性良善，但他們不負責任地八卦起來，話卻像刀子一樣利。

陳阿福把菜地澆了，又把水缸添滿，才拿著大盆領著追風去村外溪邊洗衣裳。剛走到村口，就遇到端著大盆的高氏。

高氏滿臉堆笑道：「謝謝阿福，你們去府城一趟，還給我們帶那麼多東西，又是穿的、又是吃的；特別是大丫的小緞子衣裳，哎喲，那是富貴人家的小姐才穿的。」

陳阿福笑道：「看嫂子說的，有啥好謝的，大哥幫了我家那麼多，我卻沒特意給妳一疋布……」

高氏知道她的顧慮，笑道：「已經夠了，我們哪能那麼不知足。」小聲說道：「昨晚，小姑回家一直哭鬧，公爹還打了她幾鞋底子呢！大姑也不高興，說白疼這個妹妹了。」

兩人說笑著向溪邊走去。溪邊有一塊巨石，巨石下有幾塊平滑的石頭，婦人們最喜歡在那裡洗衣裳。

陳阿福和高氏端著大盆剛走到巨石邊，就聽到另一側的幾個婦人在大聲議論著。

「……她是不知道陳大人會當知府大人，若是知道，不要說陳老太太要給陳大人納妾，就是讓她當妾，她肯定都願意，怎麼會心甘情願回娘家，還那麼著急嫁人。」

「是啊！看著斯斯文文、很懂禮的樣子，剛回娘家就猴急著嫁人。」

「那還有啥好說的，定是離不開男人唄。只不過嫁進來才發現，是個沒用的男人。」

「也不能說那陳二沒用，王氏一嫁進來就懷了個孩子。」

「妳們也別這麼說，王氏還是滿不容易的，嫁進陳家就起早貪黑地掙錢給病秧子看病，養著一雙兒女，女兒癡傻，兒子瘸了，哎喲，若性子軟弱些，還不得一根繩子吊死啊！」

「那怪得了誰呢！若不是她急著嫁人，陳大人定會把她接回陳家去享福。聽說，陳大人一回鄉，就去她娘家找人，結果她已經另嫁了，陳大人還難過得跟什麼似地。嘖嘖，她就是沒有誥命夫人的命……」

陳阿福對村裡人不熟，不知道這幾人是誰，這麼議論和詆毀王氏，她氣得胸口都快炸開了。

王氏本是受害者，按理應該得到同情才是，可這些人捧著高高在上的陳世英，把王氏說得如此不堪。自己沒聽到管不著，但聽到了卻不能不管。正好從她們開刀，讓那些人的嘴巴積點陰德。

有些人，有些事，「文」解決不了，只能用武力解決。

陳阿福對高氏小聲說：「麻煩嫂子先去找高里正，再去棠園一趟，告訴他們，我被欺負了。」

陳阿福倒不是怕那幾個婦人，而是怕她們的家人一起上，自己和自家人不是他們的對手。

棠園離得遠，等他們的人來了，自己說不定早就吃虧，所以要先找高里正，他當初可答應羅小管事要罩著自家的。

然後她把手裡的盆子放在地上，理了理衣裳，把腰間的帶子緊了緊，繫成死結，又從盆裡拿出打衣裳的木棒，去了巨石的另一邊。

高氏看見陳阿福的眼睛瞪圓了，臉氣得通紅，知道她要打架，聽了她說的話，趕緊把盆子放下，撒腿向東邊跑去。她知道，真的打起架來，二房只有陳阿福能打兩下，再把自己的男人和公爹算上，也打不過那幾家的人。

那幾個婦人說得正起勁，也不知道後面來了人，繼續議論著。

陳阿福站在那三個婦人的背後，一個三十幾歲的還算說了人話，另外兩個人可就是拿王氏當樂子。

陳阿福嘴裡罵著。「兩個嘴臭的惡婦，這麼詆毀別人，看我不打死妳們！」

她一張口，便把那個說「人話」的人先撇開，敵人少一個是一個。

那兩個嚼舌根的婦人正蹲在溪邊洗著衣裳，大聲議論著，突然背後傳來一個惡狠狠的聲音。還沒等她們反應過來，兩人背上各挨了一棍子，接著，被一推一拱，兩個人都被推進了溪裡。

陳阿福只推了一個人，她正想推第二個的時候，那人已經被追風拱進了溪裡。

這裡是溪流的淺處，水位只沒過人的膝蓋，不怕她們淹死。

那兩個婦人趴在水裡，水底的石頭硌得她們鑽心地疼，冰涼的水刺得更加難受。她們大叫著想站起身，一個人的背上接二連三地被木棒痛打，一個人被追風拱在水裡起不來。

這個變故把另一個婦人嚇傻了，也不敢去攔陳阿福，尖叫著喊「救命」。

陳阿福先下手為強，木棒不停地上下飛舞，抽在滿是水的肉上啪啪作響，把那兩個婦人抽得爬不起身，嘴裡還惡狠狠地罵著。「我讓妳們胡說八道，讓妳們不積口德，打死妳們兩個臭女人……」

那兩個婦人被人打、被狗拱，水裡又滑，根本起不了身，加上又痛又冷，趴在水裡邊哭邊叫「不敢了」，附近的人紛紛跑來看熱鬧。

因為她們在水裡打架，女人不願意下水，男人又不敢去勸架，只能站在溪邊大叫著「快別打了，要出人命」之類的話。

過了一會兒，高里正跑來了，他罵道：「誰也不許打了，快住手！」又指著幾個歲數大些的壯婦。「去，把她們都拉到岸上來，這個樣子，像什麼話。」

三人被幾個婦人強拉上岸。

陳阿福的鞋子裡灌滿了水，膝蓋以下的裙子也濕了，但上半身還好，只濺了些水，她此時極其憤怒，不太覺得冷。可那兩個婦人就慘了，一身都濕透了，曲線畢露不說，有一個人的衣帶還鬆了，狼狽不堪；更不要說別人看不到的多處瘀青，還有被水下石頭硌的傷口，她們又痛又羞，坐在地上大聲號哭著。

這時，陳家人和那兩個婦人的家人都跑來了。那兩家人足有三十個人，有十幾個人拿著鐵鍬、鋤頭、棒子之類的器具，橫眉怒目地看著陳阿福，高聲叫罵著要衝上前去打她，恨不得把她吃了。

陳家人除了陳業和陳阿貴，都是老弱病殘。王氏把陳阿福緊緊抱在懷裡，陳名用胳膊把她們兩人護在身後，陳老太太和陳名站在一起；拿著鋤頭的陳業和陳阿貴站在陳家人的最前面，準備好隨時投入戰鬥的架式。

高里正站在中間，攔著那兩家的人，扯著嗓子喊道：「冷靜，不許打架，若打壞了人，都落不了好……」

真要打起來，不用半刻鐘，陳家人就會被打趴下。他必須護住陳阿福，不僅因為答應了羅小管事，更因為心裡那個不敢說出來的秘密。

他早年見過陳世英，他的老婆就是趙家村人。陳阿福原來癡傻的時候難得看到她，偶爾看到了也是臉滿黑灰；等後來她不傻了，見過她幾次，雖然覺得她面熟也沒多想。

前幾天，聽說趙家村的陳舉人當了定州府的知府大人後，他才想起陳阿福長得太像陳大人了。他老婆也想了起來，兩個人面面相覷，同時喊出了「老天爺」。

武木匠和武長生以及陳家的幾個族人也趕來了，他們同高里正一起站在兩群人的中間，勸著架，連汪應俊都站在人群裡跳著腳地高聲叫著。「君子動口不動手，有話好好說，男人打女人，不算本事……」

那兩個婦人坐在地上大哭著。「哎呀，不活了，我們被那小婦養的惡女人打成這樣……丟人現眼啊……老天啊……拿根繩子吊死我吧……」

她們一鬧騰，她們的兒子受不了了，眼睛都紅了，拿著鋤頭、棒子就往陳阿福那裡衝，把高里正幾人擠到了一邊。

陳業和陳阿貴拿著鋤頭擋住他們，追風也對他們狂嚎不已，眼看一場持械群毆就要開始。

這時，突然一聲大吼。「都給我住手！」

隨著喊聲，來了幾個拿刀槍的壯漢，後面又跟著十幾個拿著鋤頭、鐵鍬的農人，原來是羅管事父子領著棠園的護院和佃戶來了。

這裡的鄉人蠻橫起來，或許可以不買高里正的帳，卻不敢不買羅管事的帳。他們一看羅管事帶著這麼多人來，還有拿著刀槍的護院，便都不敢動了。

羅管事高聲說道：「陳家娘子是我家小主子的針線師傅，是我棠園的人，誰若欺負她，就是欺負我們棠園，就是與我羅某為敵，與我家主子參將大人為敵。」

原來棠園的人都比較低調，從來不說自己主子當了什麼官，但今天羅管事為了陳阿福，卻把主子的身分都亮出來了。
參將大人，那是多大的官！那些原先還氣鼓鼓的人聽了，都放下舉起的「兵器」。
一個不怕死的男人氣不過，走上前說道：「羅老爺，陳阿福那惡婦把我娘打成這樣，怎麼說？」
陳阿福把手中的棒子扔在地下，走出來對羅管事說：「羅大伯，是那兩個長舌婦在議論定州知府陳大人和他老娘，我是好心，怕她們連累我們整個響鑼村，才去教訓她們的。」
她可不會傻到把她們議論王氏的事說出來。
那兩個婦人雖然主要是議論王氏，但也的確議論了陳大人和他老娘，想辯解，又無從辯解。
羅管事環視了一圈周圍的村民，痛心疾首地說道：「村子裡的謠言我也聽了一些，你們膽子可真大，連府城的青天大老爺也敢在大庭廣眾之下議論，這是妄議朝廷重臣，是重罪，你們就不怕被人舉報了掉腦袋？」
胡老五從人群裡擠了出來，接嘴說道：「羅老爺，我可以作證，那兩個婦人專愛議人長短，論人是非，這回膽子更大，竟然說到陳大人的頭上。這樣吧！我馬上去縣城找我當捕快的四姊夫，來抓這兩個膽大包天的惡婦。」
羅管事看了他一眼，煞有介事地說道：「嗯，你再把我家大爺的帖子拿著，直接去找縣太爺。」

胡老五一聽或許可以見到縣太爺，大喜，連聲說：「好，好，小的這就去辦。」

那兩家已經被羅管事扣的「妄議朝廷重臣」的大帽子嚇著了，又聽說要去縣城找縣太爺和捕快，更是嚇破了膽。

那兩個婦人麻溜地從地上爬起來，一個婦人大叫道：「冤枉啊！我們沒有罵陳大人，只說了陳大人的娘把王氏趕回家的事。」

她男人氣得不行，大耳光搧了過去，罵道：「蠢婦，還敢胡說八道，妳找死，別把我們一家都搭上。」

另一個男人也是連踢帶打，罵道：「我打死妳個嘴臭的娘兒們，還敢亂放屁。」

羅管事看了看那兩家的人說道：「這兩個蠢婦，當著這麼多人還在亂說，若繼續讓她們這樣說下去，害得可不只你們兩家，整個村子親套親，這樣攀扯下來，半個村子都會被牽連進去。」又對高里正說：「高兄，你的性子太好了些，對於有些害人害己的刁民，不能講道理。」

高里正臉脹得通紅，狠狠瞪著那兩家人，他也怕這事弄大到縣太爺那裡去，真弄到縣太爺那裡去，豈不顯得自己無能？他趕緊對羅管事笑道：「不會了，我定會好好教訓他們。」又對幾個壯婦說：「去，把丁氏和刑氏各打十個嘴巴，讓她們得些教訓，知道什麼話能說，什麼話不能說，省得把咱們村都害進去。」

高里正屬於比較溫和的人，很少在村裡用私刑，但這次的事鬧得太大，必須要教訓這兩個婦人。

村人們也害怕，若是連坐，會將半個村子都牽扯進去，村人都紛紛開始指責那兩個婦人的不是，說必須嚴懲她們。

那幾個壯婦答應著把那兩個婦人拉到一邊，兩個人拉，一個人打。這就是牆倒眾人推，當初推的是王氏，現在推的是那兩個婦人。她們的家人也不敢求情，在村裡挨打，總比抓去縣衙強。

聽到啪啪的掌嘴聲響和那兩個婦人的慘叫聲，陳阿福特別解氣。

打完了，羅管事就對胡老五說：「既然已經教訓過她們，她們也知錯了，就先不要告去縣衙了，都是鄰里，還是以和為貴。不過，你給我看清楚了，若哪個找死的還敢亂說話，就告訴高里正；高里正若是不管，再告到縣衙裡，請縣太爺查辦。」

胡老五忙躬身答應，高里正也說肯定會管，連那兩家的當家人都躬身謝過羅管事高抬貴手。

陳阿福暗暗豎著大拇指，這就是羅管事處事的高明之處。王氏的事情不宜拿到檯面上來說，越說越不好聽，就是要用雷霆手段把謠言遏制住，不許村人們再議論。

眾人漸漸散開，陳名和陳業、陳阿貴上前感謝羅管事和高里正、武木匠等人，這次連胡老五都感謝了兩句，並說改天請他們去家裡做客。

陳阿福連拖帶拽地把臉色蒼白、腳步踉蹌的王氏往自家扶去。王氏渾身發抖，腳步發軟，陳阿福費了很大的勁才能扶得住她。

籬笆院門前，拄著枴杖的阿祿牽著大寶等在那裡，他們抹著眼淚迎上去，幾人相攜著回家。

一回到西屋，王氏就把陳阿福抱在懷裡，失聲痛哭起來。「阿福，我的阿福，都是娘不好，丟了你們的臉，還害得妳差點被人打死……」

阿祿和大寶見王氏哭得傷心，抱著她們哭起來，陳阿福流著淚說：「娘，妳沒有丟我們的臉，因為妳根本就沒做錯什麼，妳不應該承受罵名，所以我教訓那兩個長舌婦是應該的。娘放心，在跟她們打架前，我已經讓大嫂去喊高里正和羅管事了，我不會有事的；哦，還有追風，牠很厲害，會保護我……」

陳名走進來說道：「娟娘，阿福說得對，也做得對。妳沒有丟我們的臉，因為妳根本就沒有做錯什麼。阿福打得好，那兩個惡婦，就是欠收拾。」又對陳阿福說：「快去把衣裳換了，莫著涼。」

王氏似才清醒過來，抹著眼淚催促道：「快去把濕衣裳換下來，躺在被窩裡，娘馬上燒水給妳洗個熱水澡。」

陳阿福剛才只顧生氣打架，沒覺得冷，她阻止了王氏，讓大寶跟她回屋燒水。

王氏還是跟了過去，熬好薑湯溫在鍋裡，才回了舊院子。

陳阿福洗了熱水澡和頭，又喝了薑湯，身子舒爽起來。因為有燕沉香，也經常吃「加料」的食物，她的身體很好。

羅管事讓陳名告訴陳阿福，今天不用去棠園了，在家好好歇息。陳阿福因為身心疲憊，昨天夜裡又沒有睡好，這一覺睡到了申時。

她醒來的時候，看見大寶已經醒了，坐在炕上抱著追風看著她，母子兩個一同過去舊院子。

王氏已經好些了，坐在炕上給阿祿做著衣裳，雖然眼睛紅腫，但神情溫婉安詳。真是個堅強的女人，怪不得能挺過那麼多的苦難和打擊，把這個家撐起來。

陳名對陳阿福說道：「妳奶奶今天受了驚嚇，妳大伯的胳膊也被蹭掉一大塊皮，本來想請他們來家吃頓飯，但咱家這樣，也沒心思做，晚上我拿些東西去看看他們。」

陳阿福點點頭，她從懷裡掏出一個荷包，拿出六個銀錁子說道：「這是楚老侯爺給大寶的，有錢人家的東西，爹給奶奶和大伯、大哥一人兩個，雖值不了多少錢，但圖個新鮮。」

陳名接過銀錁子，說道：「這次，羅老爺和棠園裡的人、妳大伯一家、幾家族人、高里正、武木匠一些人家，還有胡老五，都幫了大忙，咱們得請他們吃頓飯。但咱家太小了，屋裡坐不下這麼多人，爹想著，拿些錢在妳大伯家辦，怎麼樣？」

這倒是個好法子。那麼多人，得坐好幾桌，現在天冷已經不能擺在外面了，在大房家謝客正好，多給點錢，胡氏也會願意。關鍵是，請了這麼多有臉面的人，好面子的陳業肯定會喜歡。

陳阿福點頭道好，又提出修房子的事。「我手裡有些閒錢，想買兩塊大些的地，兩個院子像現在一樣，以一牆隔著，再打扇側門，方便來往。」

陳名卻搖頭道：「原本爹想著過兩年再說自家修房子的事，但現在，家裡已經有了那麼多的地，也想讓妳娘和阿祿享享福。房子可以修，但是，爹覺得妳現在已經自立門戶，若再修院子，卻不能像現在這樣連在一起，感覺像沒分家一樣。」說完又趕緊解釋道：「阿福不要多心，爹這樣，不是嫌棄妳，是為了妳和大寶好……嗯，若以後妳招了女婿，女婿不一定喜歡離老丈人家這麼近。」

陳名不想再跟陳阿福什麼都攪在一起，但又不能明說。昨天陳業和陳老太太的意思，是讓陳阿福重新回到陳家，讓陳名託人去縣衙把她的女戶戶籍取消，說她這麼能幹，萬一以後知道陳名不是自己的親爹，帶著名下產業去投奔親爹，那陳名豈不是白養活她這麼多年？若是合在一起，她人走了，至少產業還在……

阿祿聽了陳名的話有些不高興，噘嘴說道：「爹還說不嫌棄姊姊，既然不嫌棄，住近點哪裡不好。」

大寶也嘟嘴說道：「大寶也不想跟小舅舅、姥姥、姥爺離得太遠。」

王氏瞋了阿祿一眼，說道：「小孩子懂什麼，你爹是為了你姊好。」又對陳阿福說道：「閨女，娘也覺得妳爹說得對，妳已經自立門戶了，不能讓人家覺得咱們沒分家……」

陳阿福看到陳名和王氏欲言又止的樣子，心中便了然。

經過今天的事，陳阿福覺得陳業雖然有些小家子氣，但在某些方面還是比較仗義，至少在自己這一房被欺負的時候，他敢站出來不怕死地保護他們。陳老太太也不錯，那麼大歲數了，危險的時候，還能跟兒子站在一起……他們這樣，陳名是不可能跟他們生分的，也不能讓他太左右為難。

這樣也好，以後不只在產業上分開，連院子都分開，成為真正的兩家人，自己行動不受限制，或許能幫陳名的會更多。

「好，咱們兩家不牆挨牆，但總要離得近些才好，可以相互照應。」陳阿福摸了摸阿祿的總角。「以後咱們兩家院子不會離得太遠，弟弟什麼時候想來姊姊家吃飯、歇息，都可以。」

陳名點頭道：「嗯，兩個院子隔個幾公尺就行，讓人一看就知道是兩家人；不過，修房子的錢得由爹出，爹的箱子底下壓了九十幾兩銀子，可以修兩棟青磚大瓦房，用青磚圍兩個院子，再在阿福的院子裡打口井，咱們兩家用……」說到後面，他的眼睛都發光了。

阿祿取笑道：「爹這麼豪氣，不怕我大伯娘來要錢？」

陳名有些臉紅，笑道：「就說是你姊掏的銀子。」

說得幾人一陣笑，一直壓抑的氣氛終於緩和過來。

陳阿福笑道：「爹不要跟我搶，我早就想好了，修新房子的錢由我出，算是女兒的孝敬，爹手裡的錢就留著慢慢用吧！弟弟還要讀書呢！也不要再讓我娘去接繡活了；若我手頭有活，娘就幫忙做一些，若我沒有，娘做做家務就行了。」

幾人商量著，村裡已經沒有那麼大的地了，只能在村邊找一塊地建房子。這個任務就交給陳名，讓他無事出去看看地。

晚飯後，陳名拿著辦席的二兩銀子和送人的幾個小銀錁子，以及給老太太和陳阿貴的兩塊細布去了大房。

他回來的時候，還帶了隻小狗崽回來。阿祿給牠取了一個土土的名字，叫旺財，他說家裡現在正是財旺的時候，希望以後越來越旺。

追風和七七、灰灰見有了新成員，興奮地跑去跟牠玩在一起。這隻小狗也不認生，不一會兒工夫就跟牠們混熟了。

陳名又說，他答應陳業，等田裡收了糧食，就給大房買條小公牛。他不好說的是，胡氏張口想要幾十畝地，被陳老太太和陳業大罵一頓。

一頭牛，給就給吧！陳阿福和王氏沒有異議。

寅時，陳阿福就起床了。她得再做道小點，把楚小姑娘的胃口吊起來，才能讓她一切行動聽她指揮，她昨天晚上就把做小點的食材都拿到了新院子。

這次，她決定做沙其馬，這個點心好做又好吃，還好消化。

打開門，一陣涼風襲來，外面還是黑的，天邊的星星一閃一閃眨著眼睛，她深呼吸一口氣，用涼水洗了臉，才算徹底清醒。

把灶裡的火燒上，她開始做沙其馬，等到放涼了，取出切成塊。

沙其馬這個名字在這個時代太怪異，陳阿福用了它的別名，叫金絲糕。

他們早飯就吃金絲糕配稀粥、小菜，七七和灰灰很快就吃完屬於自己的一小塊，異口同聲地叫道：「還要。」

「沒了。」陳阿福說道。

今天雖然做得有些多，但她想給羅管事家送一小盆，還要留一小盆給自己的學生吃。

七七的小眼睛看看陳阿福，飛去了廚房。

陳阿福趕緊跟去廚房，看見七七站在灶臺上偷吃小盆裡的金絲糕。

她走過去拍了一下牠的小腦袋，把小盆拿開說道：「這些是要拿去棠園的，不能吃。」

「臭娘兒們。」七七罵道。

陳阿福有些愣神，問：「你說什麼？」

「臭娘兒們，老子揍妳。」這是陳業的聲音。

跟過來的灰灰幸災樂禍地哈哈笑起來，聲音跟老太太的一樣。

陳阿福聽懂了，氣得一掌把七七拍下灶臺，罵道：「越來越能幹了，竟然學會罵人了。」

「臭娘兒們，臭娘兒們……老子揍妳……」七七伸長脖子繼續罵著。

陳阿福蹲下指著牠說：「你再罵，就別想吃我做的好東西，阿祿和大寶也不跟你玩了。」

七七一聽害怕了，趕緊說：「大寶乖，不尿床了。」

這小東西，都成精了，還知道轉移話題。

一回到屋裡一說，其他幾人都笑了起來。

只有大寶不高興地嘟嘴說道：「我都好久沒尿過床了，偏牠還記得。」

飯後，陳阿福把該做的事做好，拿著兩個裝了金絲糕的籃子，領著大寶、追風、七七和灰灰一起去棠園。

大寶還帶了一本書，說明年他就要上學了，不能一直陪著嫣兒妹妹玩，要抽空看看書。

陳阿福勸他。「兒子才這麼小，正是玩的時候，幹麼那麼辛苦。」

大寶抿嘴說道：「姥爺說了，他把考進士的希望，放在我和小舅舅的身上，讓我們發憤啊！唉，壓力大啊！」說完還小老頭似地皺了皺眉。

他的話把陳阿福逗笑了，如今他也學會了一些陳阿福的現代語言。

來到棠園門前，羅大娘已經守在門口，她的臉上堆滿了笑，說道：「哎喲，阿福、大寶來了，我家姊兒已經醒了，我這就帶你們去怡然院。」

陳阿福跟她致謝羅管事昨天的幫忙，把一個籃子遞給她。「我做的金絲糕，請羅大伯、羅大娘嚐嚐。」

羅大娘接過籃子笑道：「咱們棠園的人，沒有被別人欺負的理。」嘆著氣說：「前天姊兒醒了沒看到你們，哭了好久，還好大爺在，好不容易才把她哄好。昨天大爺走了，她整天都不高興，只悶悶坐著。」

棠園裡，小橋流水，雕梁畫棟，竹樹環繞，景致極好。最多的當然就是海棠樹，有些樹上還掛著果子，果實紅通通的，連空氣中都瀰漫著一股甜酸味。

來到怡然院，院牆爬滿了薔薇藤蔓，此時已經沒有葉子了，連藤蔓也都枯黃。右邊有幾株翠竹，細長的葉子隨風輕擺；左邊栽著幾棵高大的銀杏樹，樹上掛著稀疏的金黃色葉子，地上鋪了一層金黃；中間的青石路兩旁擺著數十盆四季海棠，枝葉間開滿了密密麻麻的淡紅色小花；廊下掛了許多鳥籠，籠子裡的鳥兒唱著歡快的歌。在一扇紅色雕花窗外，掛著一個精緻的鳥籠，籠裡正是那隻雲錦雀。

看著一派生意盎然的景象，可總覺得很刻意，缺少了什麼。

進入廳屋，楚含嫣剛剛吃完早飯，坐在羅漢床上抱著小燕子玩偶發呆。看見他們來了，扭了扭身子，把頭轉去另一邊，眼神看似呆呆的，卻有些泛紅，有種被拋棄的感覺。

宋嬤嬤給陳阿福眨了眨眼睛，無聲地說：「姊兒還在嘔氣。」

陳阿福走過去蹲下說：「喲，姊兒是生陳姨的氣了嗎？快別生氣了，陳姨和大寶又來陪妳了。」

楚含嫣的小腦袋沒轉過來，嘴也是嘟著的，小手扯著小燕子玩偶，結結巴巴地說：「鳥鳥……飛了，姨姨、大寶……也飛了。」

陳阿福呵呵笑道：「姨姨和大寶沒有翅膀，怎麼飛得起來呢？再說，我們捨不得姊兒，就是有翅膀也捨不得飛走。」

楚含嫣這才把小腦袋轉過來，先看了眼陳阿福，又看了眼大寶，再把眼神轉到陳阿福身上，嘟嘴說道：「姨姨，大寶，怕……飛了。」

說完，小嘴癟了起來，眼裡浮現一層水霧。

陳阿福的心都碎了，忙摟著她說：「嫣姊兒放心，姨姨和大寶不會飛走，不會不要姊兒的。」又對大寶說道：「聽到了嗎？姊兒說怕咱們飛了，再不陪她了。」

大寶趕緊又過來拉著楚含嫣的手發誓道：「嫣兒妹妹放心，我不會飛走，會一直陪著妳。」然後又鄭重地補充了一句。「永遠。」

楚含嫣看了大寶一眼，勾了勾嘴唇，撲進陳阿福的懷裡，把小腦袋緊緊貼在她的胸口上。

陳阿福很無奈，說道：「姨姨做了一種好吃的糕糕，姊兒肯定喜歡吃。」

宋嬤嬤忙道：「姊兒剛吃過飯，不能再吃東西了，不好消化。」

陳阿福道：「無妨，這種小點好消化，也不會多給她。」

她一手抱著楚含嫣，一手從食盒裡拿出一塊金絲糕。金絲糕切得很小，四四方方，只有兩指寬。

小妮子的鼻子真好使，她一下子從陳阿福的懷裡伸出頭來，看著金絲糕說道：「鳥鳥……金寶。」說完，嘴角流下一絲透明的銀線。

陳阿福把金絲糕遞到她手裡說：「這是金絲糕，好吃得緊，姊兒嚐嚐。」

楚含嫣接過金絲糕小口吃起來。

陳阿福順勢把她放在地上，幫她把嘴角的口水擦掉。「追風都會作揖了，咱們到外面看牠表演。」說完，牽著她向外走去。

從現在開始，陳阿福要履行幼教老師的職責。

第一步，就是讓她多在戶外活動，多用自己的雙腿走路。

他們來到銀杏樹下，陽光透過枝葉縫隙灑下來，曬得人暖洋洋的，正好補充維生素D。

宋嬤嬤心裡有些不贊同，鄉下的日頭比城裡足，大戶人家的小姐，把皮膚曬黑了怎麼得了；但是，大爺走之前囑咐過她，姊兒的事情，一切聽陳師傅的。所以，她即使心裡有想法，也沒說出來，只是吩咐妙兒、巧兒搬幾個錦凳來這裡。

陳阿福讓妙兒去把羅家姊弟叫來，說孩子多才熱鬧。

追風在金黃色的「毯子」上，又是打滾、又是作揖，逗得大家格格直笑，七七和灰灰也跳腳學著大家的笑聲。

楚含嫣沒有看追風耍寶，她把金絲糕吃完了，來到陳阿福的面前說道：「姨姨，還……要。」

陳阿福又掰了一小塊金絲糕說：「姊兒再吃一點就不能再吃了，還得給金寶留一點，是不是？」

楚含嫣接過金絲糕，問道：「金……寶，喜歡？」

陳阿福笑道：「當然了，凡是嫣姊兒喜歡的，金寶都喜歡。所以，牠才會在明年春天，以最快的速度飛來這裡，來看咱們的嫣姊兒。」

楚含嫣的嘴唇勾了勾，漾出兩個小梨渦。

楚含嫣吃完金絲糕，便沒有再要了，可見她心裡有多麼盼望金寶的回歸。

不一會兒工夫，羅梅和羅明成來了，陳阿福給他們一人一塊金絲糕。

陳阿福把楚含嫣拉到面前，給她順了順頭髮，說道：「喜歡穿花衣的小燕子嗎？」

楚含嫣看了眼手裡的小燕子玩偶，呆呆「啊」了一聲。

陳阿福把她摟在懷裡，握著她拿小燕子玩偶的手說：「姨姨給姊兒唱首『小燕子，穿花衣』的曲兒吧！大寶和金寶也很喜歡聽呢！」

「小燕子，穿花衣，年年春天來這裡……」

她邊唱，邊有節奏地晃動著楚含嫣拿玩偶的手。歌詞簡單，曲調歡快好聽，一下子就把除了楚含嫣以外的人都吸引過來。

陳阿福唱了好幾遍，從第三遍開始，楚含嫣呆滯的眼神才有了些許靈動，慢慢地，唇角有了絲笑容，眼睛一動不動地看著陳阿福。

陳阿福見把小妮子吸引住了，便停下歌聲。

她一停下，楚含嫣的眼裡又浮現一層水霧，說道：「還——要，姨姨……說話慢。」

陳阿福搖頭糾正道：「那不是說話慢，那是唱曲兒，是曲兒，曲兒。」

「曲……兒，還要。」楚含嫣說道。

陳阿福又唱了一遍，聲音剛一停下，楚含嫣又說：「還要。」

一直唱下去可不行。

陳阿福說道：「光是姨姨唱可不行，姊兒也要學會唱。等金寶一回來，發現姊兒會唱曲兒了，歌詞裡還都是牠，牠肯定高興，說不定連晚上都會陪著姊兒呢！」

晌午，羅大娘帶著人來怡然院送飯的時候，被院子裡的情景驚呆了。

只見陳阿福站在銀杏樹下，嫣姊兒、大寶、羅梅和羅明成排成一溜站在她對面，他們中間還站著七七和灰灰。

陳阿福說一句，這些孩子和兩隻鸚鵡就跟著說一句，孩子們跟著邊說邊有節奏地拍著手掌。當然，楚含嫣沒有說也沒有拍，只呆呆地看著陳阿福，但嘴唇時而會動一動，她不耐煩了，宋嬤嬤就趕緊掰一點點金絲糕餵進她嘴裡。

「小燕子，穿花衣，年年春天來這裡。我問燕子為啥來，燕子說，這裡的春天最美麗。」

說完一遍，陳阿福就會比出兩個大拇指，誇獎道：「嗯，真棒。」

陳阿福看見羅大娘帶人端著食盒來了，笑道：「第一節課結束，你們表現得非常棒，姨姨獎勵你們吃金絲糕。」

然後，給了幾個孩子每人一塊小金絲糕，七七和灰灰也各一塊。兩個小東西早不耐煩了，只不過一直用金絲糕吊著牠們的胃口。

羅大娘笑道：「阿福也在這裡吃飯吧！吃完再……」

「回家」兩個字被她嚥了回去，笑著看了楚含嫣一眼。

陳阿福見羅大娘替他們準備了飯菜，她又實在餓了，就留在這裡吃了。等到楚含嫣睡了，大寶也在偏屋的榻上睡著了，她才帶著追風回家。

她走得快，大概半刻多鐘就到家了。

陳名興味盎然地說道：「我今天上午走了半天，還是覺得咱們這裡好，兩個院子可以當成一個院，再買下妳院子旁邊的荒地，另建個院子。」

陳阿福卻道：「這些地加起來不到兩畝，建兩個院子太小了些，而且出門就是人家的菜地，也不敞亮。」

陳名道：「那就你們的院子建大些，我們院子建小些。」

陳阿福搖頭道：「建房子最好一次到位，兩個院子至少要各兩畝以上的地，爹再尋尋吧！」

陳名無奈地點頭。他雖然覺得沒有必要建那麼大的院子，但還是選擇聽閨女的。

陳阿福歇了兩刻鐘，起身後想著該給繡坊做些什麼東西，又用毛筆在紙上畫畫寫寫。

自從身體好了以後，陳阿福只要有空，都會「很認真」地跟著大寶和阿祿一起唸書或者練習寫毛筆字。

她的「聰明」讓陳名驚訝不已，有一次陳名實在忍不住，衝口而出。「阿福太聰慧了，真像陳……」自知差點失言，趕緊閉上嘴，憋得滿臉通紅。

一旁的王氏也紅了臉，抬頭不知所措地看著丈夫和女兒。

陳阿福知道他想說「太像陳舉人」的話。還好陳舉人是學霸，又天賦異稟，五歲能詩，讓她的「聰慧」有了根據。其實，古人也懂遺傳學，只不過叫法不同，他們說的是「傳承」。

見陳名和王氏如此，陳阿福呵呵笑道：「太像爹了，是吧？奶奶說過，爹聰慧，若爹不生病，早已考上進士。」

陳名聽了，緩了一口氣，笑著點頭。

王氏也鬆了一口氣，繼續低頭做活。

陳阿福「驚人的聰慧」和「驚為天人的長相」都像足了陳世英，有了這個來由，她在學習上就不太刻意收斂鋒芒了；畫圖也一樣，她筆下的動物也好、衣裳也好，都是好看又別致。所以，不管她畫出什麼東西，陳名和王氏也不會覺得不可思議。

修修改改，時近申時，陳阿福又起身去了棠園。

下晌日頭足，哪怕是秋日的太陽曬人，他們就在蔭涼的廊下玩。

陳阿福帶著幾個孩子和七七、灰灰，邊跳邊比劃，一直背著「小燕子穿花衣」的兒歌。後來，妙兒和巧兒以及看門的兩個十歲小丫鬟也加進來，背一陣，就會休息一刻鐘，喝點水，吃點東西。

他們每天「上課」的內容只有一個，只是背「小燕子」的歌詞，連跳帶說。

大寶已經不想玩這個幼稚的遊戲了，第二天開始，他先跟著背一會兒，之後便領著追風坐在一邊看書。

時而他會被那邊的笑聲引得抬起頭來，笑著高聲叫一嗓子。「嫣兒妹妹，妳真棒。」然後，把書放在大腿上，向那邊比出兩個大拇指。

只是，他的這份「殷勤」十之七八楚含嫣都沒聽到，偶爾聽到了，朝他的那個方向看一眼，陳大寶就會高興得不行。

丫鬟們的歲數大些，包括羅梅，都知道這是陪主子玩，所以極其配合；只有羅明成小朋友很鬱悶和不高興，他只要稍有怠慢，一旁服侍的羅大娘或是魏氏就會對他瞪眼睛，他只得含著淚跟著繼續玩。

陳阿福見了，便會在「課間休息」時悄悄多給他塊金絲糕，或是別的點心，哄他道：「只給你，他們都沒有。」

羅明成聽了，便也破涕為笑。

陳阿福這樣，很讓羅家人高興。

三天下來，楚含嫣終於會說「小燕子，穿花衣……春天來這裡」了，說完還會跳一下。

雖然說得非常慢，還有些結巴，跳得也不高，但對她來說已經是一個非常大的進步了。

而且，她不排斥跟其他孩子一起玩了，有時候看到別人玩得高興，還會勾勾嘴唇。

第十五章

這日，楚令宣提前派人送信來，說他有事，休沐回不來。楚令宣沒回來，了塵住持卻來了。

下午的課上完了，陳阿福正蹲下拉著楚含嫣表揚她的時候，了塵幾步來到她們的身邊，蹲下說道：「嫣兒，妳都會背……背詩了，真的太好了。」說完，她的眼裡竟湧上淚來。

楚含嫣還記得了塵，對她勾勾唇角，慢慢說道：「姨姨，燕子，穿花衣……」

了塵住持儘管韶華不在，但仍看得出來她年輕時是怎樣的美豔，再加上溫婉嫻靜的氣質，真是少有的中年美婦。只可惜，素衣裹身，青絲不再。

了塵跟楚含嫣說了幾句話，站起身對陳阿福雙手合十道：「阿彌陀佛，謝謝陳施主讓嫣兒快樂起來，讓她學著跟別人相處。」

陳阿福也雙手合十作揖道：「住持客氣了。我很喜歡嫣姊兒，希望她快樂，希望她能從自己的世界中走出來。」

陳大寶也過來給了塵做了個揖，幾個人說了一陣話，陳阿福就要帶著陳大寶和一狗兩鳥回家了。

前兩天每到這時，楚小姑娘都會癟著嘴哭一陣，今天了塵來了，她沒有哭，只是扯著了塵的素衣，不捨地看著他們的身影走出院子。直到看不見了，眼睛又變得呆滯起來，嘟著嘴低頭扭手指頭。

陳阿福牽著大寶來到外院，正好碰到羅管事。

羅管事走過來笑道：「陳師傅，今兒下晌我看見陳二兄弟在找宅基地建房子，我跟他說，我們棠園西南邊的那片灌木林不錯，地方比較大，離我們棠園也近。可他說那裡灌木太多，清理起來麻煩。他看中了離你們村口不遠的那片荒地，說離村裡近，也好打理。要我說，那片荒地建兩個院子小了些，又前不著村、後不著店。這麼辦吧！妳爹若是怕打理灌木林麻煩，我讓棠園的人去幫忙打理。」

羅管事真的想讓陳家住得離棠園近些。每次陳阿福回家，小主子都會難過得哭一陣子，若是她家離這裡近一點，小主子太難過了，就把小主子帶去她家玩，像之前自己的孫子、孫女一樣，那多好。而且，離得近了，她家的七七、灰灰，還有若是以後金燕子再飛回來時，牠們可以玩到天黑再回去，這樣小主子會更高興。

陳阿福猜到羅管事的想法，她心裡也喜歡那片灌木林。大些不說，位置正好在響鑼村和上水村之間，離村裡遠些，耳根清靜。最關鍵的是，那裡離棠園只有一百多公尺，若是出什麼事，有棠園幫襯；不像那塊荒地，既不挨著村裡，又離棠園比較遠。

其實，她心底一直有些怕。她這張臉太像陳世英，若是陳家的什麼人覺得她的存在讓陳世英丟臉，或是擋了誰的道，想滅了她怎麼辦？日子剛剛好起來，又有這麼多她放不下的人，她可不想掛掉。

「謝謝羅大伯了，我也喜歡那塊地，這就回家說服我爹。不過，不用你們來人幫忙，反正都要請人蓋房，讓他們一起清理就是。」

陳阿福牽著大寶走在回家的小路上，追風在他們的腳邊打轉，七七和灰灰在他們頭頂盤旋。此時正值黃昏，遠遠看到火紅的夕陽掛在紅林山頂，農人們都從田裡向家走去，還有騎牛的牧童，趕鴨子的孩子……

正走著，迎面看見武長生走過來，他的臉色發青，嘴邊還長了一圈水泡，一副受了什麼打擊的樣子。

陳大寶嚇了一跳，問道：「武二叔，你怎麼了？」

武長生看了大寶一眼沒吱聲，來到陳阿福身邊低聲說道：「阿福，我娘給我相中了一個姑娘，說過幾天就要去下定，我不同意，可我爹娘……」

這事跟她說幹什麼？陳阿福不想再聽了，說道：「恭喜武二哥了，這事不需要特地來告訴我。」說完就牽著大寶向前快步走去。

武長生急忙跟上，繼續說：「阿福，我不想娶那個姑娘。我、我……阿福，妳中意我嗎？若是中意我，就帶著大寶跟我去遠方過活吧！我木工活做得好，能養活你們。」

陳阿福嚇了一跳，沒想到古代小農民的思想比她還前衛。這孩子，看著高高大大的，原來這麼幼稚，做事衝動不計後果。古代講究聘者為妻、奔為妾，他這不是害人嗎？

「武二哥快莫這麼說，武大娘給你相的姑娘肯定錯不了，切莫說那些大不孝的話。我和大寶在家裡過得很好，不可能丟下我爹娘，我們哪裡都不去。」

陳大寶雖然聽得懵懵懂懂，但有一點聽明白了，就是武二叔想帶他們去遠方，他娘不願意。「我也捨不得我姥姥和姥爺，還有小舅舅、嫣兒妹妹，我和我娘哪裡都不去。」

武長生繼續說道：「我，我不喜歡那個姑娘，我心裡一直裝著妳……」

陳阿福低頭，拉著大寶加快了腳步，說道：「武二哥，快別說這種話，你這樣會害了我。」

武長生停下腳步，極其失望。他望著前面那個腳步匆匆的倩影，難過不已。

陳阿福看到武長生沒有追上來了，才緩下腳步，對大寶說道：「今天的事不許跟旁人說。」

大寶點頭應允，他有些想不通，問道：「娘，咱們家跟武爺爺家的關係那麼好，為什麼武二叔要害娘呢？」

陳阿福不知道怎麼解釋。「大人的事情，小孩子不懂。你只要記著，以後對武二叔敬而遠之就行，他給你啥東西都別要；至於小石頭，你們原來怎麼樣，以後還是怎麼樣。」

還沒到家，遠遠就能看見阿祿站在籬笆門外向他們這邊張望，小少年披著霞光，高興地對他們招招手，往前走了幾步。

大寶驚喜地說道：「娘，快看小舅舅走路沒拄柺，他不用柺杖了，過幾天就能去上學了。」說完，大叫著向阿祿跑去。

阿祿前些日子就會偶爾丟掉枴杖走走路，雖然還是有一點跛，但遠沒有斷骨前瘸得厲害。微跛也是因為幾個月沒有大動，致使腿上的肌肉萎縮，還有因為習慣了瘸腿走路，等以後注意些，多走些路，慢慢就會好起來。

陳阿福一手牽大寶，一手摟著弟弟，三人歡歡喜喜地進了院子。

陳名指著一大盆豬下水，笑道：「爹今天買了這麼多東西，妳娘已經洗過了，今兒晚上妳滷一滷，明天我帶去妳大伯家。」

明天，陳家二房在大房家請客，客人已經請好，不僅請了羅管事父子及那天來幫忙的人，還有上水村的里正，連縣城的夏捕快都邀請了。這麼一加起來，有將近五十人，起碼要辦六桌。

大房從前天就開始準備，這次胡氏沒敢作怪，領著高氏和阿蘭忙碌，還押著陳阿菊燒火。最花錢的酒和滷味由二房送來，估計能省下一兩銀子。

這回，是胡老五專門去縣城邀請四姊夫夏捕快的，但夏捕快除了胡老五以外，不太瞧得起胡家其他窮親戚，這次聽說棠園的羅管事父子也要去吃飯，才答應來赴宴。

吃晚飯的時候，陳阿福說自己也看中了離棠園近的那片小灌木林。她說了幾點理由，特別強調那裡離棠園近，不怕壞人來打劫；又說那塊荒地雖然不錯，但前不著村、後不著店，有事了，別人不會第一時間趕來幫忙。

陳名想了想上次在溪邊打架的事，點頭同意了，說後天就去找高里正丈量土地。

飯後，陳阿福和王氏就開始忙碌，把下水和豬蹄滷上，又滷了一些素菜。她另起了一個小鍋，專門滷一些沒有葷腥的豆干、海帶和花生米等素菜，這是她打算明天帶去棠園給了塵住持及給孩子們的零食。

廚房裡的小油燈在霧氣中更顯昏黃，照著王氏和陳阿福忙碌的身影。

夜深人靜，大寶睡熟了，陳阿福拿了一小碗滷菜進了空間。

金燕子躺在地上，一雙大翅膀把小腦袋捂著嚴嚴實實的。

陳阿福嚇了一跳，忙蹲下問道：「寶貝，你怎麼了？」

金燕子把翅膀拿開，牠倒沒有哭，只是小臉脹得通紅，很不好意思的表情。

陳阿福晃了晃小碗說道：「金寶快起來，看媽咪給你帶什麼好吃食來了。」

香味把金燕子勾得站了起來，嘴巴都探進碗裡了，又縮了回去，一副極想吃，又極力忍耐的樣子。

「怎麼了，不喜歡？」陳阿福問道。

金燕子低下頭，用一邊的翅膀捂住小腦袋說：「媽咪，妳別笑話人家，人家就告訴妳這個秘密。」

陳阿福好奇地問道：「難道說你看中了哪隻雌燕子，想跟人家洞房？」

金燕子連忙揮著翅膀說：「哎呀，不是，不是，是……是……」牠晃了晃小身子，終於鼓足勇氣抬頭。「人家只要吃了空間以外的東西，就會拉便便……」

陳阿福故作輕鬆地說道：「哦，原來是你要拉糞啊！這太正常了，有啥不好意思的？你需要我做什麼？幫你擦屁屁嗎？」

金燕子趕緊說道：「哎呀，不是啦。只是這麼久的日子，我都把便便拉在那裡，媽咪幫我弄出去倒了，積得有些多，很煩的。」說完用翅膀指了指一處樹根凸起的地方，那裡用幾片葉子蓋著一堆東西。

陳阿福走過去把葉子掀開，裡面有半個拳頭大的一團金色便便，不臭且很乾，如一粒粒金色小土粒堆積在一起。

金燕子的口水，是天上有、人間無的綠燕窩，那牠拉的便便，應該也是世間難覓的燕糞有機肥料了。

想著自家那兩百畝田地，以及之後更多的田地，陳阿福的眼裡直發光，說道：「這麼辦，我拿幾個有蓋茶具進來，你拉在那裡面，等我以後要用了，再進來拿出去。」

「可是，人家不想把便便放在家裡。」金燕子說道。

陳阿福道：「你的便便又不臭，多放也無甚要緊，我怕我拿出去弄丟了，多可惜。這些可是上好肥料，以後要用來澆地的。」

她又唱了兩遍「小燕子，穿花衣」的歌，才把小傢伙哄好。她出去拿了四個有蓋茶具進來，把那堆燕糞弄進茶碗裡，用蓋子蓋上，這就是金燕子的恭桶了；又告訴牠，要拉便便時，就把蓋子掀開，拉完了，再把蓋子蓋上。

金燕子有些嫌棄，說道：「我之前的主人，給我用的恭桶不是金的就是金鑲玉的，而且用完就拿出去，偏妳只給我幾個粗瓷碗，還要擺在我家裡。」

原來牠之前已經遇過這種尷尬呀，還裝得像第一次一樣。

陳阿福心裡翻了一下白眼，嘴上還是說道：「媽咪現在窮，等以後富了，再給你換赤金的。」

金燕子解決了「出恭」問題，香噴噴地吃起陳阿福帶進來的滷味。

陳阿福壞壞地想著，為了多積攢肥料，以後得多弄些吃的進來，特別是要多弄大的吃食進來，讓牠多製造些肥料。

第二天，陳大寶要代表陳阿福感謝幫忙的人，和陳名跟阿祿幾個男人一起去大房陪客人吃飯，陳阿福只帶著七七、灰灰和追風去了棠園。

楚含嫣沒看到大寶，呆呆的眼裡閃過一絲失望，小聲唸道：「大寶……」

陳阿福笑著餵了她一顆滷花生米，說道：「大寶今天有事，明天再來跟嫣姊兒一起玩。」

了塵見陳阿福給她帶了一碗素食，道謝後，將豆干、海帶、花生各嚐了一口，極為好吃。「嗯，甚是美味。」她想了想，放下筷子說：「靈隱寺的無智大師回來了，他最是喜愛美食，我已經準備了一盒魏施主做的糯米棗子，正好再把這碗滷味送予他。」

因為怕滷味放太久壞掉，本來想再住一天的了塵只能急急離開，說好過幾天再來陪嫣兒。她急著帶美食去見無智大師，急著想請大師幫孫女算命。

陳阿福牽著楚含嫣，送了塵住持到外院，看她坐上馬車，再看馬車消失在朱色大門外。

馬車都消失一會兒了，楚含嫣似乎才反應過來，黑葡萄一樣的大眼睛裡湧上淚水，大滴大滴的眼淚滑落下來，哇地哭出了聲。

陳阿福把她抱起來，看她哭得傷心，心裡也不忍。小姑娘的身邊除了下人，大多時候沒有關心她的血脈之親，她的父親、祖母和太祖父，陪過她後，都是匆匆忙忙地離開，去忙各自的事情。

她走不出自己的世界，或許更不希望走進自己世界的親人再走出去吧？

陳阿福有些同情小姑娘，從這點看來，之前的傻阿福比她強得多，至少親人隨時在她身邊，關心她、愛護她。對於這種病人，精神的滿足，遠比物質的滿足要重要得多。

陳阿福偷偷用臉挨了挨她的小臉，輕聲說道：「莫難過，有姨姨陪著妳。」

小姑娘停止了哭泣，睜著水汪汪的大眼睛看著陳阿福。

陳阿福笑了，偷偷親了她一下，輕聲在她耳邊問道：「姊兒喜歡姨姨這樣？」見小姑娘微微點點頭，又道：「這是咱們兩人的秘密，姊兒千萬不要跟別人說。」

掛著淚珠的小姑娘咧開花瓣似的小嘴笑起來，又微微地點點頭。

陳阿福領著孩子們和兩隻鸚鵡鬧騰了一天。今天的滷味很開胃口，表現好了就用小牙籤又一小塊給他們吃。這種滷味又最合七七的胃口，牠總想比別人多吃點，背得更賣力，嗓子都大了許多。

酉時，陳阿福出了怡然院院門，在小姑娘的大聲號哭中極其內疚地離開，幾乎每次都這樣，不忍心，卻又沒辦法。

陳阿福回到家，看到陳名紅光滿面，極高興的樣子。他說，這次宴席辦得非常好，除了武長生，所有請的人都來了，後來羅管事又讓陳阿貴去把古橋村的余地主和余里正請來。

「本來夏捕快的眼睛都長到頭頂上去了，這次瞧著我大哥和我卻是極熱絡，還說改天請羅管事和我們兄弟去縣城他家喝酒呢！」

阿祿也說道：「之前胡老五見著我爹，都是一副大鼻孔瞧人的樣子，今天來給我爹敬了好幾杯酒，態度好得要命。」

陳阿福狗腿地捧了一句。「現在爹是附近吃得開的人了，再等些時候，人家還要叫你陳地主呢！」

說得幾人大笑，陳名的笑聲尤為響亮。

陳阿福又誇了阿祿和大寶。「你們兩個也不錯，小小男子漢，都能幫忙爹爹和姥爺待客了。」

兩個小男孩抿著嘴直樂。

晚上，陳阿福把自己給繡樓設計的兩套衣裳圖樣給王氏看，兩人討論了一番樣式和顏色的搭配，做了局部修改，才開始裁衣。

這是一套立領對襟夾棉褙子配馬面裙，和一套立領斜開小襖配百褶裙，兩套衣裳的亮點都在盤釦上。

衣裳由巧手繡娘王氏主做，陳阿福打下手。做這兩套衣裳比較麻煩，還有那些麻煩的盤釦，又要繡花，至少要半個多月才能做好。

一晃眼到了十月，這天是陳阿福休息的日子，怕小姑娘不習慣，前一天她專門多做了一些金絲糕和桂花小酥餅放在棠園。

一吃完早飯，陳名就忙不迭地拎著一包糖果去高里正家，請高里正一起去那片灌木林丈量土地。那裡是響鑼村管轄的邊界，再過去，就屬於上水村的地界了。

大概半個時辰，陳名便回家了，說那塊地共有七畝三分，高里正說就算七畝，東邊挨著棠園的那三畝五分地放在陳阿福名下，西邊三畝五分地放在陳名名下。

陳阿福領著追風去古橋村買肉，回來後便忙著做晌飯。

吃晌飯之前，陳業扶著陳老太太來了，胡氏跟在後面。他們是聽說陳名買了地後專程來的，之前已經知道陳名和陳阿福想買地、修房子，但沒想到兩家會分開買。兩人之前教了陳名那麼多，可他還是不聽勸。

兩人對陳名一陣埋怨，說那處離村裡遠，還讓阿福和大寶單住，若出了事怎麼辦，一副為陳阿福著想的模樣。

陳業說道：「二弟，哥哥和娘不會害你們，這麼大的事怎麼不先跟我們商量商量再定下？」

陳名就是怕他們不同意，才瞞著沒說，見陳業有些生氣了，他趕緊解釋道：「買地和修房的銀子，都是阿福出的。阿福說，那裡離棠園近，不怕別人欺負……」意思是，誰拿銀子買地，當然得聽誰的。

「離棠園近！難道阿福能一輩子教導棠園小主子？棠園能一輩子護著他們母子倆？小主子總會長大，總會嫁人。」陳業吸了兩口煙說道。

陳老太太也說道：「是啊！阿福模樣長得好，大寶又太小，他們單住那麼大個院子，真讓人不放心。」

陳阿福笑道：「奶奶放心，大伯放心，等以後我掙了銀子，再買兩個下人，我們不會有事的。」

陳業和陳老太太一聽，見她連買下人的話都說出來了，又嚇了一跳，也沒有再繼續說下去了。心裡暗道：到底是陳舉人的親閨女，像親爹，腦子好，真是有大出息的。

胡氏一聽二房連下人都要買了，羨慕得都眼紅了，開始念叨陳業如何犧牲自己照顧兄弟，末了，還說道：「二叔，你們都要買下人了，不能看著你大哥這麼大歲數了，還不停地操勞啊！」

陳業起先還聽得高興，後來聽胡氏又開始明目張膽地要東西，不覺紅了老臉，罵道：「我說妳這個臭娘兒們，不讓妳來妳偏跟著，一來就丟老子的臉，再這樣，信不信老子揍妳。」

陳名忙紅著臉解釋道：「大嫂，是阿福家買下人，我們家沒錢買。」

陳阿福說道：「奶奶，大伯，現在我在給楚家開的繡坊設計衣物、飾品，有時候需要手巧的人幫忙做。這樣吧！若我設計出來一些東西，讓大嫂有空來我家做活，我會付她工錢；但是有一條，無論做出什麼東西，都不能傳出去，也不能自己做了穿或是用，必須要保密。」

自家有錢了，不能不幫大房一把，畢竟他們在關鍵時候幫過自家，更幫了陳名。但是，陳阿福不願意「給」，更不願意被胡氏逼著「給」，若養成習慣，以後會後患無窮。

經過接觸，陳阿福比較相信高氏，為人穩重，又沒有壞心眼；陳阿貴雖然話不多，也是個明白人。

陳老太太和陳業都願意，王氏原本做縣城繡坊的活，每個月掙的錢可是能養活一大家子呢！忙讓陳阿福放心，說高氏手巧，嘴又嚴。

胡氏雖然不滿意，但看到男人和婆婆都高興，也不敢再說話。

晌午，他們三人在二房用飯，陳業和陳名還喝了幾盅酒。

誰知，飯還沒吃完，羅源就風風火火趕到陳家，他跑得氣喘吁吁，滿頭大汗，對陳阿福說道：「阿福妹子，快去看看我家姊兒吧！她今天見妳沒去棠園，一直哭，喊著『要姨姨』。宋嬤嬤以為哄哄就好了，誰想到她哭了一上午，連晌飯都不吃。」

陳阿福驚道：「姊兒現在還沒吃晌飯？」

「沒呢！她不僅沒吃晌飯，連水都不喝一口。」羅源心疼地說道。

陳阿福聽了，趕緊放下碗筷，跟著羅源往棠園趕去。大寶本來也要跟去，陳阿福沒讓他跟，小妮子已經離不開自己，不能再讓她離不開大寶。

來到怡然院，小姑娘還在宋嬤嬤懷裡抽泣著，眼睛又紅又腫，可憐得要命。看她這樣，陳阿福的眼圈都紅了，把她接過來哄道：「姊兒，妳怎麼了？」

小姑娘哽咽道：「姨姨……大寶……南方，找金寶。」

陳阿福和大寶一天沒來，把小姑娘的聰明才智激發出來了，她竟然猜測他們去南方找金寶了。

「姨姨和大寶沒有去南方，我們捨不得姊兒，哪裡都不會去。」抱著她哄了一會兒，看到她情緒好些了，給她喝了兩口用果子露沖的甜水，才讓人把飯端上來。

楚含嫣坐在陳阿福腿上，宋嬤嬤餵她吃飯。

平時小姑娘吃了飯，就會抱著大燕子玩偶，由宋嬤嬤陪著睡覺，可今天她卻賴在陳阿福懷裡，生怕她離開。

陳阿福只得抱著她走去臥房，說道：「姊兒聽話躺在床上，姨姨給妳唱『小燕子』的曲兒。」

楚含嫣聽了，才鬆開抱著陳阿福脖子的雙手。

陳阿福把她放在床上，又把大燕子玩偶塞進她懷裡，開始唱起歌來。這回，她把那首輕鬆歡快的兒歌當作催眠曲來唱，唱得很慢。但凡歌曲，一慢，聽著就悠揚，再由她略顯低沈的嗓音唱出來，就更加悠揚，餘音嫋嫋。

「小燕子，穿花衣，年年春天來這裡。

我問燕子為啥來，燕子說，這裡的春天最美麗。

小燕子，告訴你，現在這裡更美麗，

嫣兒已經長高了，她天天都想你，歡迎你長期住在這裡。」

陳阿福反覆唱著，當唱到「嫣兒」時，還微笑著用食指輕輕點了點小姑娘的翹鼻子。這讓小姑娘喜不自禁，後來還「啊、啊」地小聲跟陳阿福唱和著，雖然十之八九不著調，但個別調子還是跟上了。

歌唱了多少遍連陳阿福都數不清了，慢慢地，楚含嫣的聲音越來越小聲，漸漸傳來鼾聲。

陳阿福看小姑娘睡著了，輕輕幫她蓋好羅被，起身踮著腳走出臥房。她剛出臥房門，意外發現楚令宣和羅管事正站在廳屋裡向臥房張望著。

楚令宣沒想到世上有這樣奇特又好聽的曲兒，有這樣簡單通俗的詞句，還有那略顯低沈卻無比優美的嗓音……他感覺得出來，這首曲兒的詞裡，包含了對嫣兒無盡的喜愛和疼惜。

他一直沈浸在優美動聽的歌聲裡面，沒想到陳阿福會突然出來，有種偷聽被抓到的感覺，他有些不知所措，低頭用拳頭抵在嘴上輕咳了一聲。

陳阿福也愣了愣，給他屈了屈膝，小聲說道：「楚大人回來了。」

楚令宣點點頭，低聲說道：「我聽羅管事講了妳這些天是如何教導嫣兒的，法子很好，辛苦妳了。」又笑道：「嗯，剛才的曲兒也很好聽。我真的沒想到，嫣兒竟然能聽進去，還能跟著唱。」

陳阿福笑道：「我一直覺得，嫣姊兒是個聰明孩子，只是，她似乎從小被關在自己世界裡久了，才不會……甚至不願意走出自己的世界，不願意跟別人接觸，所以看著才跟常人有異。或許，她覺得在自己的世界裡更美好，再或者是她自認為的一種自我保護吧！」

楚令宣聽了有些難過。「是我對不住嫣兒，鮮少在她身邊陪她。」又問：「妳說，嫣兒是聰明的孩子？」

陳阿福認真地說道：「當然了，至少比我以前聰明多了。」她不避諱之前原主是個傻子，那時的樣子他也看過。

「其實，我以前『生病』的時候，偶爾會有片刻的清明。當我看到我爹、我娘、阿祿和大寶這些疼惜我的親人，他們隨時陪在我身邊，關心我、照顧我，我就會很開心、很放鬆，不怕被別人欺負。現在，要讓嫣姊兒覺得外面的世界同樣美好，更要讓她感受到她身邊的親人是喜歡她、疼惜她，不會拋棄她的，這樣，她才願意走出自己的世界。」

她之所以這麼說，就是要讓楚令宣知道，親人時刻的關懷對小姑娘的重要性。不管他們家裡的人有什麼樣的理由，都不能這樣說來就來、說走就走，把小姑娘丟給下人，讓她一個人嚐到被拋棄的不安和痛苦。

她的親人看似極嬌寵她，請很多人來為她過生辰，在吃穿用度上如何精緻，這些優渥的物質對孩子沒有任何作用，最普通的陪伴和時時關懷，才是最最重要的。

楚令宣聽了，心裡一陣刺痛。他的視線在陳阿福身上停留了一下，抬腳去了西屋，羅管事緊隨其後，走了兩步，示意陳阿福跟上。

陳阿福感到莫名其妙，有些後悔自己多嘴。這些強權階層最是喜怒無常，自己好心或許還會招惹人家的不高興，如今，她只得硬著頭皮跟過去。

西屋的佈置更像某些才女的起居室或是書房。有一排花梨木的書櫥，裡面裝滿了書；一個雕花嵌玉大書案，案上放著文房四寶，旁邊還有一架古琴。唯一不同的是，書櫥的門上掛了兩個小燕子玩偶，書案上也擺了一個小燕子玩偶。

楚令宣坐在書案前的椅子上，自西窗透進來的陽光從他背後射過來，在他的四周染上了一層光暈，也讓他陷在陰影裡的五官柔和許多。

他抬手說道：「陳家娘子請坐。」又對羅管事說：「羅叔也坐。」

陳阿福和羅管事坐下，巧兒進來上茶。

楚令宣修長的手指在書案上輕敲了幾下，沈思片刻，清了一聲嗓子，才低沈地對陳阿福說道：「嫣兒的娘在生她的時候難產死了，那時我不在她們身邊，她一生下來，就被人說是剋母的孩子。兩年後，當我第一次在公……在那裡看到她時，她瘦得像隻小猴兒，一個人望著簷下的燕巢發呆，一旁的乳娘和丫鬟竟然……」他似乎說不下去了，放在書案上的拳頭握得緊緊的，連青筋都異常明顯，極力壓制著自己的暴怒。

一旁的羅管事眼圈泛紅了，低頭用袖子抹了抹眼淚，低聲喊道：「大爺。」

羅管事這一聲呼喚，似把楚令宣從回憶中喚回來，他鬆開握緊的拳頭，嘆道：「看到嫣兒那個樣子，我才把她接去楚府。可是，我家裡的情況特殊，我的生母因故出……出家，祖母已經去世多年，祖父在京城的事務又比較繁忙，其他女眷都是隔了房的，有些事不好讓她們為難……我便在定州府謀了一個差事，把嫣兒接來定州。由於我的公務繁忙，經常在外面工作，不能時時陪在嫣兒的身旁，有時就把她送到棠園，想著羅叔一家靠得住，離我母親也近些；可是，我母親再是心疼嫣兒，也是方外之人，不能時常住在俗界……唉。」他深深嘆了一口氣，又說：「嫣兒如此，我們這些親人都有責任；而我如此奔波，不只是為了前程，更是為了……為了、為了將來讓嫣兒過得更好，我，必須如此……」

楚令宣雖然說得不甚清楚，關鍵的地方也沒明說，但是，陳阿福還是聽出來了，楚小姑娘的過往，比自己想像的還淒慘，楚家也比自己想像的還複雜。冷冰冰的楚令宣，原來揹負著這麼多無奈……

她心裡更加疼惜小姑娘了，怪不得會自閉，從她懂事起就生活在那樣的環境中，再好的人也會鑽進自己的龜殼裡不願意出來。

楚令宣又說道：「陳師傅，我相信，嫣兒在妳的教導下，會越來越好，也會走出她的世界。我及我的家人都會記住妳對嫣兒的幫助，會感激妳，但是，我還有個不情之請，想請妳幫幫忙……」

陳阿福抬起眼睛看著他。

楚令宣說道：「若在妳休沐的時候，我和我母親又不在棠園，能不能讓嫣兒去妳家？嫣兒如此依賴妳，有妳在她身邊，便如我們這些親人在她身邊一樣。妳放心，只在白天去，她晚上已經習慣由宋嬤嬤陪著睡覺，會回棠園歇息。只有白天，不管妳去哪裡，都帶著她，放心，我會給妳漲月錢。」

陳阿福說道：「漲不漲月錢倒是無所謂，現在，我跟嫣姊兒已經相處出感情，我也捨不得她傷心難過；只是，我們鄉下人家的房子簡陋，嫣姊兒是千金之軀，我怕會委屈她。」

楚令宣抿了抿嘴唇，有了些許笑意，顯得酒窩更明顯，說道：「我想，在嫣兒的眼裡，只要有陳師傅的地方，肯定就是花團錦簇的地方。」

這人看著一副冷冰冰的樣子，沒想到挺會說話。

陳阿福也抿嘴笑了起來。就算楚令宣不提這個要求，她也有這個想法，她捨不得那個孩子難過，便點點頭說道：「那好，以後我休沐的時候，羅大伯就把姊兒送去我家。」

羅管事忙道：「好。」

「如此，我就謝謝陳師傅了。只是，我明天又要去外地一些日子，大概要二十幾日才能回來，我不在的日子，要麻煩陳師傅和羅叔一家照應嫣兒了。」

羅管事忙道：「大爺客氣了，照顧小主子，是我們當奴才的本分。」

陳阿福也點頭應允，見事情談完了，起身說道：「嫣姊兒今天有楚大人陪伴，我就回家了。」

楚令宣點點頭，跟羅管事示意了一下，羅管事便起身陪著陳阿福走了出去。

出了怡然院，羅管事在一棵海棠樹下站定，從懷裡掏出一個荷包說道：「我家大爺對姊兒現在的狀況非常滿意，知道妳為了教導她，不僅勞心勞力，還出了錢，做了那麼多吃食。大爺說，已經麻煩妳許多，不好再讓妳破費，這些銀子既是大爺對妳的感謝，以後妳為姊兒花的錢也從這裡出。還有，我看妳家的地已經買下來了，就早些把房子建起來吧！明天開始，我讓我們的佃戶幫忙清理那片林子。」

陳阿福感到有些好笑，自家建房子，羅管事比他們還著急，她客氣道：「就是做了些點心和滷味，沒花多少錢。」

「以後姊兒會時常去妳家裡玩，花銷就大了。比如說，妳家的新房子要修好些，不僅家什、用具要買精緻一些的，園子裡也要有花有草才好，最好再建個涼亭，日頭大了可以在涼亭裡面玩。」

陳阿福想著，這哪裡是自家修房子，倒像給小姑娘修別院一樣；不過，也算互惠互利。聽楚令宣的意思，小姑娘的親人不可能經常陪著她，親人們不在時，希望自己陪伴小姑娘。這麼算來，自己陪她的日子要遠遠多過她所有的親人。小姑娘錦衣玉食地長大，無論吃的、用的、玩的，都要最好的，她若經常去自己家，的確要花些錢。

陳阿福便笑著道謝，接過荷包，又說道：「羅大伯，我想把我休息的時間調換一下，逢五和逢十休息。逢十是楚大人休沐，姊兒需要多些時間跟父親相處。」

羅管事點頭道好。

陳阿福剛跟羅管事告別，就看見了塵來了，她身後還跟著一個抱著盆花的小尼姑。

羅管事趕緊上去躬身行禮，陳阿福也雙手合十打招呼。「了塵住持。」

了塵一看陳阿福，笑了起來，雙手合十說道：「阿彌陀佛，陳施主正好在這裡，貧尼有事相求。」

陳阿福一愣，她會求自己什麼事？

了塵說道：「貧尼那天拿著陳施主做的滷味去拜見無智大師，大師非常喜歡，說若是可以，能不能請陳施主經常做些這樣的滷味送予他吃。」她的臉有些紅，像無智大師這樣嘴饞又直接向人家要吃食的出家人，幾乎沒有，說完又趕緊解釋說：「之前給陳施主算命的大師，就是他。」

陳阿福知道，王氏一直說靈隱寺有個老和尚給她算命，說她有福，癡病會好。自己穿越過來後，的確因為這個命格，讓許多事都順理成章地發展，原來那個老和尚的法號叫無智。不僅王氏感激他，對他念念不忘，連陳阿福都是感激他的。不過，連自己的面都沒見過，就這麼討要吃食，別說是出家人，就是俗世中人，都絕無僅有。

「無智大師喜歡我做的吃食，我很榮幸，我也十分感謝他給我算了那樣好的命，讓我的家人一直沒有放棄對我的治療。好，我會經常給他做。」

「那貧尼就代無智大師謝過陳施主了，若做好了，就送來棠園，讓羅肖派人送去靈隱寺。」了塵笑道，指著小尼姑手裡的那盆花。「無智大師還說，這盆蘭花快死了，想請陳施主幫忙治病，並說陳施主定能治好。」

那無智大師還真是老神棍，應該是算出她有燕沉香了；或者說鼻子像楚小姑娘一樣好使，聞出那碗滷味是用泡了燕沉香木渣的水滷出來的？

陳阿福看了看那盆花，花莖有些乾枯，葉子已經卷起來了，一副快要死翹翹的樣子，她為難道：「可我從來沒給花兒治過病啊！若是治不好怎麼辦？」

了塵笑道：「無智大師說了，若陳施主實在治不好，也是緣分，不會強求。」

陳阿福聽完接過花盆，告辭走了。

了塵聽說兒子回來了，正在怡然院，便匆匆進去了。

楚令宣見母親來了，趕緊放下碗，去扶她坐下。「娘，這時趕來，吃過齋飯了嗎？」

了塵同自己兒子、孫女和棠園裡的舊人之間，還是用俗世的稱呼。有人說她凡心未斷，那就未斷吧！她與那個家已經完全沒有關係了，也放心得下兒子，卻無論如何放心不下可憐的嫣兒。

了塵拉著楚令宣的手說道：「宣兒，娘去靈隱寺求無智大師，請他給嫣兒算命。」

「大師怎麼說？」楚令宣急切地問道。無智大師是大順朝最著名的高僧，許多王公貴族求他批命，他連見都不見。

了塵說道：「大師說，嫣兒的八字不正，是早夭的命。」

楚令宣一怔，極其難過地看著了塵。「嫣兒她……」

了塵趕緊又道：「宣兒莫急，大師又說，因為今春天相突變，多人因此改了命格，機緣巧合下，嫣兒的命格竟然也改變了。大師說，嫣兒若挺過了四歲，必能遇難呈祥，峰迴路轉。嫣兒，已經過了四歲生辰。」說完，了塵喜極而泣。

楚令宣聽了大喜。

第十六章

陳阿福抱著那盆快死的蘭花回家。

院子裡靜悄悄的，大寶一個人坐簷下看著書，追風和旺財趴在他腳下打磕睡。他見陳阿福回來了，放下書迎上前去，問道：「娘親，嫣兒妹妹怎麼樣了？」

因為擔心楚含嫣，大寶晌飯後也不去午睡，一直坐在這裡等娘親。

陳阿福笑道：「嫣姊兒沒事，已經吃完飯睡下了。」又問：「你怎麼沒有午睡？快再去睡會兒，小孩子睡眠不夠長不高。」

大寶指著花問道：「娘怎麼抱了一盆快死的花回家啊？」

陳阿福說道：「這是盆蘭花，娘看能不能養活。」

母子兩個直接回去新院子。大寶回東屋睡了，陳阿福讓跟屁蟲追風和旺財也去東屋，她一個人去了西屋。七七和灰灰不知道又野去哪裡，她把門窗關好，把花搬進了空間，看看這裡的靈氣能不能把花治好，如果不行，再試試燕糞。

見金燕子還翹著長尾巴在忙碌，說道：「金寶，這花是無智大師讓我幫他養的，你千萬別把它當菜吃了。」

金燕子的小嘴沒空，甩甩長尾巴，表示自己知道了。

出了空間，陳阿福才想起羅管事給她的荷包，她拿出來一看，裡面竟然是一張五百兩銀子的銀票。

這麼大一筆績效獎金，不只是對自己工作的肯定，也是為小姑娘以後生活預支的生活費。

陳阿福抿嘴笑起來，這些錢，她打算拿一半用在建房子和買家具上，建築一個美麗的家園。以後小姑娘經常來她家，就能在美麗的環境中成長。小姑娘以後的衣裳也由自家包辦了，一定要想辦法把她打扮得更漂亮；還有，再做些幼稚園小朋友喜歡玩的東西……

陳阿福把銀票收好，開始在紙上畫了幾個造型各異的凱蒂貓，有玩偶、小包、小棉拖還有小棉睡袍。棉拖鞋和棉睡袍是前世的樣式，不僅好看，冬天起夜也不會涼著。為了讓棉睡袍不顯臃腫，還在睡袍上縫了一個個菱形小方塊。

王氏和高氏做完那兩套衣裳後，就讓她們做這些東西，做兩份，分別給繡坊和楚小姑娘。

現在高氏每天會抽至少兩個時辰到二房來幫忙王氏做針線，她做簡單的縫衣、漿布、燙衣等工作，王氏則做繡花、盤釦、衣裳最關鍵部位的縫製等。

以後，她再跟羅掌櫃說說，看繡坊能不能把一些飾品讓自家做，也算給王氏和高氏找一份長期工作。

晚上吃飯的時候，陳阿福對陳名提到楚大人獎勵自己銀子的事。她沒有說實際數目，自己的財務狀況不能跟他們說得太清楚，不然空間裡的那四十兩黃金和那麼多好東西根本拿不出來；此外，又說了羅管事希望他們家快點建房子，明天會讓楚家佃戶來幫忙清理灌木林的事。

第二天，陳阿福起了個大早，她要給孩子們做蒸蛋糕。自從當了幼教老師，陳阿福忙得像陀螺，天天起早貪黑，連個懶覺都睡不成。她現在無比盼望新房子能快點修好，到時弄個土烤爐，能做許多好點心，也省事得多。

當她把房門打開，一陣寒風捲著雪花飛進來。

陳阿福有些欣喜，她前世一直生活在南方，那裡很少下雪。她來到院子裡，雙手攤開，接著雪花，感覺雪花飄進手心又融化成水滴。

「又傻了？別著涼了，快進屋。」一個聲音傳來，是王氏抱著柴火過來了。

現在都在新院子做點心，王氏在舊院子把糙米放進鍋裡熬後，就來這邊做點心。

如今家裡忙，錢也寬裕了，所以柴火都是用錢買的。

王氏看著陳阿福將蛋和糖及一些調料調好的麵糊放進有蓋茶具裡，再把茶碗放進鍋裡蒸，等蒸好後，倒扣出來，竟然變成了淡黃色的小點心。嚐一口，甜鬆綿軟，滿口生香，相當好吃。

陳阿福笑道：「若是有牛奶，會更好吃。」

王氏道：「這已經非常好吃了，也不知妳腦袋裡是裝了什麼，連這些花樣都想得出來。」

做完了第一鍋又開始做第二鍋，趁王氏去舊院子看粥的時候，陳阿福送了塊蛋糕進空間。由於不知金燕子睡在哪間房子裡，她把蛋糕放在一片葉子上就趕緊出來了。

這個月的初五，她很自覺地沒有休息，而是等到初十才休息。

前一日，陳名和王氏知道小貴人明天要來自己家，非常緊張，把兩個院子及屋裡都打掃了一遍。連多日不出門的王氏，特地和陳名一起去鎮上買吃食，同時，又給阿祿買了些學習用品。

這天，陳阿福早早起床，蒸好蛋糕，把大寶叫了起來。今天氣溫驟然下降，於是給他穿上那套新做的絳紫色綢子小棉襖和小棉褲，又戴上一頂虎頭小帽。

看著那張漂亮得不像話的小臉，陳阿福禁不住親了一口。

大寶笑得眉眼彎彎，抱著她的脖子說：「娘親現在喜歡嫣兒妹妹多些，得補償兒子，還要兩個親親，再要兩個抱抱。」

陳阿福呵呵笑起來，說道：「人家都說閨女是娘的貼心小棉襖，沒想到我兒子也是娘的貼心小棉襖。」說完又在他臉頰兩邊各親了一下。

大寶回親了她兩下，才下地穿鞋。

來到舊院子，看見阿祿穿得更體面，把那套壓箱底的藍色緞面小棉袍都穿上了，這是他準備上學穿的，今天有貴客來，阿祿也想給人家留個好印象。

陳阿祿集結陳名和王氏的優點，白淨清秀，十足小帥哥一枚，只是偏瘦小了一些。

陳阿福捧著他的小臉說：「哎喲，弟弟可真俊俏，小美男子呢！」

阿祿現在的臉皮厚了，得意說道：「姊姊和娘都那麼俊俏，我能差到哪兒嗎？」

眾人一聽都笑起來。

早飯後，陳阿福就開始滷肉、滷菜，又另起一鍋滷素食，準備送去給靈隱寺的無智老和尚，另外，還會送他一些糯米棗子和金絲糕。

大概巳時三刻，一輛馬車就來到陳家，是羅管事和羅源親自趕的車，後面還跟了五個人。

馬車一停，宋嬤嬤先下來，再把嫣姊兒抱下車，接著魏氏下車，把羅梅和羅明成抱下來，再加上後面的五個人，一共來了十二個人。

陳阿福頭都痛了，這麼多人，是打老虎來了？

小姑娘的排場真是大，要這麼多跟班。她原先想著，或許會來三個孩子加兩個大人，卻沒想到來了這麼多人。

羅管事也怕陳家沒想到會來這麼多人，帶了許多食物過來。

陳名和阿祿把羅管事父子和王護院、李護院請去了他們的屋子，而孩子、女人及寵物們則去了新院子。

陳阿福把孩子們帶進東屋臥房，屋裡已經燒好炕，她把楚小姑娘的棉披風取下抱上炕，大寶自己爬上炕，羅梅姊弟則坐在炕邊，丫鬟在一旁服侍。

炕桌上擺著幾盤點心，幾個孩子吃了兩塊後，陳阿福便收了起來，怕楚含嫣吃多了不消化。

王氏請魏氏、宋嬤嬤去西屋坐，她們兩人執意在中間的廚房坐下，又把東屋的門開了一道縫，好隨時進去伺候。一把她們安置好，王氏又要去舊院廚房忙碌，魏氏便主動去幫王氏了。

把孩子們安置好後，陳阿福去舊院子，把一盆滷味和一盆點心交給羅源，他馬上起身趕著馬車去靈隱寺。

陳阿福回屋後就坐在炕上，抱著小姑娘講「小兔兒乖乖」的故事。她直講了三遍，小姑娘才終於有了些反應，一聽大灰狼喊「開門」，她就會癟著嘴說「不開」，雖然她比其他孩子喊得慢，但也是做出反應了。

不過，小姑娘聽出了興趣，故事一講完，她就會說「還要」。

陳阿福至少講了十幾遍，心裡腹誹不已，這麼一搞，不僅自己在上班，連自己一家人都在上班。看來，若小姑娘的親人不在，自己必須主動要求去棠園加班。

羅管事看到這種情況也很不好意思，村裡離棠園太遠，他怕小主子有閃失，就帶了這麼多人來伺候。

正鬧著，又有一輛馬車來到陳家，是楊明遠領著一雙兒女來了。

陳阿福趕緊對幾個孩子說道：「好了，第一節課上完了，下課。」

如今小姑娘也搞懂了，只要下課，就是自由活動，就能喝水、吃點心。宋嬤嬤從家裡帶了果子露水，可小姑娘就是要喝陳阿福熬的山楂水。

陳阿福和大寶去了舊院子。楊超和楊茜一看到他們，一個去抱大寶，一個扯著陳阿福的裙子喊抱抱。

楊超興奮地跟大寶說：「我爹說了，今天我們能夠住在你家，可以多玩一天。」

一聽他們要來添亂，陳阿福頭皮都麻了，只得笑道：「好啊！歡迎。」又抬頭對楊明遠笑道：「楊大爺最近忙啊！」

「還真挺忙，我想在定州府開一家酒樓，前些日子去了那裡，忙到昨天才回家。」楊明遠賣關子道：「陳家娘子猜我遇到誰了？」

「遇到誰了？」陳阿福問。

「就是陳三滷串的老闆陳三叔。我們有緣相識，一番絮叨，才知道他是妳三叔。」

陳阿福笑道：「那真是太巧了，以後還請楊大老闆多多關照我三叔。」

楊明遠擺手笑道：「陳家娘子客氣了，陳三叔在府城闖蕩多年，生意做得極好，我還得向他學習。」頓了頓，又道：「陳家娘子，我這次來，還想跟妳談筆大生意。」

大……生意？

陳阿福正感到莫名其妙，羅管事就出來了，他也認識楊明遠，大聲笑道：「楊老闆來了，屋裡坐。」

楊明遠趕緊給羅管事拱了拱手，笑道：「羅老爺，幸會。」然後去了屋裡。

陳阿福和大寶則帶著楊家兄妹去了新院子。楊家兄妹很有教養，不怕他們會驚擾楚含嫣。

陳阿福給楚含嫣介紹道：「這是楊家哥哥，這是楊家姊姊。」

楊茜比楚含嫣大一個多月，是小姊姊。

楚含嫣現在只習慣跟大寶和羅梅姊弟三個孩子相處，楊家兄妹一進屋，她的小臉便緊繃起來，小嘴也抿得緊緊的。

陳阿福看到小姑娘的這個表現不僅不生氣，還十分高興。她終於知道表達自己的想法了，哪怕不說話，只做個表情，也是進步。

楊家小兄妹不覺得自己被人嫌棄了，楊超跟大寶、七七和灰灰說得熱鬧。

楊茜更是個自來熟，一看到楚含嫣，就喜歡上這個漂亮的妹妹。她自己脫了鞋子爬上炕，坐在楚含嫣的對面，看著她道：「妹妹，妳好漂亮，咱們來玩扮家家酒吧！」

見楚含嫣不理，她又說：「那咱們玩躲貓貓，好不？」見人家還是不理她，也不氣餒，又說道：「那咱們就背童謠吧！」

然後也不管人家同不同意，拍著巴掌開始背起來。「推車哥，磨車郎，打發哥哥上學堂。哥哥學了三年書，一考考著個秀才郎。先拜爹，後拜娘，再拜拜進老婆房。金打鎖匙開銀箱，老婆房裡一片光。」

她的口齒雖然不甚清晰，但背得有板有眼，極其認真，一背完，把屋裡的人逗得大笑起來。

楚含嫣起先沒反應過來，愣愣地看著楊茜，或許也覺得這個小姑娘有趣，見別人都笑了，跟著咧嘴笑起來。

楊茜見妹妹笑了，十分高興，說：「妹妹背。」見人家只笑不背，也不生氣，從懷裡掏出帕子。「那咱們玩疊帕子。」

然後，自己揉搓幾下帕子，把帕子塞進楚含嫣的手裡讓她疊，再把帕子拿回來揉幾下，再塞進楚含嫣的手裡。

楊茜小姑娘讓楚含嫣感到很新奇，一下子就不排斥楊茜了，看著小話簍子自玩自說得熱鬧。

陳阿福暗道：好好培養培養，自來熟的楊小姑娘，就是楚小姑娘的小手帕交呀！

宋嬤嬤興許也是這麼想的，對黃嬤嬤的笑容比他們剛進來時和氣多了。

晌午，陳名讓阿祿去請陳業父子及高里正過來陪酒。不一會兒工夫，胡老五的狗鼻子也聞到陳家的酒味自己跑了過來，還抱著一罈酒。

陳名非常不喜歡這個人，但他來了，也不能趕他走。人說，寧可得罪君子，不可得罪小人，胡老五這種人，最好別得罪。

陳阿福抽空去做了一道黃金滑肉，這道菜孩子們最喜歡，連嫣姊兒都主動指著要吃「那個」。

吃得滿嘴流油的楊超說：「陳姨，我家酒樓的大廚都沒有妳做的好吃。」

陳阿福笑道：「喜歡，你就多吃些。」

飯後，幾個孩子都睏了，抱著大燕子玩偶的楚含嫣和楊茜就睡在東屋臥房，大寶、羅明成和楊超則睡在西屋。

陳阿福讓羅梅和兩個女孩一起睡東屋，可小姑娘搖頭說：「不，奴才要服侍主子。」

陳阿福笑道：「妳睡在姊兒旁邊，若她有需要了，妳再起床服侍她。」

羅梅聽了，才乖巧地睡在炕上的最外面。

晌飯後，陳名身體不好，有些勞累，又喝了點酒，去西屋睡下了；而羅管事幾個男人則被安排在東屋歇息。

楊明遠有事，便來到簷下等陳阿福。他穿著駝色長棉錦袍，中等身材，五官算不上俊俏，可眼裡流露出的精明和沈穩給他加了不少分，讓人有種踏實感。他看到陳阿福從側門走過來，對她笑道：「有一筆生意，不知陳家娘子有興趣沒有？」

楊明遠想在定州府再開一家酒樓，前段時間他去了定州，剛把酒樓的位置選好，就去看望一個開酒鋪的朋友。

來到朋友的酒鋪，便聞到了一股好聞的滷味，還有一群人圍著。一擠進去，就看到一個土爐子上擺著一個大鍋，鍋裡溫著一些竹籤，籤子上串了肉和菜，賣相十分奇特。

朋友說這是陳三滷串，把鍋裡剩的滷串都買下來，請楊明遠吃。

楊明遠覺得這種滷串有些像自家的九味鮮滷，但味道比九味鮮滷稍微要淡些。這種吃法，富人愛吃，窮人也買得起，孩子們更是喜歡。

聽朋友說，這種吃食在短短時日就成了府城的知名小吃，吸引許多人慕名品嚐，不僅因為味道好，還因為這家老闆精明，賣滷串的法子極為特別。

原來，陳三滷串在有一定名氣後，又找了六個「銷售點」。不是租鋪子，而是在富裕人家比較多的地方，找一個位置好的酒鋪，花高價租下鋪子門前的方寸之地賣陳三滷串，而且只租申時一個時辰，若是下雨或是下雪，就移到鋪子內販售。

這種好事，酒鋪老闆當然願意，既不影響自家做生意，還有錢賺。之後竟然發現連酒鋪生意都比平時好得多，更是意外之喜。

不過，陳三在租了八天後，便不租了，說掙的錢大半進了酒鋪，不值當。酒鋪老闆不願意讓他們走，價錢一降再降，降到陳三滿意了，才繼續合作。

陳三花費不多的租金，就以最快的速度打響知名度，並把陳三滷串賣到定州府每一個角落。哪怕後來許多店鋪跟風賣滷串，都遠比不上陳三滷串的生意好。

陳三姓陳，滷串的味道又跟九味鮮滷有幾分相像，楊明遠直覺這家滷串跟陳阿福或許有某種關係。於是，他就去了陳三滷串的店鋪，再看陳三跟陳名長得有幾分相像，更加確定自己的猜測。一番攀談，陳三果真同陳阿福有關係，竟然是她的叔叔，這種吃法和賣法也是陳阿福告訴陳三的。

楊明遠回去想了一夜，覺得或許陳阿福還有更多更好的點子，若能把她拉進酒樓的生意來，生意肯定會更好。想到那個美麗的倩影，他心裡竟是有了幾分悸動。

於是，他急忙回到三青縣城，找來了陳家，說若陳阿福有好點子，就分酒樓的股份給她。

陳阿福聽了楊明遠開的條件有些心動，但還是有自知之明。她前世雖然學過一些廚藝，但除了那幾個方子和做點心，她的水準也就是炒炒家常小菜，之所以能得到別人的讚譽，是因為有燕沉香的緣故。哪敢給一直做酒樓生意的楊大老闆出點子，何況怎麼敢因為一道方子向他要酒樓股份。

楊明遠要的點子肯定不是方子，而是不一樣的飲食文化，或者是行銷手段吧！

陳實那樣的小打小鬧還成，但楊明遠要的是「大市場」，她沒有自信。

一陣寒風颳來，讓站在院子裡的陳阿福打了個寒顫。「火鍋」這兩個字一下子躍入她的腦海，在這種天氣，若是幾人圍坐著吃熱騰騰的火鍋，是多麼愜意的事情。

這個時代也有湯鍋，有些像火鍋的前身。前兩天棠園做了一次，就是把肉和菜放進鍋裡煮，蘸著醬吃，遠沒有前世火鍋的精緻和講究，也沒有自成一派。

火鍋這種美食，即使在前世也是享譽大江南北，很少有人不喜歡。關鍵是，陳阿福學過如何調製底料，而且紅鍋、白鍋調製得都不錯。

陳阿福那麼用心學做火鍋，還要感謝那個負心漢劉旭東，因為他喜歡吃火鍋。他有個好朋友是一家著名火鍋連鎖店的老闆，她便跟著那家火鍋店的廚師學了一手，無事的週末，她偶爾會做火鍋，希望把劉旭東留在家裡……

那時的她，愛得真是太沒有自我和尊嚴了。

陳阿福眨了眨眼睛，深吸一口氣，把那股鬱悶壓進心底，對楊明遠嫣然一笑，說道：「現在天冷，我還真想出了一道吃食，叫火鍋，卻不知道做出來好不好吃。不過一道吃食，不敢要楊大爺的股份，正好今天家裡有這麼多貴客，我做出來，盡盡地主之誼。」

看見這美麗的笑容，楊明遠的心撲通、撲通跳個不停，臉上也有了一絲紅暈，他急忙穩了穩心神，笑道：「那好，我等著一飽口福。」

陳阿福想了想，又笑道：「哎喲，我忘了楊大爺若晚了就進不了城，做這道吃食麻煩，還是改天吧！」

楊明遠太想吃火鍋了，便說道：「無妨，晚了我在城外客棧住一宿即可。」

陳阿福進了廚房，察看羅管事和楊明遠今天帶來了哪些吃食。除了晌午吃了一些，剩下的還堆了滿滿兩大木盆。

陳阿福蹲下翻了翻，有排骨、豬蹄、後腿肉和五花肉等豬肉，還有兩隻羊腿和一扇羊排，一隻雞、一隻鴨和一斤多大蝦，以及藕和蘑菇。這些東西，再加上自家的菜園，勉強能做一頓火鍋了。

因為她是個吃貨，家裡最齊全的就是調味料，雖然沒有前世的某些調味料，但也找了些替代品。只是，紅鍋不能太辣，北方人吃辣不行；而且，家裡還有一小罐珍貴的胡椒，這是她在定州府一家胡人開的鋪子裡買的。胡椒是白鍋必備品，若沒有胡椒，白鍋的鮮就提不起來，而大順朝的子民，並不習慣吃胡椒。

由於新院子這邊沒有單獨的爐子，只能在廚房裡面做。兩個灶，大灶熬白鍋，小灶熬紅鍋。她想著北方人吃白鍋的居多，再說今天孩子也多，她想好了，便帶著康師傅和王氏忙碌起來。

不過，楚含嫣一醒便不清靜了，她大哭著找陳阿福，陳大寶哄都哄不好。宋嬤嬤只得把她抱到舊院子來，讓她和幾個孩子坐在西屋的炕上，再把門打開。

小姑娘只要看到陳阿福的身影，一隻小手又拉著陳大寶的衣衫，便老實下來。小話簍子楊茜在她身旁唧唧咕咕地念叨著，一邊甩著帕子，她似聽非聽，一點也沒有減少楊茜說話的興致。

大寶得意得不行，他第一次被嫣兒妹妹如此依賴，小胸脯挺得高高的，一動也不動地坐在楚小姑娘身邊，任由她扯著他的衣衫，同楊超說著男人的話題。

陳阿福一邊同王氏等人忙碌，一邊聽著西屋孩子們的笑鬧聲，心裡如那鍋裡冒上來的熱氣一樣溫暖——這是她前生、今世一直祈盼著多子多福的情景。

暮色四合，火鍋料也熬好了。陳阿福還做了兩種蘸醬，一種香油醬，一種特殊蘸醬，若是紅鍋，就用香油醬，若是吃白鍋，用特殊蘸醬，當吃涮羊肉。

味道太香，天氣又冷，廚房裡蒸氣繚繞，香氣瀰漫，幾個男人早就饞了。他們端著碗坐在廚房吃著火鍋，有喜歡紅鍋的，也有喜歡白鍋的，他們邊吃邊喝著酒，極其愜意；而宋嬤嬤和黃嬤嬤則幫孩子們撈著白鍋裡的肉菜，吃得極熱鬧。

楊明遠吃了一陣子，就急不可待地把陳阿福叫到一邊請教起來。陳阿福講了一下用什麼樣的爐子、什麼樣的鍋吃火鍋最好，又說了自家的調料和菜品還不齊全，若再加什麼更好吃，以及吃火鍋的一些講究和店鋪的裝修擺設……

楊明遠聽了激動得不行，摩拳擦掌表示要大幹一番，並表示這東西應該帶去京城發展。想想又算了，自己沒有強大的後臺，太好的東西若被權貴惦記了，反倒是禍事；不如就在定州府開，看陳阿福跟棠園小主子的關係，棠園主子也會照應酒樓……

等大家都吃飽了，魏氏和宋嬤嬤幫忙王氏把廚房收拾乾淨了，羅管事等人要走了，陽明遠的談興還濃。

羅管事不願意他這麼晚了，還賴在人家家裡「談生意」，陳阿福到底是小主子的師傅，不能讓她名聲有礙，便說道：「這麼晚了，楊老闆就別去找客棧了，去我家歇著吧！」

楊明遠才發現天已經黑透了，的確不好再纏著人家姑娘說話，便同意去羅家，想著明天中午陳阿福休息的時候再談。他要把楊超、楊茜帶去羅家，可兩個小人兒都不肯走，一定要賴在陳家睡。

晚上，天更冷了，夜風呼呼颳著，宋嬤嬤用被子把已經沒有精神的楚小姑娘包得嚴實抱上馬車。棠園的人、楊明遠和康師傅都走了，家裡終於安靜下來。

幫幾個孩子洗漱乾淨後，阿祿領著大寶和楊超睡，陳阿福帶著楊茜睡。

隔天早飯後，一家人激動地把穿著小長袍的阿祿送到門口，看著他跟等在村口的幾個孩子會合後，一起向上水村走去。

前幾天陳名和阿祿就拎著兩條肉和兩包點心去上水村拜訪蔣先生。蔣先生考校了阿祿，覺得他有一定基礎，又很聰明，再加上已經有羅管事打過招呼，不僅收他當學生，學費還是按上水村孩子標準收的。

看到大寶眼睛裡的羨慕，陳阿福笑道：「等明年春天，大寶就跟著小舅舅一起去唸書。」

陳阿福領著孩子們在棠園玩了一個上午，新奇的玩法讓楊超和楊茜很高興。因為多了兩個孩子的加入，又因為這兩個孩子極其活躍，幼兒班裡比平時還熱鬧幾分。

吃了晌飯，羅大娘來說，楊老闆還有事要跟陳阿福談，讓孩子們在棠園歇息。

陳阿福一出大門，就看見楊明遠和馬車已經等在門外了，羅源竟然也在。

昨天晚上，楊明遠又跟羅管事談了半宿，連羅管事也心動了。羅管事直覺地認為，這種新奇的吃食，生意肯定會好，再加上他對楊明遠的印象不錯，就接受了楊明遠送的股份。羅管事還說，不能白要他的股，棠園也會出一些銀子。楊明遠不會傻到真的要他們的銀子，只是少收一點，意思意思就行。

楚令宣雖然來定州開府建衙，但跟京城的侯府本家並沒有分家；棠園是楚令宣母親的嫁妝，也就是楚令宣的私產，所以相當於楚令宣擁有了酒樓生意的股份。

有了楚家的加入，楊明遠便不怕被那些權貴惦記了，幾人商定，還是去京城開酒樓，京城更繁華富庶，市場更大。酒樓取名為「鴻運火鍋大酒樓」，專門經營火鍋。楊明遠占六成股，陳阿福和棠園各占兩成。

陳阿福看了楊明遠一眼，他還真有本事，能把楚令宣拉進來，如此就有楚老侯爺這個保護傘，再加上獨一無二的火鍋，肯定能大有作為。她既然是技術入股，也卯足了勁提建議，話還沒談完，又該去棠園上班了。

晚上，在羅管事家吃飯，飯後幾人又繼續談。大概戌時末，陳阿福才領著大寶和楊家兄妹坐著馬車回家。本來想讓小兄妹在棠園歇息，但他們不願意，非要跟回陳家。

馬車一搖一晃，片刻工夫楊家小兄妹便睡著了，陳阿福和黃嬤嬤一人抱一個，還用小被子包著。

大寶雖然也有些睡眼惺忪，卻沒有讓娘親抱自己，還會照顧睡著的鸚鵡，用布巾幫牠們蓋好。

窮人家的孩子早當家，陳阿福看看懷裡的楊超，再看看大寶，心裡有些發酸，輕聲說道：「超哥哥是客人。」

大寶用頭蹭蹭陳阿福的胳膊說道：「嗯，兒子知道，不會吃超哥哥的醋。」

隔天，陳阿福起了個大早，做了兩盆金絲糕，一盆要給楊家帶回去。

早飯後，楊明遠趕到陳家接孩子，楊超和楊茜又哭又鬧，還是被硬抱著上馬車。

後來，陳阿福才知道楊明遠為了籌措資金，竟然把縣城的酒樓頂了出去，拿著全部身家財產，去京城創業。真是個冒險家！

第十七章

人多力量大，那片灌木林十幾日前就清理好了，房子已經開始建了。

因為陳名想趕在年前就搬進來，本村的人不夠，又請了專門給縣城鎮上修房子的工瓦班子，如此，就不得不提供飯餐了，於是又出錢請三爺爺家的人幫忙做飯，晌午再送去。

陳名的院子蓋得要稍微小些，只有三畝地，他高姿態地把五分地當作兩個院子之間的「隔離帶」；而陳阿福的院子因為兼具幼稚園的作用，蓋得稍微大些，不止有三畝半，連原本高里正多劃的三分地也加了進來，共計三畝八分地。

兩家都是兩進宅院，格局有正房、東廂、西廂、倒座、後罩房，兩家也都有井。

陳名家跟大多鄉下小地主家相似，前院栽些花草樹木，後院則被規劃為牛棚、豬圈、雞圈、種菜之類的地方。

陳阿福家卻不同於他們，不僅像富貴人家一樣要種花草樹木，還有雕梁畫柱，大窗槅、西廂四間屋子還必須用木板鋪地；更不同的是，會建一個兒童樂園。

本來陳阿福想讓陳名那邊再弄好些，可陳名不願意，他把自己的身分定為小地主，嚴格按這個標準來佈置他的家，說這樣實用，鄉下人家沒必要搞那些花樣。

每天去棠園的時候，大寶都會拉著陳阿福去自家新房子前看蓋房進度，樂呵半天。

他們兩家的家具都包給了武木匠家，陳阿福又畫了些圖紙，請武木匠家及鎮上的鐵鋪幫忙做一些稀奇古怪的東西。

她去找武木匠的時候，武長生十分幽怨地看著她，還總想往她身邊湊，被武木匠罵跑了。

武長生已經跟他的表妹訂了親，翻年就會成親。

陳阿福出了武家，武長生還跑出來跟她說：「阿福妹子，以後，我就當妳是我親妹子，妳有啥事需要我幫忙，我還會像以前一樣幫妳。」

陳阿福看著他那雙受傷的眼睛，有些感動，笑道：「謝謝武二哥，我祝你一生幸福。」

這麼多天裡，了塵住持來棠園住過兩天，陳阿福只有這兩天在家休息，其他休息時間都貢獻給小姑娘；不過，羅管事上個月底給她的月錢是五兩銀子，比原來說的二兩銀子多多了。

冬月五日下晌，陳阿福在廳屋裡帶著孩子們玩，看見羅源在門口晃了晃。他前天去府城辦事，幫忙把那兩套衣裳，以及凱蒂貓系列的玩偶、包包、棉睡袍和棉拖都送去霓裳繡坊，剛剛才回來。

聽羅源說，羅掌櫃非常喜歡那幾樣東西。因為那幾種盤釦的關係，現在霓裳繡坊不只生意好了，連名聲都更盛幾分。許多大戶人家的小姐只用霓裳繡坊做的盤釦，用盤釦裝飾衣裳，如今已經變成一種時尚，同時，繡坊的布料賣得也比以前更好了。

其實，現在很多富貴人家都有針線房，不一定會在繡坊買成衣，但若是繡坊裡掛了一套漂亮別致的成衣，或是漂亮的飾品，女眷們便會買繡坊的布料回去照著那個樣子做。若是哪家繡坊的成衣別致好看，女眷們就會經常光顧那家繡坊，有買成衣的，也有買布料的。所以，漂亮的成衣和飾品不僅能賣錢，更能為繡坊招攬客戶。

羅源還說，羅掌櫃讓陳阿福領人多做些吉祥貓玩偶和包包，定期送去繡坊，這個活計是陳阿福替王氏和高氏要來的。

羅源從懷裡掏出一個荷包交給陳阿福，荷包裡裝了九十六兩銀子。羅掌櫃還給了幾疋綢緞、十幾疋細布和絨布以及一些繡線，這些不僅是設計衣裳和做玩偶的料子，還包括給小姑娘做衣裳的料子。

冬天天短，酉時天便黑透了，陳阿福下班帶著大寶、兩狗兩鳥坐著馬車回家。她先去新院子放好料子，才去舊院子，見王氏已把飯菜擺上桌了。

陳阿福給了王氏五兩銀子，再讓她把一兩銀子轉交給高氏。

王氏道：「阿貴媳婦十分不錯，勤快又好學，幫忙娘做了許多事，就給她二兩銀子吧！」

陳阿福搖頭道：「娘做過繡娘，應該知道做複雜繡活和做簡單繡活的差距有多大，給大嫂一兩銀子，都算多給了。親兄弟明算帳，以後才不會傷和氣，娘若心疼她，就教她繡藝，以後等能做複雜的活計時，再多拿錢。」

給楚小姑娘做衣裳的任務一大半都交給了王氏，上個月，王氏還抽出時間和陳阿福一起，給小姑娘做了兩套外衣、兩件棉睡衣和兩雙棉拖鞋。

夜色更濃，雪花越飄越大。

七、八個騎著馬的人來到棠園大門前，一個人下馬去拍大門，喊道：「快開門，大爺回來了。」

門裡傳來聲音。「來了，來了。」

大門打開，幾人走了進去。

風塵僕僕的楚令宣直接去房裡洗澡，顧不得吃飯，快步往後院走去。碰到聞訊趕來的羅管事，說道：「羅叔等等，我先去看看嫣兒。」

這時候女兒該準備睡覺了，但他還是急著想見女兒一面。

他推開臥房門，一股溫暖的氣息和淡淡的香味撲面而來。他看見女兒抱著大燕子玩偶站在屋子的中間，瞪著黑葡萄一樣的大眼睛看著他。

女兒烏黑的頭髮披散下來，髮際處繫著一根緋色絲帶，在頭頂一側繫成一朵小蝴蝶花。她穿著一件齊腳踝的楊妃色長棉袍，一雙奇怪的楊妃色棉拖鞋，胸前和鞋面上縫著同樣的貓臉，樣式奇怪又好看。

近一個月不見，女兒長高了，似乎眼睛也較之前有了些神采，還……更加好看了。

楚令宣走過去蹲下，看著她漂亮的小臉笑道：「閨女怎麼知道爹爹回來了，在這裡等著？」

「聲……音。」楚含嫣小聲說道。

這是女兒第一次如此清晰地回答他的問題，楚令宣大喜過望，一把將她抱起來，說道：「嫣兒聽見爹爹的腳步聲，所以在這裡等爹爹？」

楚含嫣這次沒有回答，而是拍了拍手裡的小燕子玩偶，背起來。「小燕子，穿花衣，春天來這裡……燕子說，春天……更美麗。」

雖然她的眼睛只看玩偶沒看他，但他知道這是閨女特意背給他聽的。

他愣了一下才反應過來，說道：「我的閨女都這麼能幹了，竟然還會背童謠了。」

「姨姨……說，背，爹爹……聽……高興。」楚含嫣結結巴巴地說道。

「爹爹聽到了，爹爹真高興。」楚令宣忙說，激動到聲音都有些發顫。他曾經以為，自己要一輩子把閨女藏在別院中，閨女一輩子都會那樣癡癡傻傻，沒想到，閨女竟然會背童謠，會跟他對話了。

真如那個女子所說，自己的閨女是聰明的，只是，得要讓她走出自己的世界……

楚含嫣似得到了鼓勵，又再接再厲、結結巴巴地背道：「小兔……乖乖，把門……開開，不開，不開，爹爹回來……開……」

最後那個字的聲音還拖得老長。

這背的是什麼東西？楚令宣的眼睛瞪得老大。

「小燕子」那首童謠還算正常，可這首「小兔子」童謠卻是太——逗了。

楚令宣哈哈大笑，笑完他自己愣了愣，自己這樣痛快地大笑，應該是家裡還沒出事之前吧？

楚含嫣是第一次看見爹爹這麼笑，也咧開小嘴笑起來。

楚令宣得意地笑道：「閨女真好，不給別人開門，只給爹爹開門。」

楚含嫣又接了一句。「大灰狼……不開。」

大灰狼？

楚令宣雖然感到有些莫名其妙，但心裡極為舒暢，他抱著女兒坐在床沿，和她說了幾句話。雖然主要是他說，女兒偶爾回一、兩句，但這已經是原來他不敢想的事了。

楚含嫣的眼睛開始惺忪起來，一旁的宋嬤嬤過來把她接過去，脫下她的長睡衣，再把頭髮上的髮帶解下來，將她放在床上。

楚令宣看到女兒抱著燕子玩偶睡著後，才輕輕走出了臥房。

來到廳屋，聽宋嬤嬤稟報了幾句閨女的日常起居，知道閨女那身奇怪的衣裳和鞋子都是陳阿福做的，叫做吉祥貓睡衣、吉祥貓棉拖，閨女喜歡得緊；又說閨女現在能和其他孩子玩在一起了，天天都非常認真地背「童謠」，想背給爹爹聽……

楚令宣心情愉悅地走在路上，唇角都是上揚的。

回到外書房，桌上已經擺好酒菜，他邊喝酒邊聽羅管事稟報這段時間女兒的情況和棠園的事務。

他雖然覺得陳阿福的那種教導方式很奇特，但不可否認極其實用。當他聽到楚含嫣第一次到陳阿福家，羅管事帶了那麼多人去服侍，吵了她家一天，嚇得陳阿福後來再不敢歇息的時候，忍不住笑起來。

末了，羅管事問：「要不要老奴派人去陳家說一聲，說大爺回來了，讓阿福明天在家歇息一天？」

楚令宣先點點頭，後又說道：「不用特意通知，還是讓她來教嫣兒吧！」

不知為何，他也想看看她，看看她是如何教導閨女的。

說起和小商人楊明遠做火鍋生意的事，楚令宣起先不太贊同，但當知道點子是陳阿福提供的，她也是股東之一，便點頭同意了。想了想還是提醒羅管事注意些，識人要清，別被只認銀子的商人壞了侯府和他的官聲。羅管事忙躬身應是。

楚令宣又想起京城侯府二嬸提的那檔事，唇邊閃過一抹譏諷的冷笑，問道：「趙家村有什麼動靜嗎？」

羅管事道：「前陣子，陳大人的母親專程派人回了趟趙家村，掏了五十兩銀子，說要在趙家村旁的河上修座石橋，方便鄉親們通行。聽說，年前陳母會專門回村一趟，趙家村準備擺三天的流水宴，還會請縣城的戲班去唱大戲，村民們都盼著呢！」

楚令宣冷哼道：「那老婦，不僅會沽名釣譽，還特別會鑽營。」

一大早，陳阿福做了一道新吃食蓬蓬圈，就是細糠炸南瓜圈。

為了讓小姑娘能一切行動都聽她指揮，陳阿福絞盡腦汁地做點心，花樣大概兩、三天一換。

當她領著大寶來到棠園，卻沒看到勞動模範羅管事，只得把食盒交給一個婆子，請她幫忙送去院後的羅家。

他們一走進怡然院，就看到楚含嫣穿得圓滾滾的，抱著小燕子玩偶，站在廊下眼巴巴地向大門口張望。當陳阿福和大寶的身影出現時，她的小嘴漾出一抹微笑，等著陳阿福來到她身邊，蹲下來把她摟進懷裡。近半個月來，天天如此。

今天，陳阿福沒有如她所願走到她面前，而是在離她一丈開外的地方停了下來，蹲下身對小姑娘伸出雙手，笑道：「姊兒一直在等姨姨，對吧？過來，到姨姨這裡來。」

見楚含嫣沒動，陳阿福又笑道：「姊兒到姨姨這裡來，姨姨喜歡妳，姊兒不喜歡姨姨了嗎？」

楚含嫣小聲囁嚅著。「喜歡……姨姨。」

「喜歡姨姨，就到姨姨這裡來。」陳阿福鼓勵道。

楚含嫣猶豫了好一會兒，見姨姨依然沒有過來抱她，而是一直向她伸著手，只得鼓足勇氣一小步、一小步地往前挪著腳步。

她太想要那個溫暖的懷抱了，只是，她的步子挪得非常猶豫、怯懦，每挪一步甚至還要想一會兒，一丈的距離，她走了小半刻鐘。

當她快走到陳阿福跟前時，陳阿福笑著一把將她摟進懷裡，欣喜地說道：「姨姨知道了，姊兒喜歡姨姨呢！姊兒真勇敢，這是姊兒第一次主動走到姨姨的面前。」說話速度又慢了下來。「姊兒記住了，想要什麼，不要等著別人給妳，而是要主動出擊。」

楚含嫣小聲說道：「喜歡……姨姨。」

陳阿福用臉挨了挨她的小臉說：「真好，喜歡姨姨，就要像這樣表達出來。」

陳阿福表揚完楚小姑娘，就從食盒裡拿出一個蓬蓬圈舉著說道：「這是蓬蓬圈，姊兒跟姨姨說，蓬——蓬——圈。」

蓬蓬圈在陽光下顯得金燦燦的，又有一股甜香味飄散開來，楚含嫣嘴角流下一絲銀線，慢慢說道：「蓬——蓬——圈，吃，要吃。」

「呀，姊兒真聰明，知道這是蓬蓬圈，灰灰都不知道呢！」陳阿福說完，把蓬蓬圈遞給楚含嫣，又用帕子把她的口水擦乾淨。

灰灰不高興陳阿福捧一個、打擊一個，不高興地叫道：「灰灰知道，灰灰知道……」

陳大寶笑著把牠抓去一旁，餵牠吃了一塊蓬蓬圈。

陳阿福剛站起身，看到楚令宣從房裡走出來。

他都回來了，還讓自己來幹啥？她已經連續加班好多天了，很累的。

陳阿福雖然腹誹不已，也只得福了福身說道：「見過楚大人。」

楚令宣點點頭，笑道：「辛苦陳師傅了，妳把嫣兒教得很好。」

陳阿福笑道：「嫣姊兒非常乖，也很聰慧，學東西比我想像得還要快。」

楚令宣今天見閨女該吃完飯了，便來怡然院找她，卻看見楚含嫣站在廊下，讓她進屋也不進去，只說：「姨姨，大寶。」

宋嬤嬤低聲笑道：「姊兒是在等陳師傅呢！」

見女兒這樣，楚令宣開心又有些吃味，他站在閨女身旁說道：「爹爹陪著嫣兒一起等。」

楚含嫣平時都一個人等，她不習慣別人陪著她等，便不高興地噘起小嘴。

楚令宣見自己被嫌棄了，趕緊道：「好，嫣兒自己等，爹爹進屋去。」

不一會兒，陳阿福他們便來了。

當羅家姊弟和幾個小丫鬟都來齊後，陳阿福便開始上課了。外面天冷，還飄著小雪，但依然在廊下上課。

因為他們現在上課的內容只有「說」和「動」，既能讓小姑娘融入遊戲中，也能鍛鍊小姑娘身體的協調性，還能提高體質；再過些日子，就要開始學做手工了，上課地點便必須移至屋內。

陳阿福拍拍手，讓孩子們站好，兩隻鸚鵡站在最前面，先複習一下課業，背了兩遍「小燕子」。

之後又講了一遍「小兔乖乖」的故事，只是把原來的「娘親」改成了「爹爹」，因為她實在不忍心看到楚含嫣聽到「娘親」時的懵懂和茫然。

然後，陳阿福從大包裡拿出幾樣東西，這是她抽空給孩子們做的道具。在羅明成腰間繫了一根帶子，帶子上還吊了一條大尾巴下來，大家都哄堂大笑起來，喊他大灰狼。

羅明成也做著鬼臉叫道：「我是大灰兒狼，要吃小白兔。」

楚含嫣、羅梅和另一個小丫鬟戴了髮箍在頭上，髮箍上分別有兩隻白色的兔耳朵，她們是三個兔乖乖；大寶也戴了個髮箍，髮箍上有兩隻更大的兔耳朵，他是兔爹爹。

大寶也喜歡這個遊戲，更喜歡當兔爹爹，所以玩遊戲的時候也不看書了，而是和孩子們一起玩，然後，幾個孩子開始表演「小兔兒乖乖」。

留在屋裡的楚令宣站在窗前，看得目瞪口呆，嘴巴半天合不攏。

這是什麼？太奇怪了。

雖然楚令宣覺得這遊戲白話、幼稚又有些莫名其妙，但不可否認孩子們玩得非常高興；特別是自己的閨女，甚至笑出了聲。當她說「不開，不開，爹爹回來開」的時候，眼珠竟然看往他這個方向，讓他這個當爹爹的，不由得自豪起來。

歡聲笑語中，很快到了晌午，不要說孩子們還沒玩夠，連看熱鬧的楚令宣都沒看夠。

楚令宣急不可待地走出去把楚含嫣抱起來說：「爹爹才知道，原來閨女這麼能幹。」

羅大娘領人把晌飯送過來。

平時，都是陳阿福領著兩個孩子在廳屋桌上吃，兩狗兩鳥在廳屋地上吃。今天楚令宣在，羅大娘便把陳阿福母子的飯擺去了偏屋。

楚含嫣看到爹爹坐在自己面前，但姨姨和大寶卻向偏屋走去，不願意了，嘟嘴道：「姨姨，大寶。」

兩狗兩鳥也不習慣，兩狗對他狂叫號著，七七和灰灰也跳著腳地喊。「娘親，大寶……」

楚令宣見自己被如此嫌棄，不好意思賴在這裡吃飯了，轉頭讓丫鬟去偏屋請陳師傅母子過來跟嫣兒一起吃飯，他去外院吃。

飯後，宋嬤嬤抱著睡眼惺忪的楚含嫣去臥房，陳阿福和大寶帶著兩狗兩鳥出了怡然院，一來到外院，看到羅管事正在等她。

羅管事把手裡的一個包裹遞給陳阿福說：「這是大爺在北方邊城買的一些特產。我家大爺說，他明天還會休沐一天，今天下晌和明天妳就在家歇息吧！這些日子辛苦妳了。」又笑道：「我家大爺十分喜歡吃妳做的滷味，麻煩妳今天下晌多做些，晚飯前我讓人去妳家取。」說著，指了指地上一個裝著豬肉、兔子和鴨子的桶子。

稍晚，便讓馬車把陳阿福母子送回家了。

陳阿福把桶拎進廚房，聽見西屋裡的陳名和王氏正說著阿蘭要嫁人的事。

陳阿蘭後天就要出嫁了，新郎是古橋村的後生，據說家裡條件不錯，住有大瓦房，還有二十幾畝田地，屬於鄉下的上等戶，兩家聯姻也算門當戶對了。

陳阿福和大寶跟他們打了招呼，便回去新院子，打開包裹，裡面裝了一小袋木耳、一小袋松子、一小罐乳酪、一尊三寸長的紅瑪瑙鯉魚擺件。

陳阿福拿著乳酪抿嘴直樂，心想以後又可以多做些好吃的點心了。她拿起那尊鯉魚擺件瞧了瞧，豔麗，潤澤，一看就值錢。

那位董事長對員工還是滿大方的，獎勵起來毫不手軟，有個大方的領導，是員工們的福氣！

陳阿福把木耳和松子拿去舊院子，順便灌了兩個湯婆子，拿回屋裡塞進被窩後，她上炕歇息了一陣子，才起來去舊院廚房做滷味，王氏戴著手套幫她燒火。

正忙著，高氏來了，她說明天就要準備陳阿蘭出嫁的事，今天要趕著多做些活。

高氏把東屋的門開著，邊做活計邊跟王氏母女說著話，閒聊起陳阿菊的婚事，說了幾家都不成，他們看上的人家，人家看不上他們，人家看上他們，他們又看不上人家。

陳阿福聽了，為小阿福抱不平。「當初，大伯娘和阿菊說我是傻子，又認了個兒子，阻礙阿菊找好婆家；現在我病好了，又自立了門戶，也沒看她找到好婆家。哼，自己的毛病，偏要往別人身上賴！」

高氏不好接話，抿著嘴笑，說：「今兒晌午，我把一兩銀子拿回家，家裡人都高興，沒想到我一個月就掙了這麼多錢。婆婆想都收走，奶奶不讓，說我的兩個孩子大了，手上要留些閒錢，公爹也說該是這樣。後來，五五分成，我拿五百文，婆婆拿五百文。」

她沒說的是，陳阿菊說高氏不在，自己幫忙做活，也應該分一份，被陳業瞪了一眼方沒敢再說，還委屈得流了眼淚。她本來想給陳阿菊五十文錢，陳阿貴不讓給，說不能再慣著她……

滷味做得差不多了，陳阿福又在小灶上炒松子。等松子涼了些，陳阿福用鵝卵石把松子敲開，先給王氏、高氏吃，又敲了半碗留著給大寶和阿祿吃。

大概酉時初，羅源便來把滷味拿走了。

吃完晚飯後，一家五口去了大房，給陳阿蘭添妝，另外還給老太太帶了一包鬆軟的點心。

他們直接去上房廳屋，胡老五一家四口竟然都在這裡。

陳阿福還是第一次看見胡老五的老婆付氏。付氏三十歲左右，一副地主婆的打扮。她誇張地笑著，拉著王氏直叫嫂子，讓王氏極為不自在。

連之前一直跟著陳阿菊欺負小阿福的胡翠翠都變了臉，甜笑著叫陳阿福「阿福姊」。她甩開陳阿菊拉她的手，伸手來拉陳阿福，陳阿福躲了過去，她實在不喜歡這個小姑娘。

胡老五一家也是來添妝的，桌面上擺著兩塊尺頭，一塊細布，一塊綢子，另外還有兩串大錢，這在鄉下已經是大手筆的添妝了。

看陳業笑得一臉燦爛，就知道他十分滿意。

眾人寒暄幾句，陳家二房也送上添妝。陳名送了兩塊在府城買的綢子尺頭和一兩銀子，王氏和陳阿福送了六朵絹花、一套松木雕花梳篦。梳篦是一套六件，裝在朱色描花的圓木盒裡，十分精緻好看。

陳阿蘭乖巧勤快，陳名和王氏都比較喜歡她，陳阿福對她的印象也很好，所以才大手筆添妝。

他們拿一樣，付氏就誇張地嘖嘖兩聲，再說兩句羨慕的話，讓送禮的人和收禮的人都愉悅幾分。

陳阿蘭羞紅了臉，笑得眉眼彎彎，小聲說著謝謝。

陳業對他們添的妝很滿意，呵呵地笑著，這次胡氏還破天荒地抓了一把炒花生塞進大寶手裡。

陳阿菊湊到桌前，把那六件梳篦輪流拿在手裡摸，喜歡得不行。她見陳阿蘭緊張地看著自己，沈下臉，不高興地說道：「我就看看，又不會搶，妳至於做出那副窮酸樣嗎？」說完，把手裡的篦子往木盒裡一扔。

陳阿蘭氣得當場就哭了。

陳業氣死了，抬腳脫下鞋子就朝陳阿菊打去，嘴裡罵著。「我打死妳個黑心肝的王八羔子。那是妳親姊姊，連隔了房的堂姊都不如……」

這次陳業下了死手，一通亂打，陳阿菊痛得又哭又叫，其他人都沒去拉，胡氏去拉還被陳業踢了一腳。

胡老五看打得差不多了，才起身去把陳業拉住。「姊夫消消氣……」

胡翠翠趕緊過去把大哭的陳阿菊拉出了屋。

離開之前，王氏跟陳老太太說道：「婆婆，後天只有我能來幫忙，阿福要去棠園，沒有時間來幫忙。」

陳老太太點頭說好，還說不能耽擱棠園的正事。

胡氏瞥了眼離得比較遠的陳業和陳名，低聲說道：「那天幫忙的人多，不缺勞力，就是我家的肉買得不多，我看弟妹家掛了那麼多的肉……」

老太太氣紅了臉，喝道：「老大媳婦，阿菊可才挨了揍……」

回到家，王氏對陳名說了胡氏的話，道：「大嫂就像是餓鬼投胎，什麼時候都敞著大嘴要東西。誰都不是傻的，我算了算大房這些年的進項，不會少於這個數。」她用手比了個五，說：「不會少於五十貫。」

陳名嘆道：「大哥那麼好的人，怎麼娶了個這麼不著調的媳婦，又把阿菊教成那樣。」

翌日，大寶身為「當家男人」，跟著陳名一起去給新家監工。陳阿福悠閒地做完了家務，拿著小半碗松子進了空間。

她一進去，金燕子的脖子便伸得老長，說道：「真香。」

等陳阿福把碗放在地上，牠就跑過來吃起松子。

陳阿福看了看那盆蘭花，花莖碧綠，葉子舒展，已經完全活了過來，非常健壯。想著等了塵住持來棠園，把花交給她。了塵的身體不太好，有哮喘，一到冬天就經常犯病，所以現在來棠園的時間少之又少。

陳阿福出了空間，又拿著紙和木炭去了舊院西屋。母女兩個都坐在炕上，一個做針線，一個設計家具。

今天高氏沒來，只有母女兩個人，她們邊說話邊做事，十分愜意。追風和旺財也舒懶地趴在地上，半眯著眼睛打磕睡。

陳阿福畫了個衣櫥，又畫了現代的衣架。

古代人的衣裳大多是摺起來放在箱子裡，講究的人家有衣櫥，衣櫥裡也都有「衣架」，這種樣子有些像前世的單槓。他們會把第二天要穿的衣裳先拿出來，雙袖穿在木棍上掛著，這種「衣架」很占地方，也麻煩。

陳阿福想著，到時讓武木匠家多做些這種衣架，不僅自家和棠園用，再多送些給霓裳繡坊。

正畫著，門外傳來一個大嗓門。「大姊，娘來看妳了。」

王氏一聽這個聲音，臉色一下子變成青白色。「那兩個人是娘的繼母和兄弟，都厲害得緊，阿福快去東屋待著，千萬不要過來。」

陳阿福從窗戶往門外一看，籬笆門外站著一個年近五十歲的婦人和一個二十幾歲的男人，婦人瘦瘦小小，頭髮梳得油亮光滑，男人個子不高，跟王氏有一、兩分相像。

這兩人應該就是賣了王氏兩次的繼母，以及王氏同父異母的弟弟。

陳阿福坐在炕上沒有動，看到王氏慌張地把手裡的活計和炕上的針線笸都收進炕櫥裡，又抓起鋪在炕頭上的綢子小長衫，塞入炕櫥鎖上，接著站起身，把放在桌上在定州買的一套細瓷茶碗收進箱子，再把箱子鎖好——這個做派完全是防土匪的架式。

王氏快速做完這些，看到陳阿福還愣愣地坐在炕上沒動，趕緊過去把她拉起來，拉出西屋推去對面的東屋，說道：「阿福聽話，千萬不要出來。」

在王氏把東屋門關上的時候，跟屁蟲追風和旺財也擠了進來。

王氏穩了穩神，才走出去打開籬笆門，她臉上平靜無波，說道：「娘，三弟，你們怎麼來了？」

丁氏說道：「妳不回家去看老娘，老娘只有來妳家看妳了。」

王財笑著招呼王氏。「大姊，妳長胖了，看來日子過得不錯。」

王氏問道：「我爹身子骨兒還好嗎？」

丁氏冷哼道：「想知道好不好，妳怎麼不自己回去瞧瞧？」

母子兩個見王氏站在門口，沒有請他們進院子的意思，也不客氣，從王氏旁邊走了進去。

他們走在前頭，王氏跟在後面，進了房便直接拐進開著門的西屋。

他們進了西屋，陳阿福便把東屋門推開道縫，偷聽著。

只聽他們一進去，丁氏便發難了，厲聲說道：「王娟娘，枉我把妳當親閨女一樣拉扯長大，妳家發財了，怎麼不回去孝順孝順妳爹娘？妳大不孝啊！」

王氏一直沈著臉，說道：「我家沒有發財。」

王財笑道：「大姊，我們都聽說了，妳家買了一大塊地，還要建兩個兩進大宅院。我的老天爺，就是我們村裡的地主也沒有這麼闊綽啊！」

「那地是我閨女買的，房子也是我閨女掏錢建的，我一文錢都沒出，我沒錢給你們，你們走吧！」

丁氏和王財看到家裡只有王氏一個人，也不害怕，還坐到炕上。

王財給丁氏點上菸後，東看看、西瞧瞧，用手拍了拍炕櫥上的大鎖。

「王娟娘，妳是怎麼對妳娘和妳兄弟的？我們大老遠來看妳，妳不端茶倒水，殺雞買肉，還想攆我們走？讓我們走可以，先拿二十兩出來。」丁氏吸了幾口煙，看了看王氏頭上的銀簪、身上的綢子長衣。「喲，都穿金戴銀了，還騙老娘沒有錢，懂事的，把銀子拿出來。」

王財笑道：「大姊，那二十兩銀子不是給我們花，是給爹，爹生病了。」

王氏沒理王財，對丁氏說道：「我爹由著妳賣了我兩次，明面上收了十五兩銀子，我知道妳暗中還收了銀子，那麼多錢，已經算我報答了我爹的生養之恩；還有，在妳賣了我二弟之後，我跟那個家就恩斷義絕了。」說到後面，王氏的聲音哽咽起來，極力壓下那份不甘，提高聲音。「你們走吧！不要再來我家了，以後，你們別想再從我身上榨到一文錢。」

自從王氏嫁給病秧子陳名後，丁氏今天還是第一次見王氏。前幾天他們村裡有人來響鑼村走親，才聽說王氏家裡如今發達了，那個傻子閨女病好了。因為閨女手巧，給棠園主子當了針線師傅，賺了許多錢，還要修兩個大宅院……

丁氏的臉沈了下來，罵道：「壞了心肝的下流胚子，老娘把屎把尿地把妳養大，竟然敢說那種大逆不道的話。說吧！給不給銀子，若敢不給，老娘就去找村裡的鄉人們說道說道，妳嫁過來十幾年，從來沒回過娘家，不說孝敬我這個後娘，妳爹總是妳親爹吧？」

王氏豁出去了，提高聲音說道：「妳最好拿出去說，說妳怎樣把十歲的繼女賣去當童養媳，怎樣哄著我，說若我乖乖去陳家，妳就善待我二弟；可妳是怎麼做的？把我賣了，兩年後，又把我剛滿六歲的弟弟賣了。妳喪良心啊！我都說了，等我長大了，會掙錢拿回娘家養弟弟，可妳還是把他賣了。告訴妳，別說我現在沒有錢，就是有，我寧可丟進河裡，也不會給你們。」

丁氏氣得要命，這王娟娘還造反了。她站起身，拿著長煙杆就朝王氏打過去，嘴裡罵道：「我打死妳這個忤逆不孝的東西，竟然敢罵老娘……」

王氏敢還嘴，卻不敢還手，被打得痛叫幾聲。

陳阿福一直在東屋門邊偷聽，聽到西屋裡桌子、椅子碰撞的聲音，還聽到王氏的叫痛聲，趕緊推開門往西屋跑去，路過灶臺的時候，還順手抓起一根燒火棍。

陳阿福來到西屋，看見丁氏正用長煙杆在抽王氏，她衝過去一掌把丁氏推開，罵道：「老妖婆，竟然敢打我娘，信不信我打死妳。」

王氏才想起來閨女一直躲在東屋，她剛才一激動就把這事忘了。她嚇壞了，趕緊把陳阿福往外推去，說道：「阿福快出去，娘沒事。」

「站住！」丁氏大吼一聲，直愣愣地看著陳阿福，先是不可思議，接著竟然哈哈大笑起來，自言自語道：「天啊！都說老實人幹大事，還真是。」

王財看他娘如此，嚇了一跳，忙問：「娘，妳怎麼了？」

丁氏沒理王財，對王氏似笑非笑道：「好啊！王娟娘，一直以為妳是個棒槌，卻原來是個猴兒精的。妳居然敢騙我，不，騙了那麼多人……」

王氏搖頭否認道：「我沒騙人，我沒騙人……」又使勁把陳阿福往外推。「阿福出去，這是娘的事情，妳不要參與進來。」

陳阿福站著不動，任王氏推也推不動。

丁氏笑著坐去炕上，臉上立刻變得和善起來，輕聲說道：「娟娘，好孩子，妳老實告訴娘，在妳被趕出陳家的時候，是不是已經有了孩子？」又指著陳阿福說：「這個傻子……哦，不對，這個孩子長得跟陳大人年輕時一模一樣，她，是不是陳大人的種？」

王氏的眼淚流了出來，使勁搖著頭，喃喃說道：「妳休要胡說，阿福是我當家的孩子，妳不信，等我當家的回來，妳問他。」

丁氏呵呵笑出了聲。「娟娘，別把人當傻子，就阿福這仙人一般的人才，可不是陳名那個病秧子能生得出來的……」

「妳胡說，不是，不是……」王氏反覆說著，身體都有些發抖。

陳阿福一隻手抱著王氏，輕聲說道：「娘莫氣，我知道，我是我爹的親閨女。」

王財也搞懂了，再仔細看看陳阿福，的確極像多年前的陳世英。那時他還小，陳世英去家裡找王氏的時候，他看過一次。

他的眼睛一下子亮了起來，咧開嘴大笑道：「大姊，妳真行啊！不聲不響，還有法子把陳大人勾上了床……若我娘那時知道妳已經懷有身孕，定會幫妳去陳家討個說法，而不會急著讓妳嫁給病秧子陳名。嘖嘖，哪怕給陳大人當個妾，妳們母女倆也吃穿不愁了。」

丁氏也說道：「是啊！若是娘知道真相，定會幫妳。不過，現在知道也不遲。好閨女，領著阿福跟著娘回家去，娘這張老臉不要，也要去陳家說合，請陳大人再把妳們兩個接回陳府去。陳府肯定捨不得把親生骨肉丟在外面，他們丟不起這個人。妳還不知道吧！陳大人可是記情得緊，當初還來家裡找過妳，可惜妳已經再嫁了。」

王氏氣得渾身發抖，流著眼淚說道：「你們不要胡說，阿福是我當家的親生骨肉，至於啥陳大人，啥記情，我都聽不懂。你們欺負了我和我弟弟，不能再欺負我的阿福。走，走，你們走……」

王財嘻嘻笑道：「大姊，別鬧彆扭，妳的好日子來了，去陳家哪怕當個姨娘，妳們也是掉進福窩裡；實在不想回去也行，拿一百兩銀子出來……」

他的話還沒說完，陳阿福便怒罵道：「放你娘的狗臭屁，你那麼喜歡妾，讓你那個老不死的娘去當妾……」說著兜頭一棒，打在王財的肩膀上。

王財「哎喲」一聲，就要衝上去打陳阿福，胳膊卻被一股強大的力量一拉，被放倒在地。只見一條健碩的灰白色大狗伸著長舌頭在他身上亂拱亂咬，把他嚇得哭爹喊娘。

追風在東屋的時候就按捺不住想去咬人，一直被陳阿福壓制著，所以牠一直站在門口等待機會，見主人要挨打了，便一個猛虎撲食衝了上去。

現在的追風已經長得身強體健，力氣又大，瘦小的王財根本不是牠的對手。

陳阿福攔著丁氏，對追風說道：「不要咬脖子和臉。」不能把他咬死，也不能咬得太難看，他再壞，也是長輩。

王財掙扎著想爬起來，追風又拱又壓又咬，讓他就是爬不起來。翻滾中，桌子、椅子都撞翻了，砸在王財的腿上，他又痛又驚，本能地用胳膊擋著臉大哭大叫。

丁氏嚇壞了，哭罵著想衝上去救兒子。

陳阿福對付這個小老太太是易如反掌，她一隻手抓著丁氏胸口的衣裳，一隻手抓著她的頭髮使勁往後扯，讓她的臉對著自己的臉。

那張老白臉已經哭花，眼淚、鼻涕糊了一臉，從右眼角到耳根還有一道長長的疤痕。

陳阿福感到一陣厭惡，但她還是得讓這張噁心的老臉對著自己，她咬著牙，瞪著眼，一個字、一個字地罵道：「妳才是壞了心肝的下流胚子，把我娘賣了兩次，還敢涎著臉來要銀子，還想賣我娘第三次？妳個老不死的，妳做了那麼多壞事，老天怎麼沒收了妳！我警告妳，以後若是再敢來我家欺負我娘，我就讓追風咬死你們。妳給我聽好了，我陳阿福，是我爹陳名的親閨女，這一點，我們響鑼村的所有村民都能作證；若妳敢滿嘴噴糞，把我跟陳世英扯在一起，不說我不放過妳，那陳世英更不會放過妳。他現在可是知府大老爺，若是知道你們硬給他塞個私生女，壞了他的官聲，他肯定會派人殺了你們全家滅口……」

丁氏嚇得大哭，直說：「不敢了，不敢了，快放了我兒吧……」

當她聽到陳大人會派人來滅口的時候，更害怕了。她看著杏眼圓睜的陳阿福，就像看到怒目而視的陳世英，竟是嚇出了尿。

陳阿福聞到一股尿騷味，皺了皺眉。她恨不得把這張臉抽到變形，但她知道自己不能這麼做。這個惡婦，還不值得賠上自己的名聲。在古代，大不孝可是重罪，哪怕長輩再壞，晚輩也不能動手打人。

惡人自有惡人磨，會有人收拾他們的！

陳阿福把丁氏拖出西屋，往前一推，丁氏身子軟得像一灘泥，軟軟坐了下去。

她又返回西屋。西屋裡已經一片狼藉，桌子、凳子以及一些家什全被撞翻了。王財在地上打滾，想爬卻爬不起來。追風竟然沒有再咬他，像是逗著他玩，還用前腳把他擋在臉上的胳膊拉開，用舌頭舔著他的臉，嚇得他閉著眼睛大哭不已。

王氏則嚇傻了一般，站在那裡一動不動，只捂著嘴痛哭著。小旺財極興奮，又不敢上去咬人，站在王氏腳邊狂吠著。

「好了，玩夠了。」陳阿福說道。

追風聽了，才不甘地放開王財，來到陳阿福身邊坐下。

見王財還大哭著躺在地上不起來，陳阿福咬牙說道：「還沒被咬夠，是不是？追風，再去給我……」

王財一聽，趕緊爬了起來。他至少明面上沒有受傷，只是頭髮散亂，棉衣和棉褲許多地方都被扯破了，棉花飛得到處都是；眼淚、鼻涕糊了一臉，渾身發抖，連站都站不穩。

陳阿福喝道：「滾！」

王財哭著跑了出去，把坐在地上大哭的丁氏扶起來，兩人快步離開陳家院子。

第十八章

王氏母女兩個來到院子，感覺終於重見天日了，看見有許多人在籬笆院外看熱鬧。先前屋裡的動靜鬧得有些大，把附近的人給吸引過來。

丁氏見了，一下子坐在地上大哭起來。「老天爺呀，祢睜開眼瞧瞧吧！我來閨女家串門子，卻被閨女和外孫女打成了這樣啊……」

陳阿福走出來大聲說道：「妳不要血口噴人說瞎話，你們找我娘要一百兩銀子，我娘說沒有，你們就打我娘；若不是追風聽到動靜跑過來把你們扯開，我娘不知道要被打成什麼樣……」

追風跑了出來，叫號著向那兩人衝去，被陳阿福攔住。

王氏也走出來了，此時的她披頭散髮，眼睛紅腫，臉上還有三道明顯的抓痕，她走過來跪在丁氏面前哭道：「娘啊！妳即使不是我親娘，也不能這樣揉搓我啊！我十歲被妳賣去當童養媳，我弟弟六歲也被妳賣了。這還不算，我被前夫家趕回娘家，妳又把我賣了第二次。我的骨血已經被你們榨乾了，哪裡去找一百兩銀子啊！那院子是我閨女建的，我沒有花一文錢，我是真的沒錢……實在不行，妳去把我親爹叫過來，我一根繩子吊死，把命還給他……」

陳阿福愣了愣，她沒想到王氏還有這一面，覺得此時自己也應該扮弱者，但想著自己悍婦的形象已經深植人心，扮弱者太違和，便只是抱著追風，愣愣地看著。

村裡的人都知道王氏是被後娘賣了兩次，現在聽說連她的弟弟都被賣了，娘家又跑來要一百兩銀子，便大罵起丁氏來。

但也有另一種聲音，說即使丁氏再不是東西，也應該由王氏的爹來教訓，晚輩不能如此作為。

丁氏還不認帳，哭道：「我沒有要銀子，是她們陷害我。我就是想我閨女和外孫女了，來看看……」她忍了幾忍，才把她發現陳阿福是陳世英親閨女這件事吞回腹內，她知道，若自己敢當眾說這種話，算是活到頭了。

「放妳娘的狗屁！」伴隨一把大嗓門，陳老太太推開看熱鬧的人擠進來，她來到丁氏面前，指著她啐道：「我二兒媳婦嫁進我陳家十六年，妳沒來過一次，他們一建大宅子，你們就來了，你們不是來要錢，鬼都不信。」

陳老太太看到王氏臉上的抓痕，更氣了，踢了丁氏幾腳罵道：「我踢死妳個臭娘兒們，貪心、壞良心的玩意兒，還敢跑到繼女的婆家來打人、要銀子；若老娘由著兒媳婦在婆家被妳欺負死，老娘拿塊豆腐撞死算了。」說著，又去抓丁氏的頭髮。

丁氏可不會坐以待斃，爬起來就跟陳老太太拉扯，緊隨而來的胡氏和高氏衝上去「勸架」，實際上就是拉著丁氏，讓陳老太太又扯又撓。

王財見老娘吃虧了，趕緊衝上去護著老娘，卻被趕來的陳阿貴拉出來一頓亂揍。

陳阿福對陳老太太刮目相看，這個老太太是個聰明的人，幾句話，就把丁氏和王氏的矛盾引到兩個親家之間的矛盾上來。兩個親家之間是平等的，而娘家人敢跑到夫家來打人、要銀子，就先站不住理，打也白打，所以陳老太太幾人圍攻丁氏母子，沒人說打得不對。

丁氏和王財被打得哭爹喊娘，不停地求饒。

高里正來了，讓人去把陳家人拉開。

看熱鬧的胡老五把幾個勸架的人攔著，嘻嘻笑道：「難得咱們看個樂子，不多看一會兒啊！」又提醒陳阿貴道：「阿貴小子，注意分寸，只要不打死就好。」

高里正氣得滿臉通紅，罵道：「胡老五，你少在這裡添亂。」又指著陳家幾個人說：「快去，給我拉開，若真出了人命，誰擔待得起。」

兩方人馬終於拉開了，此時，丁氏和王財披頭散髮，鼻青臉腫，衣裳也被扯爛了，王財的鼻子流著血，丁氏的臉被抓出幾道鮮紅的血痕，連站都站不直。

高里正指著丁氏母子義正詞嚴地教訓了一頓，讓他們不許再來響鑼村欺負人，丁氏母子哭著答應，互相攙扶著離開。

看熱鬧的人慢慢散去，王氏和陳阿福起身向陳老太太和陳阿貴道謝，請他們進屋歇歇。

陳老太太搖頭說道：「不了，我們還要趕回去忙活，老二媳婦甭想不通，丁氏那老娘兒們連芯子都壞透了，跟她生氣，不值當。」說完，就領著胡氏、陳阿貴和高氏走了。

陳阿福看到胡氏臨走之前，還瞥了幾眼房檐下吊著的那一排醃肉。

陳阿福扶著王氏回了西屋，說道：「娘，沒事了，他們已經被打跑了，以後再不敢來欺負妳了。」

王氏抱著陳阿福又哭起來。「阿福，別聽他們亂說，妳是妳爹的親閨女，妳是妳爹的親閨女……」

「娘，我知道，我當然是我爹的親閨女，若我不是我爹的親閨女，他怎能對我那麼好……」陳阿福拍著王氏的背，把王氏扶到炕上坐下，又端來水，讓她把臉洗淨，慢慢勸解著。

看見王氏情緒稍微好些了，陳阿福問道：「娘，我還有個親舅舅？」

王氏哽咽著點點頭，說道：「妳舅舅叫王成，比娘小六歲。他一歲的時候，我親娘就生病死了……」

她娘死之前，拉著王氏的手說：「娟娘，妳爹靠不住，妳一定要想法子把弟弟養大成人，讓他娶親生子。」

七歲的王娟娘鄭重承諾，會把弟弟養大。

母親死後，她爹王老漢更加沈默寡言了，除了幹活，幾乎不說一句話。小娟娘就像小娘親一樣帶著小王成，雖然日子過得苦哈哈，但姊弟兩個還算和樂。

後來，王老漢娶了丁氏，姊弟倆的好日子就到頭了。

丁氏跟他們是同村的，因為當姑娘時就喜歡跟後生們來往，讓人家占便宜得幾文大錢，名聲非常不好，一直到二十幾歲都沒嫁出去。後來，她便勾搭上王老漢。

丁氏又懶又饞，王老漢懦弱又自私，丁氏嫁進來後王氏便穿不暖、吃不飽，要起早貪黑地幹活，甚至還要挨打。

王氏不怕穿不暖、吃不飽，也不怕天天幹活，挨打受罵都情願受著，她就怕自己一個不察，丁氏把三歲的弟弟賣了。

她有一次偷偷聽丁氏跟王老漢吵架，說她嫁進了王家，卻連一根銀簪子都沒給她買過；又說家裡窮得連飯都吃不起，還不如把王成賣去好人家，讓他也有口飽飯吃。她那時倒沒想著要賣王氏，因為王氏已經九歲了，可以幹許多活。

王老漢沒同意，說自己就這麼一個兒子，若丁氏生不出兒子，自家連個傳宗接代的人都沒有……

後來，王氏不管去哪裡幹活，都會把弟弟帶在身邊。

一年後，丁氏懷孕了，看王成的眼神就更不善了，嚇得王氏連睡覺都把王成抱得緊緊的。這時，鄰村陳家看上了王氏，想買她去當童養媳。

丁氏聽說有五兩銀子，笑開了花，這個價錢實在不低，是賣大姑娘和小男童的價錢。

王氏並不抗拒自己被賣，想著若自己被賣能保住弟弟算是好事。她去陳家之前，給她爹和丁氏下跪，說不要賣弟弟，等她大些就想辦法掙錢拿回娘家養弟弟。

可是，兩年後，丁氏已經有了一個兒子王財，還是偷偷把王成賣了。不說王氏得到消息後哭得死去活來，連王家的幾個族親都氣壞了，把王老漢和丁氏打了一頓。丁氏臉上的那條長痕，就是當時留下的。

王氏哭得泣不成聲，陳阿福也跟著一起哭。

「娘，阿福的病好了，從此以後，我會一直護著娘，不許別人欺負娘，等咱們家空閒下來，想辦法看能不能找到舅舅……」

正說著，陳名和大寶回來了。他們一得到家裡打架的消息，趕緊跑了回來，看到家裡一片狼藉，又看到母女倆抱在一起痛哭流涕，都嚇壞了，衝過來問道：「妳們怎麼樣了？傷著哪裡沒有？」

大寶都嚇哭了，拉著她們的衣裳直喊。「娘親、姥姥，妳們被欺負了，可怎麼辦。」

陳阿福抹了抹眼淚，說道：「我和娘沒事，丁氏和王財來要銀子……」她把經過大概說了一下，卻沒有提到跟陳世英有關的事，打算這事就讓王氏私下跟陳名說吧！

陳名聽了，也勸王氏道：「娟娘莫傷心了，阿福說得對，等年後，我就去仙湖村一趟，打探打探王成的下落，看能不能找到他；至於那對母子，以後他們再來，妳連門都不要開，若鄉親們說閒話，我會處理。」

陳阿福又說了這次大房來幫的事，特別是老太太幫了大忙，一定要好好感謝他們；既然胡氏眼饞那些醃肉，就讓陳名拿一半給大房送去，大概有三十幾斤。

另外，再把一罈人參泡酒送給老太太，人參是楊明遠送的，陳阿福買了幾斤酒泡上，又偷偷往裡面放了一點燕沉香木渣，好喝又進補。此外，再送五兩銀子和一罈小元春酒給胡老五，請他想辦法時常去關照關照王氏的娘家，被胡老五惦記上的人家，想睡得香、吃得香就不太容易了。

午休的時候，大寶把頭埋進陳阿福的懷裡，哽咽著說：「娘，聽了舅姥爺的事，我覺得我好幸福，以後，我一定會孝順娘，孝順姥爺、姥姥和小舅舅。」

大寶說出這樣的話，讓陳阿福有些心酸，小小年紀的他就知道感恩。

大寶是被父母丟棄的孤兒，因為被好人家撿到了，過上了安穩的日子；相較於那個小王成，雖有親生父親，還有那麼多的親戚，卻命途多舛。

夜裡，陳阿福又帶了半碗松子進空間，卻看見金燕子躺在地上，用一邊翅膀捂著肚子，看見陳阿福進來也沒有招呼一聲，而是幽怨地看了她一眼，轉過身去，給她看後腦勺。

「喲，寶貝怎麼了？快起來，媽咪給你帶松子進來了。」陳阿福蹲下用手指戳了戳牠的小身子。

一聽這話，金燕子一骨碌爬起來，氣得臉通紅，對陳阿福喳喳叫道：「妳還好意思說松子！哼，妳害得我好苦。」

此時的牠，像隻炸了毛的麻雀。

陳阿福感到莫名其妙，說道：「松子怎麼了？這可是矜貴物，媽咪自己都沒捨得多吃。」

金燕子氣道：「松子是矜貴物！只有妳才這麼窮酸，害得我也跟著嘴饞。想我活了近兩千年，還是第一次這麼丟臉。」說完，牠又用一邊翅膀捂住了小腦袋。

「哎呀，說了這麼久，我還是不知道你怎麼了。好吧！你不直說，我就出去了。」她今天很累，沒有太多心思哄小東西。

金燕子聽了，才放下翅膀小聲說：「人家，拉稀了。」說著，便哭了起來，繼續控訴。「過去我過冬的時候，我的原主人也會拿堅果進來給我吃，她們經常拿，所以我的嘴沒有那麼饞，不會多吃；可是妳，不僅不經常給我吃，還一拿就拿多油的，妳壞死了，害人家丟臉，嗚嗚……」

陳阿福聽了十分過意不去，雖然她想過給牠吃過油的食物，但沒真的這麼做，她是真心覺得松子是好東西，看灰灰和七七搶得多厲害就知道了。

「金寶，對不起，媽咪不知道會這樣。這樣吧！媽咪出去拿點水進來，給你洗洗小屁屁。」然後，陳阿福閃身出去，拿了一個缺了口的大碗，又裝了半碗水進空間。

金燕子看到那個破碗，嫌棄地小綠豆眼都皺在一起，啾啾說道：「媽咪，人家可是超級富豪金燕子，即使是洗屁屁，也不能用這個破碗。」

陳阿福哄道：「好、好，等媽咪發財，你所有日用品，都用赤金的。」

抓住金燕子看了看，牠的長尾巴沾了一丁點黃便便，陳阿福幫牠在大碗裡洗乾淨了。

一出空間，她沒捨得把這碗水倒掉，而是放在灶臺上，想著種點蒜苗吃。

自從十月中下旬，地裡便沒有蔬菜了，現在，除了吃蘿蔔、豆芽，就是醃菜，饞新鮮蔬菜饞得要命。

盆子裡的蒜苗，十天後就長了半公尺高，密密麻麻長滿一盆，蒼翠碧綠，味道也極好聞。

王氏吃驚道：「我過去也在盆裡種過蒜苗，都沒有這次長得快，也沒有這麼水靈。」

陳阿福心中暗喜，那燕糞果真是天上有、人間無的肥料加催熟劑。下次再兌稀點，才不容易引起懷疑。她喜孜孜地割下一把，炒了盤回鍋肉。

味道香啊！不說大寶和阿祿用饅頭把盤子都抹乾淨了，就是陳阿福都恨不得立刻再炒一盤。

陳名看看還剩下的半盆，說：「這些給我娘和大哥吧！讓他們嚐嚐鮮。」

陳阿福搖頭。「爹，不是我捨不得，這東西香得連咱們都不知道為什麼，若是他們吃了，又來向咱們要，但第二次、第三次沒有那麼香怎麼辦？還是下次再給他們吧！若味道還是這麼濃，那麼第三次肯定也會這麼香；若味道淡些，也不那麼逆天。」

她覺得，若不繼續澆燕糞，味道肯定會越來越淡。

陳名想想也是，從今年夏天開始，家裡突然有了若有若無的香味，燒的水要甜些，做的飯菜要香些，如今，連蒜苗都長得比以往快，更是香多了……

突然，陳名的臉色一下子蒼白起來，後悔不迭。「阿福，爹覺得這個院子是福地，咱們不該搬去別處……」

然後，他把自己的疑惑說出來。

陳阿福不能跟他明說是燕沉香的緣故，忙笑道：「爹莫急，這兩個院子咱們先不賣，若以後爹還是覺得這裡好，再搬回來便是。不過，我覺得現在咱們家的這些怪事，不一定是這個院子，而是人的關係。人有福澤了，連上天都要護佑，說不定咱們去了新家，又會把這個福澤帶去新家。」

陳名聽了，才點點頭，還說，若他在新住處住得不舒坦，還是願意回到這裡來，幫陳家把這個福澤守住。

一晃眼進入臘月，陳名家的新院子已經快建好了，初二上樑，請了許多人去新院子吃飯。

為了區分，陳名三口的新家叫祿園，而陳阿福母子倆的新家叫福園，正好是兩姊弟的名字，吉利又好聽。

上樑那天，陳阿福還在上班，領著幾個小朋友在棠園大門口向祿園望了望，聽到祿園裡放完了爆竹，就回了屋裡。

臘月十六是黃道吉日，陳家二房一家正式搬去祿園，陳阿福母子也暫住進去，打算等到來年春天，福園裝修好以後再搬。

為了趕日子，這次喬遷祿園有些倉促。前兩天，武木匠父子才用牛車運家具過來，家裡也只買了些鍋碗瓢盆等日用品，其他什物則打算以後慢慢添置。

大寶看到突然冒出來的蘭花很納悶，陳阿福騙他說，這花一直養在後院右邊的那個雞圈裡。

她怕蘭花凍著，把蘭花放進馬車的車廂裡，到祿園後就直接抱進西廂，還專門告誡七七和灰灰，若是敢把這盆花當菜叼了，就會毫不客氣地收拾牠們。

用兩輛車載了兩趟，便載完了。

陳名一家揹著最後一點細軟走出家門時，陳名回過身把籬笆門鎖上，站在門前久久凝望著這個破院子。

十六年前他是被陳業揹進來，他以為自己住進來是等死的，上蒼有眼，讓他娶了王氏，王氏不僅掙錢給他治病，又為他添了一雙兒女。如今女兒出息了，修了大瓦房讓他去享福；而且，他今天出這個院子是走出去的，還帶著自己的妻子、兒女、外孫，一家三代。

陳名站了許久，在王氏和陳阿福的攙扶下，才抹著眼淚轉過身走了。

走到村口，遠遠望著那兩個大院子，院外是一人高的青磚院牆。東邊的福園還在修建，而西邊的祿園青牆黛瓦，飛簷翹角，很是氣派，在鄉下，也只有地主才能住這麼好、這麼大的院子了。

為了活絡氣氛，陳阿福開玩笑道：「住進祿園，爹就是陳地主，娘就是地主婆了。」

阿祿接話道：「大姊是地主家的小姐，我是地主家的少爺，大寶是地主家的小哥兒。」

說得幾人都笑起來，忙加快腳步，向祿園走去。大寶和追風、旺財跑在最前面，兩隻鸚鵡「嘎嘎」叫著在他的頭頂盤旋。

祿園的院子裡，主要道路砌成十字形青石路，留了四塊地，要等到翻年破凍的時候再移栽樹木。房間總共有上房三間加兩間耳房，東、西廂房各三間，倒座五間，還有一排後罩房，由於人少、東西少，後罩房幾乎空著。

陳名兩口子住上房西屋，屋裡建了炕。他們學城裡的有錢人，臥房放著雕花架子床，墊著厚厚的棉墊，還有湯婆子、炭盆，這樣冬天才不會冷。

家裡房多人少，陳名想把老太太接來享福。他偷偷問過老太太，老太太沒同意，她跟著大兒子住慣了，同時也怕大兒子難過。

陳阿福剛把屋裡的東西收拾好，棠園一大幫人就帶著楚含嫣來了。宋嬤嬤和魏氏帶著三個孩子直接進了西廂，而羅管事夫婦及其他下人則去了上房。

今天祿園吃開伙飯只請了大房及幾家親戚，還有棠園的人。因為陳阿福要照看楚含嫣沒時間去廚房做事，還專門請高氏及族親三爺爺的兩個孫媳婦幫忙，和王氏一起做飯。

楚含嫣被宋嬤嬤牽進屋，小妮子手裡還拿著一個紅包，她一看到陳阿福，就把紅包遞過去。「姨姨，恭……喜。」

陳阿福大樂，接過紅包說道：「喲，姊兒還知道姨姨今天搬家，要送紅包啊！姨姨謝謝姊兒，也替姨姨的爹娘謝謝姊兒，姊兒有心了。」

宋嬤嬤笑道：「姊兒一吃完早飯，就拿著紅包不放，我說我先幫姊兒收著，她怎麼樣都不肯。」

小妮子抿了抿嘴唇，有些得意，又有些扭捏，小梨渦若隱若現。

這模樣讓大家都笑了起來，小妮子不好意思了，趕緊把頭埋進陳阿福的懷裡。

陳阿福又笑道：「大家不要笑了，姊兒都不好意思了。」

魏氏忙道：「好，好，咱們不笑了。」

小姑娘的小胖身子扭了兩下，腦袋才從陳阿福的懷裡抬起來。

宋嬤嬤偷偷塞給陳阿福一個紅包，笑道：「一點心意，陳師傅莫嫌棄。」

陳阿福不好意思地說道：「讓妳破費了，我替我爹娘謝謝妳。」

魏氏沒有單送，因為公爹羅管事會送禮給陳名。

陳阿福把小姑娘的紅色刻絲鑲兔毛小斗篷脫下來，牽她去南屋。這裡燃著兩盆炭，還掛著厚厚的門簾，房裡溫暖，是專門給孩子們預備的。

盆裡的銀霜炭是昨天羅管事讓人送過來的，他怕陳家買一般的炭把楚含嫣嗆著。

屋子中間擺了一張大長方形矮腳桌，四周擺上矮腳小椅子，桌上還有一堆各種形狀和顏色的小木塊——這是陳阿福專門讓武木匠做的積木，自己拿回來染上顏色。
這兩個月，武家父子幾乎都在做陳家的東西，大到正常的家具，小到莫名其妙的衣架、形狀不一的木塊，雖然他們不知道這些東西能幹啥，但人家給的價錢高，生意又多，他們趕工趕得樂呵。
陳阿福領著三個孩子坐在小椅子上，告訴他們這些東西是積木，可以搭成房子、桌子、凳子、馬車、井等等，然後，給他們做示範，搭了個小房子。
別說羅梅和羅明成感興趣，連楚含嫣的眼睛都亮了一下，拿著積木擺弄起來。
大寶和阿祿作為陳家的男人，正和陳名一起在上房待客，聽說楚含嫣來了，一溜煙跑來了西廂，人還沒進屋，就大著嗓門喊。「嫣兒妹妹，嫣兒妹妹。」
楚含嫣愣了愣，抬頭向門簾處望去，看見大寶掀開門簾走進來，抿嘴笑了笑。
大寶來到楚含嫣身邊坐下，一起玩了起來。兩隻鸚鵡不甘受冷落，也跑到桌子上來刷存在感，牠們站在桌子上，誰的房子搭起來了，便用嘴巴一推，房子瞬間坍塌。
大寶、羅梅和羅明成搭的東西，推倒就罷了，但推倒了小姑娘好不容易搭起來的「桌子」，小姑娘就不高興了，「哇」地一聲大哭起來。
氣得大寶一家給牠們一隻一個腦鑿子，還說明天不帶牠們去棠園玩了，兩個小傢伙才老實下來。
除了陳業一家先到，聞著飯菜香的胡老五一家也跟著來了，他不會放過任何一次巴結羅掌櫃的機會。沒多久，武木匠也領著武長根、長根媳婦和小石頭來了。

對於這些主動來恭賀的人，陳名表示歡迎，趕緊將他們請到上房坐。

而大虎、大丫和小石頭一來，就被大寶叫去了西廂。

長根媳婦勤快，一來就進廚房把陳阿菊解放出來。陳阿菊拉著胡翠翠說了陳阿福的架子床如何好看，讓她也去見識見識。

胡翠翠沒動，在她看來，這裡只比她縣城裡的四姨丈家大了一些，家具、擺設都比不上，那張床能好到哪裡去。

她看了兩眼沒見過世面的陳阿菊，得意地小聲說道：「阿菊姊，以後我去縣城四姨丈家的時候，也帶著妳，紅表姊的閨房才是真真精緻好看呢！」

吃飯的時候，三張桌子都擺在大堂屋，兩桌男人，一桌女人、孩子，另外在西廂房還設有一桌，由陳阿福等人領著幾個孩子一起吃。

桌上的酒好、菜品好，大家吃得高興，只是偶爾胡氏忍不住會說些不太中聽的酸話，不說陳業和陳老太太瞪她，連胡老五都會陰沈著臉看她幾眼。胡老五雖然在家裡是最小的一個，但上面的四個姊姊都怕他，胡氏也不例外，見婆家和娘家的當家人都不高興，她只有忿忿地閉上了嘴。

飯後，宋嬤嬤抱著睡眼惺忪的楚含嫣回棠園歇息，羅梅姊弟也被魏氏帶了回去。等到未時末，陳阿福就會去棠園上班。現在兩家離得近，走路只須小半刻鐘，而且為了方便，兩家之間的路不僅修建平整了，還特地鋪了碎石，這當然是棠園請人做的。

上房裡的男人們吃飽喝足後，客人們也都陸續回家。胡老五走在最後，他悄悄跟陳名說道：「陳二哥，你聽說沒有，仙湖村的老王家出事了。」

陳名先是一愣，後才想起那老王家應該是指王氏的娘家，忙問道：「出什麼事了？」

胡老五笑道：「聽說，那家人這段時日像是犯了太歲，丁婆子出門踩在冰上摔斷了腿，王財在某天晚上被人用麻袋捂住頭痛打了一頓，王老漢被天上掉下來的石頭砸破了頭，院子裡隔三差五就會莫名出現屎尿；而且，家裡的雞鴨鵝隔三差五就會弄丟一隻……」

陳名聽了，忙向胡老五拱拱手，低聲說道：「我看胡老弟喜歡喝小元春，改天我再送你兩罈。」

胡老五忙道：「不敢，以後陳二哥家宴請像羅老爺這樣的貴人，一定記著把小弟叫上。」

陳名點頭道好。看著胡老五逐漸遠去的背影，他頗有些無奈，自己向來最恨這種趨炎附勢、專做缺德事的小人，但如今為了懲治更壞、更缺德的丁氏，卻不得不有求於他……

等到陳阿福和王氏把廚房收拾妥當，出來就看見陳名在院子裡轉著圈，還用鼻子不停地吸著氣。

王氏笑道：「當家的，你幹啥呢！怎麼像咱家的旺財一樣。」

陳名笑道：「娟娘，阿福，妳們聞到了嗎？咱們家又有一陣若有若無的香氣了，跟舊院子裡的香味一樣。昨天我特地聞了，還沒有這種味道，今天這股味道又出來了，咱們家果真是有福澤的。」

王氏聞了聞，喜道：「還真是。」

陳阿福也笑著點點頭。今天從井裡打水的時候，她便偷偷往井裡扔了塊小手指粗的燕沉香小木塊進去。

陳阿福把楚含嫣和宋嬤嬤送的紅包都交給陳名。

陳名笑道：「楚姑娘有心了，小小年紀就知道要送禮。」看著那對羅管事家送的大花瓶。「這大花瓶我們家用可惜了，留著給阿福拿去福園。」

陳阿福嗔笑道：「爹還真當自己是小地主了，爹別忘了，你還是童生，懂風雅，那花瓶擺一個在上房廳屋，擺一個在阿祿的書房，我去棠園折幾枝梅花回來插上，既風雅，味道又好聞。家裡還差些東西，等楚大人或是了塵住持回來，我去縣城一趟，再買些回來，正好置辦一些年貨。」

陳名忙道：「剩下的東西，讓妳娘出錢。這個家，連地皮、房子和家具擺設，已經花了妳六十幾兩銀子，不能再花妳的錢了。」

快到上班的時間了，陳阿福回西廂叫大寶起來，又把一個裝了積木的籃子拿出來。這積木一共做了三套，自己家裡留一套，送給棠園和楊家各一套。

她和大寶、追風、七七、灰灰剛走到大門外，就看到宋嬤嬤抱著穿著紅色斗篷的楚含嫣，魏氏牽著羅梅姊弟，以及兩個護院往這邊走來。

宋嬤嬤把楚含嫣放在地上，不好意思地說：「姊兒鬧騰著要來姨姨家搭小房子，這不，我們又來叨擾了。」

羅明成補充道：「姑娘還說香香。」

楚含嫣結結巴巴說道：「搭……房子，香……香。」

陳阿福知道這個「香香」，定是小姑娘聞到自家若有若無的香氣。她走過去蹲下，捏捏小姑娘的小臉笑道：「姊兒真能幹，以後就要這樣，想要什麼，就明確說出來。」

大寶見楚含嫣喜歡自己家，非常高興，牽著小姑娘進了院子，臭屁地說：「離得近真好，想來串門子，幾步就能到。」

陳阿福領著幾個孩子剛在西廂南屋裡玩沒多久，妙兒就跑來接楚含嫣，說主子回來了，讓姊兒回去呢！

陳阿福知道，這是了塵住持回來了。棠園裡的人，稱呼楚令宣時喊大爺，稱呼了塵住持時都叫主子。

魏氏和宋嬤嬤一聽，趕緊起身帶著孩子們回棠園。陳阿福請魏氏派輛馬車來，她要把蘭花送去還給了塵住持。

離開的時候，魏氏拎著那一籃子積木，怕明天嫣姊兒再鬧著要來。

七七和灰灰因為今天沒有去成棠園躲在牆角生氣，見他們要回去了，高興起來，跳著腳地喊。「去玩，去玩。」

然後，七七飛過去站在楚含嫣的小手上，灰灰則飛去站在羅明成的小手上，讓兩個孩子很是高興。

現在兩家離得近，牠們要去就去吧！

陳阿福只囑咐了一句。「去了不許淘氣，不許嘴饞，早些回家。」

他們離開不過一刻多鐘，棠園的馬車便來了，陳阿福抱著蘭花坐車去了棠園。

欣喜不已的了塵坐在怡然院裡的羅漢床上，跟坐在她懷裡的小孫女說著話，每一次回來，小孫女的進步都讓她吃驚。

楚令宣坐在她們的旁邊，前些日子他去了趟京城，今天剛回來，去衙門點了個卯，便騎馬回棠園。在他旁邊的茶几上，七七和灰灰正在吃碟子裡的堅果。

楚令宣和了塵難得同時回來，加上楚含嫣較之前有了很大的變化，讓他們相當高興。祖孫三代輕聲說著話，當然主要是了塵和楚令宣在說，楚含嫣偶爾會回幾個字。

陳阿福來到怡然院，意外發現楚令宣也在，她給了塵做了揖，又給楚令宣行了福禮。

「陳師傅請坐。」楚令宣的嘴角帶了些許笑意，欠了欠身。

了塵笑道：「阿彌陀佛，謝謝陳施主，妳把嫣兒教得非常好。」

再看到那盆蘭花，更是吃驚不已。她抱來的時候，花已經快死了，現在花不僅活了過來，還長出許多深紫色的花苞，數了數，竟然有二十二個。

了塵驚訝道：「阿彌陀佛，墨蘭每次開花最多不過十六、七朵，這次卻一下長出了二十二個花苞，陳施主真是養蘭高手。」

陳阿福不知道該怎麼解釋，只呵呵傻笑著。早知道這麼逆天，該早些把花移出空間的。

楚含嫣竟然接了一句話。「姨姨……能幹。」說完還伸出小手比出大拇指，然後，眼巴巴地看著陳阿福。意思是快表揚人家吧！人家這次反應好快。

討喜的小模樣把在場的人逗得大笑。楚含嫣不好意思了，從了塵腿上滑下來，過去抱住陳阿福，把小腦袋埋在她的腿上。

陳阿福摸摸她的小腦袋，笑著說：「姊兒看姨姨把花兒養得好，知道表揚姨姨，姨姨非常開心啊！怎麼辦，晚上姨姨定會高興得睡不著。」

楚含嫣聽了，抬起小腦袋，非常聰明地對陳阿福說道：「抱大燕子，就能……睡飽。」

陳阿福笑起來，眼裡閃著驚喜的小星星，誇張地說道：「喲，姊兒真聰明，出的這個主意真好。好，姨姨晚上一定抱大燕子睡覺。」

楚含嫣抿著嘴笑起來，雖然笑容不大，卻甜得如吃了蜜一般。她想了想，向她的臥房走去。

宋嬤嬤過去牽她時，她的小胖身子還躲了躲，不讓牽。宋嬤嬤無法，只得跟在她後面。

眾人納悶之際，楚含嫣走出來了，懷裡還多了一個她睡覺時抱的大燕子玩偶。一走到陳阿福面前，便把玩偶舉起來說道：「給……姨姨，睡……飽飽。」

陳阿福真的感動了，沒想到小姑娘能把自己最心愛的東西拿給她。她把楚含嫣抱起來摟進懷裡，輕聲說道：「謝謝，姊兒真好，真大方，捨得把這麼好的東西給姨姨；不過，姨姨家裡也有大燕子，還是讓它陪伴姊兒睡飽飽……」

看著她們兩人的互動，了塵捂著嘴無聲地流出了眼淚，楚令宣也是深有感觸，心裡湧動著一股從來沒有過的情緒。

她們兩人的相處模式不像師生，不像主僕，也不像這個時代的母女；但任誰都看出來，她們相處得似乎比親母女還要親密。

怪不得嫣兒的病好得這樣快！怪不得嫣兒能像正常孩子一樣跟她交流！不僅是因為陳阿福教導的方式得當，更因為她用心跟嫣兒相處，把嫣兒當成一個正常的孩子，還有一顆喜歡嫣兒的真心。

陳阿福的每一句話再平常不過，卻又有些出人意料，不是他們能想出來或者說出來的，而這些話正合嫣兒的心思；再看看嫣兒坐在陳阿福腿上的表情，放鬆，滿足，依賴……連靈活的感覺，似乎都多了些。

陳阿福和小姑娘說了幾句話，覺得他們一家祖孫三代難得團聚，自己不好在這裡繼續待下去，哄了小姑娘幾句，忽略她眼裡的濃濃不捨，用臉蹭蹭她的頭頂，起身告辭。

了塵住持說道：「聽說陳施主搬家，貧尼特地請了一尊觀音大士佛像，祝願陳施主一家身體康健，如意吉祥。」

了塵身後的小尼姑聞言，向前獻上一尊紫檀觀音像。

陳阿福作揖謝過，把觀音佛像接過來。

楚令宣欠了欠身，說道：「我剛剛才回家，沒來得及去恭賀，這是賀儀，恭喜了。」說著從懷裡掏出一個紅包。

這位董事長真是體恤下屬的好上司！

陳阿福接過紅包，紅包輕飄飄的，她笑道：「謝謝楚大人。」

楚令宣又說：「鴻運火鍋大酒樓幾天前已經在京城開業，生意極是火紅，要在那裡吃火鍋，還得提前預訂。」

陳阿福聽了大喜過望，笑得眉眼彎彎。羅管事經常得到鴻運酒樓的消息，楊明遠偶爾也會派人送信過來，有時候是報個信兒，有時候是向陳阿福討個主意。

她知道楊明遠在京城比較繁華的路段，租了個四層樓的大鋪面，租鋪面帶裝修，花光了他所有積蓄，酒樓在臘月十日開業……卻沒想到生意會這麼好。

楚令宣看陳阿福笑得露出一口白牙，感到有些好笑。這姑娘倒是一點不會假裝，一聽生意好就樂成這樣，跟她清麗的容貌一點都不相符。這麼燦爛的笑容，除了給大寶、嫣兒，還給了……銀子。

陳阿福不知道楚令宣在心裡笑話她，只覺得這人原來看著冷冰冰的，現在卻經常能看到他嘴角噙著笑意；雖然只勾了勾嘴，但嘴角那對淺淺的小酒窩跟楚小姑娘的一樣好看，她似乎覺得楚令宣那對小酒窩越來越深了……

陳阿福被自己的幻覺嚇了一跳，慌忙向他們告辭走出廳屋。

走出怡然院，魏氏已經拿著兩把蠟梅等在路邊，見她手裡捧著佛像，笑道：「走，我送妳回家。」

兩人說說笑笑出了棠園角門，半刻鐘便回到祿園。

陳阿福說道：「了塵住持和楚大人都喜歡吃我做的滷味，羅嫂子等等，我做些素滷味讓妳拿回去。」

魏氏笑道：「那敢情好。」

陳阿福先去上房把觀音佛像交給陳名，讓他供奉在廳屋裡，又把那個紅包和兩把蠟梅交給他。然後，魏氏燒火，陳阿福炒滷料，王氏洗了些豆干、豆皮、藕這些容易煮熟的素菜，滷了一小鍋。現在已經申時末，再晚，就趕不上人家吃晚飯了。

滷菜的時候，聽到院子外面傳來阿祿、大寶幾個孩子的笑鬧聲，以及追風、旺財的叫號聲，裡面竟然還有羅明成的聲音，另外兩個聲音是棠園下人的孩子。

魏氏笑道：「咱們離得近，不說嫣姊兒跑妳家跑得勤，我家成哥兒跑得更勤。」

陳阿福笑道：「跑勤了才好，我就喜歡孩子，我們家人少，多來些孩子正好熱鬧。」

魏氏看了看她，抿嘴笑道：「阿福翻年就該滿十六歲了吧！不能再耽擱了。說說看，想找個什麼樣的，嫂子幫妳看看。妹子這樣天人般的好樣貌，應該配個好後生。」

王氏聽了，高興地抬起頭說道：「那我先謝謝姪兒媳婦了。妳也看到了，我家阿福長得俊，良善，又心靈手巧，不過……阿福的情況特殊，立了女戶，還帶了個兒子，是要招婿的，條件太好的後生怕是不願意上門。我們尋思著，想給她找個心眼好、能幹些、不要光想著吃軟飯的好後生，沒錢不要緊，關鍵是人好，最好的是，人長得好看些，不能太醜了。」

談到男人、招婿這些話題，陳阿福倒是沒有多少扭捏，這的確是個比較現實的問題，古代的女人早婚，連十二歲的陳阿菊都猴急了。

陳阿福沒像這個時代的姑娘羞得跑出去，聽王氏說完，還笑著補充一句。「人長得一般些無妨，關鍵要乾淨，我最受不了不每天刷牙和洗腳的邋遢男人……」這一點她比較堅持，所以必須說出來。

她的話還沒說完，就被王氏輕拍了一巴掌，罵道：「哎呀，妳這丫頭，羞死人了，也不怕妳羅大嫂笑話。」

陳阿福道：「正因為是羅大嫂，我才說實話，有啥羞人的？若沒有適合的男人，大不了不娶就是。」

聽到她說「娶」，魏氏笑得前仰後合。「阿福妹子的這個條件，說高不高，說低也不低。堅持每天刷牙的男人，都是家裡比較講究的，但凡家裡講究，日子肯定比較好過，這樣的人不一定願意上門；若是沒錢、日子不太好過的後生，大都不會太講究。其實，後生稍微不講究些，也沒什麼大不了，成親了，妳幫忙把他打理乾淨不就行了。」

陳阿福搖頭道：「江山易改，本性難移，養成了不講究的習慣，是不好糾正的。」

陳阿福從盆裡割了兩把蒜苗，這是第三次，雖然沒有第一次香，但味道還是非常不錯，她炒了道蒜苗香干。

魏氏聞了，直吸鼻子，說道：「天啊！這蒜苗怎麼會這麼香！」

「我炒了兩盤，一盤妳拿去給楚大人吃，一盤拿去妳家給羅大伯吃。」

魏氏笑道：「別，這麼好的東西拿回自家，我公爹會罵我。」

陳阿福又跟魏氏說了自家想買下人的事，她想請羅管事幫忙挑人。

魏氏笑道：「好，我回去就跟公爹說。明天兩位主子都在，看他能不能抽出時間陪妳去一趟縣城的牙行。」

魏氏拎著食盒走時，已經暮色四合。她把在院子外面瘋玩的羅明成和另外兩個孩子帶走了，大寶和阿祿才帶著追風和旺財回家，又把院子大門關好。

陳名把紅包遞給陳阿福，說道：「這個賀禮是楚大人看在妳面子上給的，有些重，爹拿了不好，還是妳收著。」

原來紅包裡裝的是一百兩銀票。

陳阿福笑道：「他知道今天是爹搬家，他給爹的，爹就收著。」

睡前，陳阿福從廚房端了熱水給大寶洗漱，讓他上床後，灌了兩個湯婆子塞進被窩。然後，把掛在廊下的鳥籠拿去南屋，再把追風、旺財、七七和灰灰的腳掌、爪子洗乾淨，讓牠們睡在南屋的窩裡，現在天冷，不能經常給牠們洗澡。

七七趴在籃子裡，伸長脖子說了一句。「嗯，好吃……明兒去說嫣兒喜歡……讓她再炒一盤蒜苗來……」

這是楚令宣的聲音。

接著，聲音一變，又變成了塵住持的聲音。「呵呵，你自己嘴饞，還拿嫣兒說事……」聲音又變回來。「不是兒子嘴饞，實在是太香。」

陳阿福腦補一番那情景，樂得出聲。看楚令宣一副嚴肅相，居然有這樣一面，怪不得楚老侯爺要罵他嘴饞。

灰灰見七七把陳阿福逗樂了，也直起身賣乖說道：「我還有銀子，咱不差錢，爹可著勁花……」這是陳阿福的聲音。

陳阿福氣得彈了牠的小腦袋一下，說道：「哎喲，咱們家的事情不許拿出來說，若我知道你把咱們的家底抖出來，定要收拾你。」說完，又彈了牠小腦袋一下。

這個灰灰，跟秀氣的七七比起來，是典型的四肢發達，頭腦簡單。

七七見灰灰挨打了，哈哈笑起來，聲音是陳老太太的。

陳阿福都走到門口了，又聽見七七小聲嘀咕了一句。「……倒是蕙質蘭心……」是楚令宣的聲音。

陳阿福的腳步頓了頓，她只聽清了「倒是蕙質蘭心」這六個字，不知道說的是誰，或許不久的將來，楚小姑娘就會有後娘了。

希望是個好相與的人，不然剛剛好起來的小姑娘又該可憐了。

第十九章

第二天早飯後，陳阿福、王氏要去三青縣城買東西和下人。離開之前，陳阿福把大寶和兩狗兩鳥帶去羅家，讓他跟羅明成玩，再順道問羅管事有沒有時間陪她們去。

剛經過福院的院子，就看到羅源趕著一輛馬車來了。

羅管事掀開車簾笑道：「我們正好要去縣城辦事，順道幫忙妳買幾個下人。」

陳阿福讓大寶帶著兩狗兩鳥自己去羅家玩，她則回祿園把王氏叫上，兩人一起上了馬車，車廂裡還坐著羅大娘。

羅大娘笑道：「昨兒我大兒媳婦拿著阿福滷的素菜和蒜苗炒香干回棠園，我家大爺和姊兒十分喜歡吃；特別是姊兒，根本沒吃夠，請阿福今兒再炒一碟吧！最好再多做些素滷味，明天主子就要回庵裡，她去靈隱寺給無智大師送蘭花的時候，再給大師送些滷味過去。」

陳阿福笑了起來，點頭說道：「滷味我是能夠多做些，但盆裡的蒜苗剩得不多，只夠炒一小盤，今兒晚上我就炒了給你們送去。」

羅管事夫婦笑著道謝。

陳阿福說了自己想買的下人，不僅要買兩、三個幹活的，還想再買一個懂庶務、一個懂管家的。

羅管事說道：「幹活的人好買，只要成年又四肢健全，但懂庶務、懂管家的下人就不好買了，這種有本事的人，主家輕易不會發賣，若是發賣一定是犯了大錯，這樣的人買回家也糟心。要不這樣吧！定州參將府裡有幾個這樣的人，若阿福信得過，我跟大爺說說，送兩個人給你們。放心，奴契會給妳，他們對妳也不會有二心。」

陳阿福搖頭笑道：「參將府裡的下人在城裡享福慣了，怎麼會願意來我們鄉下住，更不會願意給我這個村姑當下人。」她可不想弄個人在曹營、心在漢的人來家裡。

羅管事聽了不好再說什麼。

到了縣城，王氏母女買了一些家居日用品，又買了一些年貨及一根人參、幾罈酒，還抱了兩頭小豬。

羅管事他們買了更多年貨，因楚令宣、老侯爺都會來棠園過年，所以東西必須要置辦齊全。

他們又雇了一輛牛車，讓羅大娘先坐牛車把東西帶回去，而羅管事父子去幫忙王氏母女買人。

四人在麵館吃了一碗麵，陳阿福搶著付了錢。

縣城只有兩家牙行，他們都去看過，的確沒看到懂庶務的人。陳阿福買了一對母子，三十二歲的穆嬸，十三歲的山子。

之後，幾人又趕著去縣衙辦奴契。馬車停在縣衙的斜對面，王氏讓陳阿福坐在車裡等，她和羅源一起去辦契。羅管事也下了車，在外面看著熱鬧。

陳阿福和穆嬸、山子坐在車廂裡說話，打探他們的身世。

穆嬸說，他們一家都是鄰縣縣丞家的下人。她男人死了，老太爺就想占她便宜，她不願意，反抗的時候動靜有些大，被老太太知道了，便把他們母子賣了……

正說著，一個大嗓門傳了進來。「羅老爺，幸會，幸會。」

羅管事趕緊拱手笑道：「趙里正，巧了。」

只聽那個聲音說：「剛才我在衙裡碰到羅大爺，跟他在一起的婦人我看著有些面熟，是不是王氏，閨名叫王娟娘的？」

陳阿福一聽，趕緊把車簾掀起一小角，見來人是一個五十多歲的老頭，大鼻子凍得通紅，看著就惹人厭煩。

羅管事說道：「不錯，正是她。」

趙里正又笑道：「我們趙家村這次辦流水宴，遍請了附近所有有臉面的老、少爺們，請羅老爺一定賞光來喝幾杯。」

羅管事笑道：「一定。」

趙里正又往羅管事身邊靠了靠。「老漢看羅老爺仗義，給你提個醒兒，羅老爺千萬別怪老漢多嘴。聽說，那個王娟娘的名聲，似乎不太好，她閨女給你家小主子當針線師傅，似乎……嘿嘿……」他也是前些日子才聽說王娟娘的閨女在給棠園小主子當針線師傅，他不想讓王氏母女跟棠園走得太近，他怕有些事被棠園主子知曉，不好。

羅管事笑了兩聲，一語雙關地說道：「謝謝趙里正的提醒，為了不給我家大爺抹黑，在識人、用人方面，我羅某一直都是小心翼翼，先要把人打探清楚了才敢用。陳師傅非常好，無論人品，還是手藝，我家大爺都十分滿意。聽說，陳師傅的母親也非常好，賢淑勤儉，一個婦人竟撐起了一個家，不僅養大了一雙兒女，還把丈夫的病治好了。」

趙里正一噎，乾笑道：「那是，那是。」又對羅管事拱了拱手，走了。

陳阿福氣得不輕。那個老梆子真夠缺德的，不僅想壞了王氏的名聲，還想讓自己失業。

羅管事進了車廂，低聲對沈著臉的陳阿福說道：「剛才那個人是趙家村的里正，也是陳大人的娘——陳老夫人的族兄。前天專門來棠園給我送帖子，請我們父子去趙家村吃流水宴。」

原來是陳世英老娘的族兄。

陳阿福讓穆嬸和山子先下車，對羅管事低聲說道：「謝謝羅大伯對我和我娘的維護，我也聽到了村裡一些傳言，說我娘早年給人當過童養媳，但那不是我娘的錯，她的每一步都是被迫的……羅大伯不怕我們家會連累你們，跟知府大人生隙？」

羅管事說道：「阿福放心，我家大爺跟陳大人井水不犯河水，也不會怕了誰去。阿福和妳的家人都是良善之人，不說姊兒離不開妳，就是我家主子和大爺都對妳讚賞有加，我們羅家人也願意跟你們來往；至於不知恩義的趙家，別說我家大爺，就連我都沒放在眼裡。」

這倒是，若羅管事忌憚陳世英的老娘，也不敢這樣打趙里正的臉。他能立場鮮明地幫忙自己，肯定有楚令宣的授意，既然有楚家做後盾，她也就不怕那個陳老太婆了……

羅管事看陳阿福低頭沈吟，以為她害怕了。「阿福莫怕，趙家村的人代表不了陳大人，陳老太太也代表不了陳大人。」又意有所指地說：「聽我家大爺說，陳大人的為人應該不錯，有些事，或許他不知情……」

陳阿福恨恨說道：「我娘是受害者，他們害了我娘，還連一點活路都不想給，太壞了。羅大伯，你們府裡有沒有功夫不錯的下人？若有，給我家一、兩個，月錢方面，我會照著參將府的標準給。」

雖然有楚家給他們撐腰，但她怕突發狀況，怕棠園的人還沒趕到就出事了。就像上次丁氏母子來家裡，若她正好不在家，王氏可是要吃虧。金燕子過冬的時候，家裡應該要有個身手好的壯丁，比較安全。

羅管事點頭道：「身手好的壯丁參將府多的是，我回家就跟我家大爺說說，請他挑一、兩個人過來。人去了妳家，一切都按妳的意思辦，主人什麼條件，就給下人什麼條件，沒有必要顧忌那麼多。他們跟了妳，不虧，妳這樣聰慧，大寶也看得出將來必成大器，家裡總會好過起來。」

陳阿福點頭，感激道：「謝謝羅大伯。」

不久，王氏和羅源回來了。王氏把兩張奴契交給陳阿福，笑道：「我家阿福也是有下人的人了。」

陳阿福摟著她的胳膊笑道：「我有，就等於爹和娘有。」又囑咐王氏道：「家裡人多了，以後娘若要去村裡或是遠的地方，身邊要帶一個人。」

王氏以為女兒是為了提防丁氏母子，便點頭道好。

回到祿園後，陳阿福在大鍋裡燒了水，讓穆嬸母子洗個澡。

之後，她開始做滷素菜，又炸了幾個蘿蔔絲餅。為了好吃，她把蘿蔔切成絲後，又用她家的特殊水泡了一陣，再撈出來擰乾。

做得差不多了，把盆子裡最後的一點蒜苗割下來，炒了道香干。

想著把楚令宣的胃養再刁些，關係再走近些，就更加不怕那個陳老妖婆使壞了。想到自己也算有了一個軍中後臺，心裡輕鬆不少。

她看了看廚房裡那個專門搭建的土烤爐，現在還沒有時間使用，等有時間了，就來做幾道小點心，她聽說楚家幾代人都嗜甜。

等菜餚做好之後，她把兩個小盆子、一個盤子放進食盒裡。怕菜涼了不好吃，她還在食盒外面裹上一層小褥子，再抱著去棠園。走之前，她又讓王氏多泡些紅棗，晚飯後再做些糯米棗子給楚家人，好好拉攏兩家人的關係。

第二天，約莫巳時，陳阿福領著大寶和兩狗兩鳥去棠園上班。

剛走出祿園，就看見一輛馬車駛過門前，趕車的老頭，正是昨天看到的那個老梆子趙里正，他的肩上還搭了個褡褳。

他把馬車停好，跳下車，看到陳阿福，眼睛瞪得很大，像見了鬼一樣。他抖著手指著陳阿福，不索利地說道：「妳，妳，妳……是誰？」

他的嘴巴不停地抖動，不知道是冷著了，還是嚇著了。

陳阿福冷哼道：「笑話，我為什麼要告訴你我是誰？」

趙里正一噎，看看四周，說道：「這裡應該是王娟娘的家吧？妳，妳，妳是……王娟娘的閨女？」似想到了什麼，眼睛瞪得更大了。「哦，老天，不會吧！」

陳阿福沒吭聲，只是怒目瞪著他，擋在他前面，不許他進來，她把手裡的食盒交給陳大寶。「兒子，你先帶著七七和灰灰去棠園玩，跟姊兒說，娘有事要辦，等會兒再去陪她，追風和旺財就留在這裡看家。」又低頭對兩條狗說：「不許不相干的人進去咱們家，誰敢硬闖，給我往死裡咬。」

追風和旺財聽了主人的話，對著趙里正一陣吠叫，也把趙里正叫得清醒過來。

他看了看跟陳世英有八分像的面容，猜到了怎麼回事，心想若是這樣，就更得見見王娟娘；若是她聽勸，橋歸橋，路歸路，族妹也會給他們家一個活路。

若是不聽勸……王娟娘的閨女有那麼一個身分，還真有些棘手，只得回去跟族妹說清楚，聽她的意思吧！

沒想到，那王娟娘裝得老實巴交，原來是個浪的。

他擦了擦額上的汗，怪不得當初陳世英大發雷霆，甚至再不待見參與那件事的他和老唐家；若是陳世英知道自己有這麼一個閨女，那不更恨自己啊？他不好拿他的娘怎樣，所有的氣會不會都發到自己身上來？……

想到這些，趙里正哈了哈腰，說道：「妳是王娟娘的閨女，是吧？我是趙家村人，妳娘認識我，她小的時候還叫我一聲二伯呢！妳讓我進去，趙爺爺有事要見見妳娘。」聲音又壓低了些。「大事，以後妳家的日子就好過了。」

陳阿福冷冷說道：「我家都是我作主，有什麼大事跟我說。」

正說著，大門開了，王氏走出來說道：「什麼事啊！追風和旺財叫得這樣歡。」看到陳阿福的背影，又道：「阿福，妳怎麼還不去棠園？」

趙里正走上前幾步笑道：「喲，娟丫頭，還記得我嗎？」又後知後覺笑道：「看我，老糊塗了，妳如今嫁了人，也是兒女雙全的人了，怎麼還能叫妳的小名呢？」

這「兒女雙全」四個字咬得特別重。

王氏已經有十幾年沒看過他，她到死都不會忘記這個人和那個女人是如何逼迫自己的，她臉色蒼白，厲聲說道：「你來我家做甚？走，你走，我不想看到你，更不許你來招惹我閨女。」

趙里正怕陳阿福的長相，可不怕軟弱的王氏，但想著今天的任務，還是好脾氣地說道：

「王氏，我今天來是貴人有事相託，妳不想讓我進妳家門，那咱們去馬車裡談談，怎樣？就幾句話，說完我就走。」

王氏看看福園那邊還有一些人在修房子，陳名也在那裡，她不想惹出大動靜讓別人看見，便對陳阿福說：「阿福，妳先回家，娘說幾句話就走。」

陳阿福搖頭道：「我不回家，就在這裡等娘。」

王氏不想進馬車，便急步走到一棵大樹的另一邊，她覺得在這裡小聲說話，陳阿福應該聽不見。「有事就說吧！說完趕緊走。」

趙里正跟過去，低聲說道：「王氏，陳老夫人仁慈，她聽說妳閨女為了生計，竟然拋頭露面去給別人做什麼針線師傅，於心不忍。她好心讓我給妳帶個話，妳閨女年紀不小了，幹啥讓她拋頭露面啊！把名聲搞壞了，哪個好人家願意要她？趕緊把針線師傅辭了，早些嫁人生娃是正經。」說著，從褡褳裡掏出三十兩銀子，又從懷裡掏出二十兩銀子。這二十兩銀子本來是他準備貪下來的，因為猜出陳阿福的身分，只得忍痛都拿出來。「陳老夫人心善，不忍你們一家人受苦，給你們五十兩銀子，去買十畝上等好地，你們就吃穿不愁了。」

王氏沒有接錢，冷冷說道：「我閨女沒有拋頭露面，她教的是一個四歲女娃，壞不了名聲；我也不要她給的錢，我閨女已經讓我們一家過上不愁吃穿的好日子了。」

趙里正沈下臉，威脅道：「王氏，現如今世英小子，哦，不對，是陳大人……現如今陳大人已經是定州府的知府大人，連咱們三青縣的縣太爺都歸他管。陳老夫人的意思就是陳大人的意思，妳不聽陳老夫人的話，就是不聽知府大人的話。妳就不怕坐牢？陳老夫人可是先禮後兵，惹她老人家動怒，妳可沒有好果子吃……」

陳阿福已經悄悄走到樹的另一邊，她冷冷說道：「趙老頭，你別嚇唬我娘。我還是第一次聽說，陳大人當了知府，他老娘就成知府了，不聽他老娘的話，竟然要坐牢。」

趙里正一噎，惡狠狠地說道：「妳個死……」看到那個長相，他又害怕起來，不敢繼續罵人，緩了緩語氣。「我沒有那麼說。」

陳阿福不想跟他廢話，說道：「你回去跟陳老太太說，她是知府大人的娘，我們好怕；可我的主家是參將大人，主家的家主是京城老侯爺，我們更怕。若陳老太太有本事說服參將大人，或是老侯爺，讓他們辭了我，我就是想教都教不成了。」她輕蔑地看了一眼他手上的銀子說：「至於那點銀子，我們還看不上。」說完，過去扶著王氏說：「娘，咱們回家。」

她們都走了兩步，又聽趙里正在後面說道：「王氏，妳最好聰明點，有些話不要亂說，說多了惹禍；還有妳這個閨女，她的事情就更不要拿出去亂說。」

追風和旺財聽出這個壞老頭在威脅主人，對著他一陣狂吠，嚇得趙里正趕緊往馬車邊跑去。

王氏快步和陳阿福一起走回院子，追風和旺財進來後，便趕緊把門關上，耳朵緊緊貼在門上，聽到馬車轆轆走遠的聲音，才放下心。

王氏沒理拿著針線出門來問她的高氏，直接把陳阿福拉進西廂。

王氏的雙手緊緊握在胸口，青筋都露了出來，抖得厲害。她極不好意思，羞得滿臉通紅，眼睛裡滿是淚水，根本不敢看閨女一眼。她猜到女兒肯定知道一些事情，但因為母女之間沒有開誠布公談過，她就自欺欺人地認為女兒什麼也不知道。但是現在，有些話必須要說清楚了，自己告訴她，總比別人告訴她要好。

她低著頭支支吾吾說道：「阿福，對不起，娘讓妳丟臉了……娘小時候，給別人當過童養媳……妳的長相，妳的長相……」有些話她實在羞於說出口，捂著嘴輕聲啜泣起來。

陳阿福抱著王氏輕聲說道：「娘，妳不要這樣說，妳沒有對不起阿福，更沒有丟阿福的臉。阿福還要謝謝妳，謝謝妳在那麼艱難的處境下，保下阿福、生下阿福，把阿福養大成人，為阿福求醫治病……娘，謝謝妳。還有爹，他從來沒有嫌棄阿福，還給了阿福一個溫暖的家……」

那個已經逝去的小阿福，她的心聲肯定跟自己一樣，說到後面，陳阿福也哭起來。

母女兩個抱著低頭哭了一陣子，王氏想到了什麼，抬起掛著眼淚的臉，說道：「阿福，妳的話……妳都知道什麼？」

陳阿福說道：「娘，不管我長得像誰，也不管以後有人說我是誰的親閨女，這些我都不在意。我只知道，妳是世上最好的娘，我爹是世上最好的爹，還有阿祿、大寶，我們五個永遠是一家人。」

王氏的眼淚流得更凶了，女兒雖然沒有明說，但她已經知道自己的親爹是誰了。也是，女兒這麼聰明，村裡謠言又那麼多，能猜不到嗎？

王氏覺得羞愧難當，哭道：「阿福，娘，娘當初年紀小，他……他那時對娘很好，又非常依賴娘，就，就……」

陳阿福勸道：「娘，我知道，許多事都是水到渠成，是控制不了的……」

「情不自禁」這幾個字，無論如何對親閨女也說不出口，她哭得更厲害了。

陳阿福安慰了王氏一陣子，雖然王氏覺得閨女說得這樣直白有些羞人，但難過的心情還是好了些。有這麼乖巧懂事的閨女，一切都值了。

王氏的哭聲小了，又問道：「他們這麼怕妳在棠園做事，沒達到目的，會不會使別的招數？趙里正壞得緊，那個……女人，特別厲害……」

陳阿福安慰道：「娘不怕，趙里正再壞，也管不到咱們響鑼村；那個女人再厲害，倚仗的也是她兒子。那個人再是大官，也出身寒門，他是惹不起出身世家的楚大人；不然，他們也不會這麼害怕我在棠園做事，他們定是怕棠園主子知道他們過去幹的缺德事。我們如今離棠園近，他們明面上奈何不了我們。只是娘要記著，不要孤身去遠的地方，無事就待在家裡，不要隨意開門；還有弟弟，以後他上下學都讓山子接送……」

兩人正說著話，大門響了起來。山子打開門，見楚含嫣大哭著，被大寶和棠園的幾個人帶進祿園。

母女兩個見他們來了，趕緊把眼淚擦乾。王氏低頭去了上房，陳阿福出來把淚流滿面的楚含嫣抱起來。她現在可謂心力交瘁，沒心思哄小姑娘，只是抱著小姑娘坐在椅子上養神。小姑娘一坐在陳阿福的懷裡，就停止哭泣，把小臉緊緊貼在她的胸口上。

大寶見出去的姥姥眼睛通紅，又看見娘親眼睛通紅，眼圈也紅了起來。他走過去拉著她問：「娘，妳和姥姥怎麼哭了？」

陳阿福強笑了一下，說道：「娘和姥姥想起了一些舊事，心裡難過，就哭了一陣子，兒子放心，沒有大事。」

宋嬤嬤和魏氏極不好意思，一看人家就知道有事，可自己的小主子又哭又鬧，非得來陳師傅家不可。

陳阿福見小姑娘的情緒平靜下來後，領著她去南屋玩積木。小姑娘都坐下了，還有心眼兒地說了一句。「要吃……姨姨家……飯飯。」

宋嬤嬤紅了臉，小聲說了一句。「姊兒，不能這麼說。」

小姑娘嘟嘴堅持道：「要吃。」

陳阿福嘆了一口氣，說道：「好，姨姨去做好吃的，姊兒乖乖在這裡玩。」

她去了廚房，跟穆嬸說做哪幾樣菜。她沒有親自動手，坐著燒火，算是歇息。

小姑娘如願在這裡吃飯，又得到陳阿福會在她午睡醒來後去棠園的承諾，才回棠園午睡。大寶本想在家陪娘親，但陳阿福讓他陪著楚含嫣一起去棠園歇息。

等西廂終於平靜下來，陳阿福進了空間，她太累了，有太多話想找個人傾訴。

金燕子正在忙碌，抬頭看到陳阿福的眼睛通紅，連小鼻頭都是紅的，忙停下嘴中的活計，啾啾說道：「媽咪，妳多了個爹，還是當大官的，應該高興才是啊！」

陳阿福靠著大樹坐下，悶悶說道：「你說笑話啊！那個陳世英把我娘害得好苦，我都恨死他了，怎麼會高興。」又說道：「那個趙老頭已經猜到我是誰了，他是陳老妖婆的族兄，回去後肯定會告訴老妖婆我的身分，不知道那個老妖婆還會來找什麼麻煩。你要在外面就好了，去把那個老妖婆的臉啄爛。」

金燕子說道：「媽咪以為我想啄誰就能啄啊？」

「難道不是嗎？」陳阿福反問道。

「當然不是。」金燕子說：「只有有人攻擊我，或者要傷害我的主人時，我才能去啄傷，甚至啄死他；若不是這種情況，我直接傷害人，會得報應的，否則，我還不得在人間稱王稱霸啊！」

陳阿福又被打擊到了，哀嘆了一聲，閉目養神。

金燕子看陳阿福不想說話了，又翹著長尾巴幹起活來。

覺得差不多該去棠園上班，陳阿福才起身出了空間。此時，她又恢復一身力氣。

晚上回到祿園，就看到陳老太太、陳業、胡氏和大虎都坐在上房。原來，他們聽高氏回去說阿福買了兩個下人後，都跑來看熱鬧。

陳名看出王氏哭過，又聽她說趙里正來了家裡，知道她心情不好，便沒有留他們吃飯。

可胡氏太想享受一番被下人服侍的滋味了，當陳業提出回家的時候，她坐著不走，說道：「二叔家現在有錢得緊，哪能親娘和兄嬸來了，連頓晚飯都不管的？」

陳名無法，只得開口留他們吃飯。

吃飯的時候，大家都在東屋的大八仙桌上吃。

胡氏還等著穆嬸母子在她身後服侍，卻看到人家把飯菜擺好就退下去了，撇嘴說道：「喲，你們怎麼沒讓下人在身後服侍呢？當真是泥腿，買了下人還不知道該怎麼用。」

陳業氣得瞪了胡氏一眼，罵道：「妳那臭嘴不能閉緊點，再囉嗦，就滾回家去。」

陳名說道：「我們家本來就是泥腿，真不知道該怎麼用下人。穆家的和山子是阿福買的，只是暫時住在我家而已。」

陳阿福沒吱聲，胡氏的話她都當鳥語。

陳業幾人在祿園吃完飯後回到家，來開門的高氏悄聲說：「奶奶，公爹，趙家村來了兩個人，說是有事找你們。」說完，就把大虎領進了東廂。

幾個人狐疑地互相看了看，他們在趙家村沒有熟人啊！現在趙家村最讓人們津津樂道的就是三天後，臘月二十要擺流水宴。聽說，不僅羅管事父子被邀請了，連高里正、胡老五都獲邀了。

他們總不會也來請自己吧？陳業想到這種可能性，欣喜不已，扶著老太太快步走去上房。

上房坐著兩個男人，一個五十多歲，一個三十幾歲，陳阿貴正陪著他們喝茶。見陳業進來了，那兩個人站起身笑著拱了拱手。

陳阿貴介紹說：「奶奶，爹，這位是趙家村的趙里正，這位是趙里正的兒子趙三叔。」

陳業趕緊笑著拱手回禮，連說：「幸會，幸會，請坐。」

幾人坐下寒暄一會兒，趙里正就掏出五個十兩的銀錠子擺在桌上，笑看陳家四人。

陳業一愣，他還是有自知之明的，自家是泥腿，根本當不起他送這份大禮。他送這樣的大禮，肯定不是好辦的事，想到陳阿福的身世，會不會與她有關？

陳業跟老太太對望了一眼，老太太也是這麼想的，有些憂心地看了看他。

陳業問道：「趙里正，你這是什麼意思？」

趙里正扯了扯鬍子，除了陳業的老婆眼睛亮晶晶的，其他三個人面上都是狐疑之色，他心裡稍稍有些失望。「聽說你的大姪女在棠園做事，她那樣拋頭露面，豈不是壞了你們陳家的家風，以後還有誰願意娶你家的閨女？要我說啊！你們就使個法子把她嫁了，最好年前就辦。」

現在離過年還有十三天，這是讓他們採用非常手段了？

陳老太太趕緊說：「阿福已經立了女戶，不嫁人，是要招婿的。」

陳業也為難說道：「阿福單過了，我們……我們拿捏不了她的親事；再說，那丫頭潑辣得緊，敢提刀砍人……」

胡氏看到趙里正送那麼多銀子，還以為是讓他們辦多難辦的事，一聽是給阿福說親，覺得這事不算難辦，高興得要命，這可是十畝田啊！沒想到自家婆婆和男人都拒絕，急得不行，說道：「不管嫁人還是招婿，反正阿福都要成親……」

話還沒說完，陳業瞪了她一眼，罵道：「閉嘴，我們說話，干妳娘兒們屁事。滾！」又笑著對趙里正說：「趙里正，這事，我們真辦不了。我二弟已經分家另過，阿福也單過了；再說，他們就住在棠園旁邊……」

趙里正沈下臉，對老太太說道：「妳是陳阿福的祖母，妳給她說了親事，陳名敢說不行？你們把她叫到這裡，一個孤身女子，還不都是你們說了算？若這事辦成了，另有好處。」

果然是想讓他們用強。別說現在二房已經有棠園這個強大的倚仗，他們幹了這事，肯定連年都過不去，就是沒有，他們也不能幹這種缺德事。

老太太、陳業、陳阿貴都搖頭，表示這事他們實在不敢幹，怕棠園報復。

儘管趙里正一再表示，趙家的背後是陳老夫人，也就是知府大人，棠園主人不會為了一個下人跟陳老夫人作對，但陳家三個人的腦袋還是搖得像撥浪鼓，表示不敢幹。

趙家父子講了半天都沒用，只得拿著銀子氣呼呼地走了。

看到胡氏一臉的心疼樣，陳老太太說道：「阿貴娘，做了那缺德事，不就跟丁氏一樣缺德了嗎？那是要被人戳脊梁骨的。」

陳業也罵道：「要錢不要命的臭娘兒們，我早跟妳說過，有些錢能想，有些錢不能想，那樣的錢，妳花得安心嗎？」

「只怕還沒開始花，就沒命了。娘，聽大虎娘說，棠園小主子根本離不開阿福，若咱敢害了阿福，參將大人是不會放過我們的。娘以後做事心裡要掂量著些，別啥話都敢說，啥事都敢做。」陳阿貴又對陳業說：「我現在去一趟祿園，給阿福送個信兒。」

陳阿福幾人聽了陳阿貴的話，氣得不行。趙家人是用買通丁氏的手段來買通陳業一家，只是這次不管用。

王氏急道：「阿福，怎麼辦，他們會不會來家裡搶人？」

「明目張膽來家裡搶人他們倒不敢，不然也不會想透過大伯一家了。」

「除了棠園，阿福只能待在家，哪裡都不許去。」陳名起身。「我現在就去找羅管事，妳去棠園讓他們派兩個人護著妳。」

羅管事父子一聽說這事也來到祿園，表示往後陳阿福來去棠園，都會派幾個護院跟著。果然隔天一早上工之際，棠園就派來四個護衛，於是，陳阿福過上了出門有保鏢護送的日子。

臘月二十這天，阿祿的學校開始放長假，陳阿福還是照常去棠園。因為前一天楚令宣沒回來，就說明他今天可能不會休沐了。

去棠園的路上，遇到羅管事父子趕著馬車往西走。她猜測，他們定是去參加趙家村辦的流水宴。

陳阿福無事一般，樂呵呵地跟羅管事父子打招呼。

幾人剛走到棠園角門，就看見穿得圓滾滾的楚含嫣及羅梅姊弟，在宋嬤嬤、魏氏及兩個護院的簇擁下走來，她的懷裡還抱著大燕子玩偶。

陳阿福愣道：「姊兒這是要去哪裡串門子？」

楚含嫣嘟嘴說道：「二十，休沐，去姨姨……家。」

宋嬤嬤哄道：「姊兒，妳看陳師傅都來棠園了，咱們就在家裡玩，好不好？」

「不……好，喜歡……姨姨家，香香……」楚含嫣固執地說道。

小妮子越來越有心眼兒了，平時不去，專門等到逢十陳阿福該休息的日子去，還抱著大燕子玩偶，一看就是要在祿園午睡。

陳阿福笑道：「姊兒真能幹，知道今天姨姨休沐，要在家歇息。好，姨姨邀請姊兒去姨姨家做客。」

楚含嫣抿著小嘴笑起來，把小手從宋嬤嬤的手裡抽出來，向陳阿福伸去，陳阿福牽著她的小手向祿園走去。

現在家裡的地方大，又有穆嬸幫忙，小姑娘到自己家，陳阿福倒不覺得負擔。她先領著幾個孩子在西廂廊玩了兩刻鐘遊戲，才把他們領進西廂南屋玩積木。

正玩著，大門被敲響了。山子剛把門打開，就傳來楊超的大嗓門。「大寶，陳姨，我和妹妹來妳家了，我們要在妳家住兩天。」

陳阿福和大寶迎出來，看到黃嬤嬤牽著他們兄妹兩個走進來，老楊伯趕著馬車跟在後面。

楊超嗔怪著陳大寶。「你們搬家也不跟我們說一聲，我們先去了你家，他們說你們搬到這裡了……」

陳大寶好一番解釋。

陳阿福笑著把楊茜抱起來，說道：「歡迎，陳姨也想你們了。」看到楊茜的眼睛有些紅腫，問：「茜姊兒怎麼了，哭了？」

楊茜聽了，眼裡溢滿淚水，小鼻子吸了吸，癟著嘴說：「陳姨，爹爹帶信回來，他過年不回來。他都不想他的娘親和兒子，也不想他的女兒……」說完，又抽抽噎噎哭了起來。

楊超聽了，眼圈也紅了，嘴巴噘得老高。

黃嬤嬤解釋道：「昨兒我家大爺送信回來，說京城的生意特別忙，過年也不能回來，這不，哥兒和姊兒都不高興了，昨天就哭鬧了半天。他們吵著來這裡，我家老太太就讓他們來了。」

陳阿福想著楊明遠在京城衝鋒陷陣賺大錢，那她也該有所付出才是；再說，她太喜歡這兩個小兄妹了，便笑道：「好，陳姨歡迎你們來家裡住，想住多久都行。」

於是，把他們領進西廂，讓他們也去桌邊玩積木。

楊茜一看楚含嫣，樂了起來，屁顛顛跑去坐在她旁邊說：「嫣兒妹妹，我很想妳呢！」接著嘟嘴跟她說起了傷心事。「嫣兒妹妹，我跟妳說哦，我爹爹一點都不想我，過年也不回來看我。我好難過，好想爹爹，一直哭啊哭啊哭啊哭啊哭啊……」

不知道她說了幾個「哭啊」。

楚含嫣已經忘了她是誰，但人家態度這麼好，不停地跟自己說話，就很給面子地抿嘴笑了一下下。「想……爹爹，更想……姨姨。」

她的話讓一旁的陳阿福十分感動。陳阿福領著穆大嬸去廚房做了一些蛋糕，又炒了幾樣孩子們喜歡吃的菜。

陳阿福看高氏要回家吃晌飯，就讓她給老太太帶幾個蛋糕及一碗紅燒肉，又跟她說，讓大虎和大丫來祿園吃晌飯，順便在這裡午睡和吃晚飯，晚上再讓山子送回去。

陳阿福看得出來，高氏非常想讓自己的孩子來跟這些有錢人家的孩子多玩玩。

高氏聽了，果真笑得極是暢快，領著山子回村裡。

他們飯還沒有吃完，妙兒跑得氣喘吁吁地來了。

楚含嫣張開小嘴大哭起來，邊哭邊說：「不回……家家，不要……爹爹，要吃……姨姨飯……要在姨姨家……覺覺，嗚嗚嗚……」

沒想到，小姑娘不僅猜出她爹回來了，也猜出妙兒來的目的，一口氣說了這麼多話，雖然內容讓人無奈，但這個進步委實大得緊。

陳阿福、宋嬤嬤、魏氏和陳大寶都極高興，連小話簍子楊茜都納悶說道：「嫣兒妹妹能說這麼多話啊！」

魏氏拉著妙兒出了南屋。

「乖，不哭，就在姨姨家覺覺。」陳阿福哄了小姑娘兩句，然後，她也跟去了。

一聽妙兒說：「大爺回來了……」

果真！

陳阿福說道：「那怎麼辦，一說回家姊兒就哭，要不，妳回去跟大爺說說，等姊兒睡了晌覺再回去？」

魏氏說道：「我回去跟大爺解釋清楚，說不定大爺還會為姊兒的進步高興呢！我家大爺喜甜食，我拿幾塊蛋糕回去孝敬他吧？」

陳阿福便去廚房，裝了幾塊蛋糕給她拿回去。

第二十章

下晌，孩子們睡覺的時候，羅大娘領著幾個人來了祿園，說明這是大爺在參將府裡給陳阿福挑的人，又把幾張奴契拿給陳阿福。

陳阿福看著老、中、青六個人，腦門直發疼，自己家哪需要這麼多服侍的人，那楚大爺真是不懂百姓疾苦。

陳名和王氏看到一下子來了這麼多「吃閒飯」的，女兒一下子要養這些人，心裡都在流血，但想著人家是參將府的人，自己得罪不起，面上不敢顯露。

羅大娘似看出了陳家人的為難，笑著把陳阿福拉到一邊，低聲說道：「那兩個黑壯的後生一個叫薛大貴，一個叫楚小牛，有一些功夫，之前在府裡跑腿，不是單純的護院。我家大爺說他們兩個只是暫時借給妳家，月銀還是我們府裡出，等你們以後用不上他們，或是買到合適的人了，再讓他們回去。另外那四口是一家人，連人帶奴契都送給你們了。那個老的是曾老頭，今年五十歲，別看他歲數大了些，有幾手木工手藝，年輕時還當過莊裡管事。曾雙兄弟是曾老頭的兒子，二十八歲，來這裡之前在府裡外事房當二管事，他經常在外面跑腿，懂庶務，懂管家，還認識不少的官員。曾家弟妹是曾兄弟的媳婦，娘家姓江，是府裡的針線管事。那個小姑娘叫曾小青，十一歲，正好能給妳當貼身丫鬟。」

聽了羅大娘的話，陳阿福從心裡感激楚令宣為自家考慮。那兩個保鏢不只能看院，還能幹活，又屬於借調，等自家度過危險期就可以回去了。

曾家人都很好，每個人她都非常滿意，以後自家肯定都能用上。

只是，他們會心甘情願從參將家的下人變成自家的下人嗎？這個落差可不是一般大。好比前世大都市的政府公務員，一下子被貶去偏遠山區的鄉鎮企業工作，若是人在曹營、心在漢，即使是下人，折騰起來也讓人煩心。就像《紅樓夢》裡有些刁奴，比主子還不讓人省心。

陳阿福遲疑地說道：「謝謝妳家大爺，這幾個人我都非常滿意；只是我家門戶太小，又在鄉下，怕委屈一直在城裡大戶人家生活的曾家人……」

羅大娘霸氣地說道：「咱們鄉下怎麼了？我當家的回參將府，連府裡的大總管都禮遇有加，即使偶爾回京城侯府辦事，那些管事也不敢小瞧了他。阿福放心，既然我家大爺送來了，肯定都是可靠的。」

陳阿福又說：「那兩位護院還是我家給月銀吧！哪能在我家做事，讓妳家大爺出錢的道理。」

羅大娘笑道：「阿福不要客氣，我家大爺也是為姊兒考慮，只有妳家安全了，姊兒才能放心在妳家玩不是？」說完，又拉著陳阿福來到那幾人面前。「你們別看陳師傅是年輕小娘子，本事可是大得緊，把姊兒教導得極好，連大爺和主子都連聲誇讚，推崇有加。特別是小少爺寶哥兒，能耐得緊，將來是要出仕的。你們跟了他們母子，服侍好了，將來連你們都會有大造化。不是有句老話嗎？寧為雞口，不為牛後。」

幾個人一聽，趕緊跪下磕頭。

陳阿福讓他們起身，暗道：一下子自家就多了八口人，還有幾個大胃王，必須想辦法人盡其才，讓他們每一個人都發出最大的光，自給自足……

陳阿福把一家人叫去廳屋，讓這幾人磕頭認主，又重新分配住處及分工。

曾老頭看門兼管家，曾雙以後主要管家裡的田地和一些對外事務，江氏和穆嬸一起管廚房，還有幫忙王氏做針線，曾小青打掃清潔兼貼身服侍陳阿福母子，山子餵豬、餵雞及服侍阿祿。

至於薛大貴和楚小牛，她家不需要單純的護院，他們必須幹活。她早看上了自家東北面兩百公尺以外的那片荒地，那裡大概有五畝地，買下開墾來種西瓜……

羅大娘笑咪咪地看陳阿福分派完了，又提點道：「阿福啊！妳看，姊兒在妳家玩得不想回去，我當家的又去宴席沒回來，大爺一個人待在棠園多無聊啊！妳讓大寶請他來妳家做客，讓他多跟姊兒一道玩玩。左右妳做菜手藝好，晚上再弄幾樣菜請大爺喝幾盅，也是感謝他幫了忙不是？」

陳阿福笑道：「我也想過請楚大人來家裡做客，就是怕楚大人嫌棄我家蓬蓽小戶，一直不好意思請。」

羅大娘笑道：「看妳如此聰明，也有犯糊塗的時候。妳請了，大爺即使不來，心裡也高興；再說，我家大爺想姊兒想得緊，又對妳頗多讚譽，肯定會來的。」

陳阿福聽了，趕緊把大寶和阿祿叫來，如此吩咐一番，讓他們去棠園請楚令宣。

因為要來最尊貴的客人，陳阿福去理了理食材，想著做個羊肉火鍋，讓穆氏和王氏去備料，她要親自煮湯頭。

孩子們早醒了。往常，他們一醒來就要跟著陳阿福玩遊戲，可是今天陳阿福忙，讓他們自己玩積木。另外幾個孩子能自己玩，可已經有了穩定生理時鐘的楚含嫣因為沒有做該做的事，很不自在。她不去玩，自己跑去西廂廊下看著陳阿福給那些人分派任務，視線隨著陳阿福不停地移動著。

陳阿福忙完了，才看到小姑娘嘟著嘴巴幽怨地看著自己。

宋嬤嬤給陳阿福眨了眨眼睛，無聲說道：「姊兒受冷落了。」

陳阿福走過去把她抱起來笑道：「姊兒怎麼了，怎麼不去玩積木？」

楚含嫣嘟嘴說道：「姨姨……不喜歡姊兒了。」說完，眼圈紅了起來。

陳阿福最捨不得看小姑娘受委屈，見她如此，趕緊哄道：「姨姨怎麼會不喜歡姊兒呢？姨姨剛才在忙，沒來得及帶姊兒一起練武功。好吧！好吧！咱們趕緊操練起來。」

於是，她把孩子們都叫了過來。七個孩子在廊下排排站好，楚含嫣站在最中間，動物們也各就各位，兩隻鸚鵡站在最前面，連追風和旺財都站在孩子們的兩旁。

因為祿園的外廊比較窄，陳阿福只好站在廊外院子裡。她拍了拍手，一聲令下。「孩子們，來來來，跟著姨姨練——武——功。」

然後，連說連唱帶比劃：

「左三圈、右三圈，脖子扭扭、小腰扭扭，午睡起來咱們來練——武——功。抖抖手啊、抖抖腳啊！勤做深呼吸，學姨姨唱唱跳跳，咱們身體好……笑咪咪，笑咪咪，做人客氣，笑容可掬，你越來越美麗，人人都說好棒好棒……飯前記得洗手，飯後記得漱口漱口，健康的人快樂多……一二三四，二二三四……」

這首「健康歌」陳阿福改了歌詞，也改了動作，使之符合這個時代的規範。

孩子們都跟著她做，羅梅和羅明成能跟著唱幾句，楚含嫣不會唱出聲，但是嘴巴似乎在動；楊超和楊茜、大虎都聰明，他們看了一會兒，就跟著有模有樣地跳起來；大丫要小些，只會跟著扭脖子、扭屁股。

新來祿園的下人看到這一幕，差點驚掉了下巴。不僅詞兒奇怪，人跳得奇怪，連鸚鵡和狗都在扭脖子、扭屁股的，而且鸚鵡唱歌的嗓門比人還大，真是讓人大開眼界。曾小青捂著嘴想笑又不敢笑。

楚令宣來的時候，就看到這樣一幕，他的嘴又驚得半張開來。

這是練武功？

大寶見了，趕緊鬆開楚令宣的大手，跑去隊伍裡，跟著一起操練起來。他唱歌的聲音最大，跟陳阿福互動得最好。

楚令宣看著看著就笑起來。他是武將，自然知道經常活動這些部位對身體有諸多好處，強身健體的活動，也算練武功吧！而且，既鍛鍊了身體，又教會好習慣，還寓教於樂，不錯。

怪不得閨女過去經常生病，特別是寒冷的冬季，哪怕不出屋，也常染風寒，湯藥不斷；而今年，閨女不僅沒生病，還長高、長胖了不少。

他覺得，除了陳阿福曼妙的身形優美外，就是自己小閨女胖胖的小身子最好看了，還極靈活。看她在動的嘴，自己閨女也會唱歌呢！

小姑娘看到自己爹爹看著她笑，小脖子、小胖屁股扭得更起勁了，甚至喊「一二三四」的時候還能聽到她的聲音。

羅大娘和曾老頭等人來請楚令宣到上房坐，楚令宣擺擺手，他還沒看夠。

等陳阿福領著幾個孩子練了一刻鐘武功，才停下來。她見楚令宣來了，忙過去屈膝見禮，對他送人一事表示感謝。

楚令宣客氣了兩句，笑著對陳阿福的工作做出充分肯定。「陳師傅辛苦了，妳做得非常好，這套『武功』也不錯，對孩子們的身體大有助益。」

然後，他也學著陳阿福那樣，站著不動，而是俯身向楚含嫣伸出手說道：「閨女，看見爹爹來了，不過來讓爹爹抱？」

楚含嫣抿嘴笑了笑，斜眼瞄了一下楊茜，才得意地走出隊伍，撲進了他的懷裡。

楚令宣抱起向自己走來的閨女，心裡說不出來的熨貼和滿足，特別是聽到閨女在他耳邊叫了一聲「爹爹」，更是高興不已。

溫馨之際，就聽見一陣哭聲響起來，是楊茜小朋友。她羨慕地看著楚含嫣被爹爹抱著，哭道：「嫣兒妹妹的爹爹來抱她了，可我的爹爹呢？我的爹爹為什麼不想他的女兒呢！我的爹爹為什麼過年都不回來呢？嗚嗚嗚……」

楚含嫣對楚令宣說道：「爹爹，茜姊姊……可憐，她爹爹……不要她，爹爹抱抱她。」

除了抱自己的小閨女，楚令宣還沒抱過別的孩子。但這是閨女對他的請求，他不能拒絕，便放下楚含嫣，微笑著向楊茜伸出了手。

楊茜太想爹爹了，於是便拿嫣兒妹妹的爹爹當自己爹爹，走過去撲進楚令宣的懷裡。楚令宣抱了抱她，小姑娘才好過些。

楚令宣跟著孩子們去了西廂南屋，坐在一旁看他們玩。

陳阿福暗道：楚令宣看著高冷，其實性格不錯，不像這個時代的男人。這個時代的男人一般不輕易抱孩子，也不屑跟孩子共處一室玩；而他卻不同，喜歡抱女兒、寵女兒，也願意在孩子們旁邊看著他們玩。

陳阿福在南屋裡陪著孩子玩了一會兒，便去廚房忙碌了。

沒多久，羅管事父子也來了。他們剛從趙家村回棠園，一聽說大爺回來了，便趕來祿園。

楚令宣見羅管事掀了一下門簾，起身來到西廂廳屋，問道：「怎麼樣，夠熱鬧？」

羅管事躬身道：「嗯，非常熱鬧。陳老夫人給趙家橋掛紅的時候，那可是鑼鼓喧天，爆竹齊鳴。百姓們都激動地說，陳老夫人良善，離開家鄉這麼久了，還惦記著鄉親父老，不僅出錢修橋，還請村民們喝酒吃肉……」

他頓了頓，繼續說道：「不僅如此，我們父子又給他們添了把火，顯得流水宴更加熱鬧非凡。」

「怎麼說？」楚令宣問。

「這次流水宴，不僅請了趙家村的村民和附近鄉紳，還請了縣丞、縣尉和幾個衙役……」

酒過三巡後，羅管事便開始跟縣丞、縣尉大倒苦水，說如今三青縣的治安不好，連棠園的人都被威脅了，實在不行，他準備躲回定州府或是京城去……

羅管事的話讓主管治安的丁縣尉嚇了一跳，這話若傳到上面，他的仕途堪憂，便拍著桌子大叫道：「是哪個不怕死的敢去威脅棠園，羅老爺說出來，本官定然重重治他。」

羅管事一指同桌的趙里正，說道：「就是這位趙里正趙大人……」

趙里正先是一怔，然後氣得滿臉通紅。本來他知道憑自己惹不起棠園，陳世英就算當了官，也在千里之外，比不上棠園主子就在府城；而現在，陳世英就是這一方的青天大老爺，自己還是他的舅舅，怎麼會怕一個管事？他家主子是參將大人又怎樣，總不會為了一個管事就得罪知府大人吧？

趙里正放下酒碗恨恨說道：「羅老爺，我叫你一聲老爺，你真的以為你是老爺了？不過一個管事，給了幾分顏色，還開起了染房。我好心提了一個建議，你聽就聽，不聽就算了，還來向縣丞大人和縣尉大人告狀，他們忙得緊，哪有時間聽你胡說。」

羅管事皮笑肉不笑地說：「丁大人，看到了吧？他趙大人當著你們的面還能跟我這麼橫！」說完揶揄地看著趙里正。「管事？沒見識的土包子！告訴你，老子不僅是棠園的管事，還是京城永安侯府的二總管；不僅縣太爺見著我禮遇有加，每年都會請我去他家吃酒，就是前定州知府大人，對我也是諸多客氣……」他又指著李縣丞和丁縣尉說：「我跟他們說話是胡說？」

李縣丞和丁縣尉趕緊陪笑道：「不敢，不敢。宰相門前七品官，何況是永安侯府的羅總管。您說，您說，我們聽著呢！」又給趙里正使著眼色。「趙里正定是不知道羅老爺的另一個身分，才會大放厥詞。」

趙里正見李縣丞和丁縣尉不僅不幫自己，還給羅管事服了軟，便有些慌了。

「這趙老頭先是告訴羅某棠園該如何用人，我告誡過他不要插手我棠園事務，不許動我棠園的人，他不僅不聽，竟去威脅在我棠園做事的人。再接著，你們猜他幹出什麼事了？」見眾人搖頭表示不知，羅管事又說道：「他竟然拿著銀子去找人家親戚，讓那親戚把在我們棠園做事的人騙回家綁起來發賣。你們說說，這事做得不僅缺德，還不把我們棠園放在眼裡。這麼明晃晃欺負我們棠園，我們還敢在這個地界住嗎？丁大人，你說是不是？」

丁縣尉聽自己被羅管事點名，趕緊說道：「趙里正，你這麼做就不對了，別說棠園是楚府的莊子，就是對一般的鄉民，也不能這麼做啊！」又對羅管事笑道：「羅老爺消消氣，趙里正保證不敢再做這事了，再做，我們都不會放過他。」

丁縣尉十分無奈，陳大人他們惹不起，但楚家和楚大人他們更惹不起。

羅管事知道丁縣尉在和稀泥，不好把他逼得太緊。他用帕子擦了擦嘴後，把帕子扔在地上，站起身說道：「趙老頭，當著李大人和丁大人的面，我再次警告你，不許動我棠園的人，也不許動我棠園罩著的人；不管是我棠園的人出了事，還是她的親戚出了事，我都會算在你頭上。那時，就不是這樣只說幾句話了，我會打斷你的腿，拔光你的牙，讓你死無葬身之地。」他拱手對著李縣丞和丁縣尉。「李大人，丁大人，煩勞你們做個見證。」

李縣丞和丁縣尉忙點頭道好。

羅管事父子便下了桌，對他們兩人說道：「看在陳老夫人的面子上，今天就不請你們去棠園喝酒了，改天請。」

兩人趕緊笑道：「好說，改天我們再請羅老爺到我們府裡喝酒。」

羅管事又招呼坐在另一桌的高里正和胡老五，以及上水村、古橋村的里正和鄉紳。「喝夠沒有，喝夠就走了。」

幾個人一聽，不管喝沒喝夠，都趕緊起身跟著羅管事父子走了。沒走的人，都張大嘴巴地看著幾個人大搖大擺地退席。

楚令宣聽完羅管事的稟報，點點頭，滿意地說道：「嗯，這次羅叔做得好。」又皺眉問道：「你說趙老頭讓親戚賣人是怎麼回事？」

羅管事說道：「大爺還不知，前幾天，阿福家出了事……」

他便把那天趙里正去祿園找王氏，不許陳阿福給棠園做事，以及看到陳阿福長相的事情說了。

「……按理說，那趙里正應該猜出阿福的身世了，他回去肯定也會跟老太太說清楚，可他們晚上竟然去了陳家大房，想讓大房強嫁阿福……」

楚令宣聽了，勃然大怒。若陳家大房真的如丁氏一樣利慾薰心，陳阿福或許真就出事了；哪怕事後解救回來，說不定已經吃了大虧。

他不敢想像若是這麼聰慧美好的女子被人欺負了，自己會如何暴怒，自己閨女會有多麼難過。趙家人明知道陳阿福是棠園的人，還敢如此恣意妄為，那個老太婆明知道陳阿福是自己親孫女，居然連這種下作手段都使得出來。

楚令宣拍著桌子怒道：「他們都找上門了，你為什麼不採取行動？他們連那壞事都敢做出來，你怎麼不馬上帶著護院、佃戶，去趙家把那老梆子的狗腿打斷？」

羅管事一看楚令宣變臉，嚇得趕緊躬身道：「老奴該死，老奴想著……畢竟沒有出事，不好為了阿福讓大爺跟陳大人翻臉……」

楚令宣冷冷說道：「沒有出事？若真等出了事再去打人，就是把那老混蛋打死，又有什麼用！」

羅管事忙道：「老奴罪過，是老奴沒處理好這事。」

楚令宣擺了擺手說道：「算了，已經這樣了，沒必要再多此一舉。以後羅叔要記著，對某些事、某些人絕對不能瞻前顧後，更不能手軟，只要不打死人，怎麼做都不為過。今天你如此下了趙老頭和陳老夫人的臉，諒他們也不敢再出么蛾子；不過，為了以防萬一，還是要把陳師傅護好了。」

羅管事趕緊躬身應是。

楚令宣又道：「剩下的事，讓本將軍去做。那陳老夫人做了這麼多，不過是怕我知道她曾經做的壞事。本來爺不耐煩管陳家那些破事，但現在嘛，我不去多事都對不起她這些天的忙碌。前幾天陳大人去京城公幹，等他回來，我會去當面感謝他，謝謝他的母親為我們楚家操碎了心；再請我的祖父跟他的丈人，以及朝中官員好好讚譽一番，他家老太太如何在父老鄉親面前擺威風。哼，一個鄉下老太太，竟然敢跟我們楚家作對……她真以為陳師傅是當年的王娟娘，可以任她拿捏？」

他一下就把矛盾上升成陳家與楚家的矛盾。本來，看在陳世英是定州知府，又頗得皇上賞識的分上，楚令宣至少想在面子上過得去就可以；可那陳老太婆不僅狠辣決絕，連親孫女都想害，還用上了那種手段，這就不能姑息了。

羅管事擦了擦前額上的汗，說道：「這次，只有唐姨娘及其庶女陳大姑娘服侍老太太回鄉，陳夫人以及陳家少爺都沒回來。看來，陳大人和陳夫人應該不贊成老太太回鄉做這些事。」

楚令宣說道：「聽說，陳夫人的風評還不錯，若她來了鄉下，斷不會讓那老太太做這些蠢事。」

此時，陳阿福正好端著一盤放涼的糖酥花生米來西廂給孩子們吃，聽到他們後半段的談話。見楚令宣如此幫忙自己，她心裡非常感動；看到羅管事因為自己挨了訓，十分過意不去，連她自己都覺得羅管事做到這一步，已經非常不易了。

楚令宣也看到陳阿福了，安慰道：「陳師傅莫怕，妳是棠園的人，我會護……我會讓羅叔護妳周全，為了杜絕後患，有些事我會跟陳大人說清楚。」

陳阿福暗道：陳老夫人肯定不敢把這世上有陳阿福的事情告訴陳世英，若楚令宣去找陳世英，不知道這具身子的身分會不會暴露。

「楚大人，你或許已經看出來，我長得跟那個陳世英大人很像。我也聽到一些傳言……我，我，只希望我們一家人的日子能夠平平靜靜，不希望我娘再難過，所以，請你……」

她怕她是陳世英親閨女的事情捅到陳世英面前？看來，她已經知道自己的真實身分，卻還是不想認那個親爹。

楚令宣不由地高看陳阿福幾眼，這麼小的年紀，又受過那麼多的苦，還能夠不被富貴所迷惑……

「陳師傅放心，有些事我肯定不會說。」楚令宣道：「妳覺得，那些事能瞞多久呢？陳大人很精明，原本家鄉遠在江南，趙家又是他母族的人，有些事他不甚清楚。這段時日，他因為剛來定州府，心思都撲在公事上，有些事或許疏忽了，一旦站穩腳跟，他肯定會察覺出一些端倪。我甚至懷疑，他母親這次動靜鬧得這樣大，說不定他從京城回來，就會知道一些事情。」

「唉，能拖多久就拖多久吧！我們努力了，最終逃不過，也沒法子。反正，我覺得我現在這個家非常好，溫暖有愛，父慈子孝，我不希望改變。」陳阿福又再次屈膝感謝楚令宣。

楚令宣說道：「陳師傅不要客氣，我不僅是幫妳，也是幫我閨女。嫣兒現在寧可不要我這個爹，也要妳這個姨姨。」

說得三人都笑起來。

陳阿福去南屋把糖酥花生米交給宋嬤嬤，又趕緊去做飯。她在廚房裡忙碌了一會兒，想再弄點燕沉香渣渣放進火鍋裡，這樣火鍋會更鮮香。

她如此殷勤，既有對楚令宣的感激，也有一分期許。她希望燕沉香能牢牢抓住他的胃，他來得勤了，自家才會更安全，自己的腰桿也會更直，若是將來跟那個老虔婆面對面交鋒，她也不怕。

在院子裡碰到了羅管事，陳阿福紅著臉向他道歉。

羅管事擺手笑道：「大爺教訓得對，的確是我疏忽了。以後，阿福不要隨意走動，要去村裡或是遠的地方都要跟羅叔說一聲。」

陳阿福點頭答應，去了後院，進了茅房把門關上，閃身進了空間。

金燕子聽了陳阿福的話，啾啾笑道：「看看楚男主多好，媽咪一有困難，他又是送人，又是幫忙，因為羅管事護妳不力，還罵了人。他這麼做，定是看上媽咪了。人家知道，這叫英雄難過美人關，他定是被媽咪的美色迷住了，媽咪也聰明，先抓住他的眼，再抓住他的胃。嘖嘖，想不讓他當男主都難，媽咪打得一手好算盤，還非得假惺惺地說自己沒有那個意思。凡是有利於媽咪跟男主的事，人家都會不遺餘力地幫忙。」

然後，金燕子飛去樹上，啄了一根比牙籤長些的燕沉香交給陳阿福，獻媚道：「媽咪，人家一次給妳這麼多呢！這東西可以用五次，有它提味，楚男主肯定跑得一次比一次勤。」

看小傢伙挑了挑小綠豆眼，又勾了勾嘴角，八卦得不行，陳阿福很無奈。這小東西有時候十分天真，有時候心眼又特別多，今天才發現牠還有輕微的妄想症。

她瞋了牠一眼說道：「你胡說八道什麼啊！我早跟你說清楚了，我跟他是兩個世界的人，怎麼可能在一起呢！前世的劉旭東和我差距還沒這麼大，我都被甩得那麼慘，重活一世，我不會蠢到在同一處摔跤，再去攀高枝了；況且，他好像已經有看中的女人，說不定過不了多久就該娶媳婦了。」

陳阿福掰下五分之一的木頭渣渣，剩下的裝進空間裡的荷包，出了空間。她去庫房抱了兩大塊凍得硬邦邦的羊肉出來，讓薛大貴用鉋子刨羊肉，這樣刨出的肉片，不僅薄，還打了卷，好看又好挾。

天越來越暗，天空飄起鵝毛大雪。從廚房飄出來的香味，讓人忍不住駐足，使勁吸氣。曾老頭聞著越來越鮮香的味道說：「老天，我活了這麼一把歲數，還從來沒聞過這麼香的味。」

陳阿福幾人在廚房熱火朝天地忙碌著，看到外面越飄越大的雪花，心裡更加竊喜，這是吃火鍋的最佳天氣。

為了自家吃火鍋以及請客方便，陳阿福早已專門讓人用鐵皮做了四個自製的炭爐，以及四張中間空心的方桌。

上房廳屋裡擺了一桌火鍋，由陳名、阿祿、大寶和羅管事陪著楚令宣吃。

東屋裡擺了兩桌，一桌是火鍋，由王氏陪著羅大娘幾個婦人吃，另一桌是滷菜和燒菜，由陳阿福陪著孩子們一起吃。倒座房裡也擺了一桌火鍋，提供給男下人們，算是歡迎曾老頭等人。

廳屋裡的人最少，準備的菜卻最多，光羊肉片就有八大盤，結果還是不夠，又讓人刨了四大盤羊肉，洗了兩小盆素菜，最後都吃光了，幾人才放下筷子。

上房那桌火鍋的十二盤羊肉，除了大寶吃了小半盤，其他幾乎全部進了楚令宣的肚子。陳阿福偶爾出來看看，心裡都一抽一抽的，生怕他吃到胃下垂。

楚令宣吃完了，極其滿足地用綾帕擦了擦額上的汗，對陳阿福笑道：「陳師傅真是玲瓏心思，調製出的美食總是讓人欲罷不能。這火鍋，比我在京城鴻運火鍋大酒樓吃的還要香得多。過些天，我爺爺便會從京城趕來這裡過年，我爺爺最喜好美食，到時候，還請陳師傅給他老人家多做幾次這樣的火鍋，讓他老人家高興高興。」

陳阿福點頭答應，心裡感到有些好笑，也不知道是做給他，還是做給楚老侯爺吃的。

楚令宣對羅管事說：「這次我從定州帶回來十頭關外的肥羊，你明天送兩頭過來……不對，家裡留一頭，剩下的都送過來。」

羅管事躬身應是。

楚令宣起身告辭，宋嬤嬤拿著一床綾面小被裹著楚含嫣，楚令宣從宋嬤嬤手裡接過楚含嫣抱在懷裡，一群人出了門。

不知大雪什麼時候停了，地上鋪著一層薄薄的白雪，天上綴滿閃爍的寒星，顯得天際間更是冷清明亮。出了祿園，風更大了，寒風掠過空曠的田野，掠過掛滿冰雪的枯枝，擦著耳朵呼嘯而過。

或許是女兒貼在胸口的原因，楚令宣覺得心中異常溫暖。多年來，哪怕是在夏夜，哪怕身邊簇擁再多的人，他都覺得胸中空落落的，無比落寞和孤寂；而此刻，他的胸中不僅有溫暖，還有異樣的滿足……

「姨姨，大寶……」楚含嫣在他的耳邊叫道。

楚令宣停下腳步回頭一看，祿園門口，站著一高一矮兩個身影，清輝下，那兩個身影正朝他們這邊眺望著。

見他們回頭了，那個矮身影高舉著胳膊向他們揮著手。

「格格……」兩聲清晰的淺笑在楚令宣耳旁響起。

這是女兒的笑聲！

第一次聽見女兒的笑聲，楚令宣激動萬分。他看看閨女，只見她看著遠處的那兩個人笑得眉眼彎彎，輕聲說道：「喜歡，姨姨……大寶。」

楚令宣又是高興，又有些受傷，問道：「閨女不喜歡爹爹？」

楚含嫣抱著他的脖子，收回目光，用自己的臉頰挨了挨他的臉頰，說道：「喜歡……爹爹。」

楚令宣笑出了聲，說道：「好閨女，爹爹也喜歡妳。」

「還要……喜歡……姨姨，大寶。」楚含嫣糯糯說道，又催促了一聲。「爹爹，說……」

清輝下，小姑娘的眼睛亮晶晶地看著他，眼裡充滿了期盼。

「嗯……嗯……」楚令宣又回頭看看那兩個身影，對著楚含嫣的耳朵說道：「閨女，爹爹是男人，有些話不好說出口的。」

雖然楚令宣沒有說出小姑娘想聽的話，但他熱呼呼的哈氣吹在她的耳朵裡，癢癢的、熱熱的，讓她覺得很好玩，又格格嬌笑兩聲。

楚令宣看到那個小身影還在向他們揮手，他看了一會兒，才轉回身向棠園走去。直到楚令宣父女轉過那幾棵枯樹，看不到身影了，大寶舉著的手才放下來。

陳阿福笑道：「看不到他們了，該回去了。」

大寶點點頭，拉著娘親的手進了大門，說：「娘，我看到楚大叔笑了。」

陳阿福笑道：「胡說八道，離得那麼遠，別說黑燈瞎火的，就是大白天也看不到他笑啊！」

大寶嘟嘴說道：「反正，我就是覺得他對咱們笑了。」

回到西廂，陳阿福給三個小朋友講了幾個故事，就打發大寶和楊超去東廂跟著阿祿睡覺，她則帶著楊茜小姑娘在西廂睡。

曾小青端著水進來服侍她們洗漱。當人洗漱的時候，追風、旺財、七七和灰灰就在一旁眼巴巴地等著，很是有些不可思議。

陳阿福笑道：「牠們是在等著擦身子、擦腳啊！別看牠們是狗和鸚鵡，我們都當牠們是自己的家人。現在天冷，一般是半個月給牠們洗一次澡，但每天早上要給牠們清潔口腔……」

或許兩隻鸚鵡今天玩得太興奮，還能聽到牠們在屋裡叫著。「操練起來，一二三四，二二三四……」

陳阿福把南屋開了一條縫，罵道：「再說，明天就不給你們吃飯。」

那兩隻鸚鵡才老實下來。

曾小青捂著嘴直樂。之前還有一點點從府城到鄉下的沮喪，現在一點都沒有了。

隔天，辰時剛過，羅管事和羅源就趕著馬車來了。他們不僅送了九頭羊，還送了十罈酒，以及吃食和四疋緞子等物，拉了滿滿六大馬車，說這是棠園送的年貨，還非常正式地寫了一份清單。

陳名和王氏看著這麼多東西直讚嘆。「天啊！咱怎麼當得起，咱怎麼當得起。」

陳阿福笑道：「你們忘了，昨天楚大人特地說了，等他爺爺來了，讓咱們多做幾次火鍋。我看啊！他爺爺不只要來咱家吃火鍋，八成大半伙食都會在咱家解決。有些東西，說不定是老爺子的口糧，青花釀和胭脂米這兩樣矜貴物，咱們千萬別動，都給老爺子留著。」

陳名點頭，說道：「給我娘和我大哥的禮物裡，是不是再加點這些好什物？」他們已經在縣城給大房買了不少年禮。

陳阿福點頭應是。

這次大房真不錯，不僅沒有為那五十兩銀子出賣良心，還來祿園給他們通風報信，他們這樣做，也擔了一定的風險，陳名和陳阿福都記著這個情。

王氏道：「棠園都給咱們送年禮了，咱們是不是也得給他們回送？」

之前，他們只準備了一些給羅管事家的年禮，還給楚小姑娘做了兩套衣裳，但人家先送了這麼多東西來，還說是年禮，就不好不給他們送了。

「是得送他們。」陳阿福想了想說道：「他們家的人都喜歡吃甜食，咱們就做些稀罕的小點送給他們吧！」

然後，把哭得傷心欲絕的楊超小兄妹送走。這次，陳阿福給小兄妹每人做了一套衣裳，又送了一些食物。

棠園來了四個護院接她，陳阿福領著大寶、追風、七七和灰灰去棠園。旺財本想跟著去，但阿祿不許，讓牠在家看家。

看到旺財淚汪汪的雙眼，大寶答應一定從棠園帶好吃食物回來給牠。

晌午，在棠園吃過飯後，陳阿福又領著保鏢急急忙忙回祿園做點心。她想早些做出來送給棠園，棠園的主子少，她做的點心比較稀罕，或許棠園可以做為年禮送給別家。

她準備送棠園糯米棗子、金絲糕、曲奇餅乾、梅花蛋糕、甜甜圈各二十斤。這些加起來正好一百斤，再加上兩套小姑娘的外衣，兩身中衣，兩雙鞋子，六雙襪子，便算自家的年禮了。

現在人多力量大，這些點心兩天就做出來了。

陳名領著阿祿和大寶非常鄭重地把年禮送去棠園。羅管事在棠園外院，很鄭重地接待了他們，請他們喝了一陣子茶，陳名才帶著阿祿回祿園，陳大寶則直接進了棠園內院。

之後，陳名又領著阿祿給羅管事家送了年禮，包括給羅管事和羅大娘做的一套衣裳，以及一些吃食和點心。

晌午，陳阿福在棠園吃完飯，帶著保鏢回祿園，遠遠地就看到祿園門口停了兩輛馬車。去自家的客人，除了棠園的人，就只有楊明遠會趕馬車了；但楊明遠在京城，小兄妹才走兩天，他們不可能來自家，那會是誰呢？

陳阿福幾人急步往家趕去，還沒走到福園院牆邊，就看見曾小青快步往她這邊跑來。曾小青看見陳阿福，跑得更快了，跑到近前，她氣喘吁吁地說道：「大姑娘，家裡來了幾個客人。有一個老太太，她說她是知府陳大人的母親，找妳有事相商……」

祿園來了幾個不速之客，分別是五個婦人和兩個男人。

陳阿福一聽這個組合也不害怕，家裡有好幾個壯年勞力，再加上身邊的保鏢，真打起來自家肯定不會吃虧。

只是不知那個老太太找自己幹什麼，她會不會再欺負王氏？

思及此，陳阿福加緊步伐向祿園走去。

第二十一章

陳阿福進了祿園，看見曾老頭父子、薛大貴、楚小牛都站在院子裡；還有兩個男人，分別是趙里正和一個不認識的男人。

趙里正見了陳阿福，還客氣地躬了躬身。

陳阿福沒理他，回頭對跟著她的四個護院說：「你們就在外面等著。」然後，快步向上房走去。

上房裡，沈著臉的陳名坐在八仙桌的左側，右側坐著一個五十歲左右的老太太。

那個老太太，正是陳阿福在定州玉麒麟銀樓看過的人——陳世英的老娘。

前天，陳阿福專門拉著羅掌櫃說了一陣話，主要是打聽陳世英家的事。她的理由是，知己知彼，才好防範，羅管事也這麼覺得，便毫無保留地說了他知道的所有陳府的事情。

陳世英有一妻兩妾，妻子江氏，生一女一子。嫡女行二，閨名陳雨晴，十三歲。嫡子陳雨嵐，十一歲，是陳世英的獨子。唐氏是貴妾，生有一女，行大，叫陳雨暉。還有一個妾是綠姨娘，曾是江氏的丫鬟，生一女，今年才七歲，叫陳雨霞。

當年，就是唐姨娘的父親看中了陳世英，在陳世英還在省城石安府的時候，就找上陳世英老娘的族弟，也就是現在的趙里正。

不知道唐父和趙里正是如何跟陳老夫人說的，也不知道他們是如何逼迫王氏，王氏竟然同意回娘家。回娘家後，繼母丁氏又逼迫王氏在半旬之內必須嫁人，王氏不僅同意了，還主動挑了快死的陳名。幸好王氏挑了陳名，因為丁氏已經找好了下一家，若王氏再沒人要，便會把她賣進山裡……

不知道唐家給了趙里正和丁氏多少銀子，反正之後的一年內，趙里正家購置了兩百畝地，又成功地把原里正拉下馬，自己當上了里正；丁氏不止購置了十畝地，還把茅草房翻修成大瓦房。

半個多月後，陳世英回鄉才知道陳母已經把王氏攆走，又口頭跟唐家訂了親。他跑去王氏娘家想把她接回來，可那時王氏已經另嫁。

陳世英不能把母親怎樣，但遷怒唐家，堅決不娶唐氏，陳母便以死相逼，讓兒子必須娶唐氏。而正在這時，時任湖安省襄州知府的江大人，託同年時任三青縣縣令的吳大人，為自己的二閨女說合親事。陳母一聽是知府大人的閨女，大喜過望，也不逼兒子娶唐氏了，而是同意改聘江家閨女。

陳世英權衡利弊後，覺得娶江家女對自己的仕途大有幫助；再想到王氏已經嫁作他人婦，便同意跟江家結親。

或許因為陳母做了什麼事被唐家拿捏，陳世英最終還是同意納唐家女為妾。唐家知道自己是商人之家，爭不過官家，退而求其次，同意自家閨女當貴妾。

於是，陳家用多出來的一筆錢，在三青縣城購買了一個四進宅院，三個月之後，嬌妻、美妾便先後進了陳家門。之後，陳世英去京城趕考，竟然一鳴驚人，被聖上點為探花郎……

陳阿福不可思議地說道：「那時陳世英不過是個窮舉人，江大人怎麼會容忍他同時納貴妾？」

羅管事說道：「聽說，江大人的二閨女，也就是現在的陳夫人，她之前剋死了兩任未婚夫，再加上長相平平，十七歲了還沒有嫁出去，一家人都十分著急。陳大人在石安府考舉人的時候，江大人正好在石安府，見過他一面。之後，江大人便請他的同年吳大人打聽，若是陳舉人沒成親，人品還不錯，就幫忙說合說合……」

又說，陳夫人的風評還不錯，雖然長相平平，但端莊賢淑，與瀟灑俊朗的陳探花舉案齊眉，夫唱婦隨。因為陳家子嗣不豐，還主動把自己的丫鬟給陳大人做了姨娘。陳夫人的父親江大人也算官運亨通，現如今在京城任從三品的太僕寺卿……

陳阿福收拾飄遠的心思，抬腳向屋裡走去。

陳老夫人穿著深棕色提花錦緞長棉袍，灰白色的頭上插著碧玉雙簪，戴著松花色鑲珠抹額。她的薄唇抿成了一條線，顯得法令紋更深，也更顯嚴肅和厲害。

陳老夫人的下首是一個十四歲左右的姑娘，她是唐姨娘所出的陳家大姑娘陳雨暉，陳雨暉的下首坐著一個滿頭珠翠的婦人，正是唐姨娘。

唐姨娘頗有幾分姿色，陳雨暉卻是隔代遺傳，沒有繼承父母的好模樣，特別像陳老夫人，容長臉，小三角眼微微向上挑，嘴角下垂，哪怕施了粉黛，打扮得很是光鮮，勉強只能算中人之姿。

老夫人的身後還站著兩個人，一個是四十幾歲的婆子，一個是十幾歲的丫鬟。

陳阿福沒搭理愣在那裡的幾個人，直接問陳名道：「爹，你沒事吧？」

陳名起身走到陳阿福面前，低聲說道：「爹沒事，那個……」

一個極其威嚴的聲音響起了，是陳老夫人，她皺眉說道：「阿福，見著我，也不知道行禮，王氏是怎麼教導妳的？」

陳阿福沒理老太太，輕聲跟陳名說道：「爹莫緊張，有女兒在，無事。」又在他耳邊輕聲問：「我娘呢？」

陳名的眼神向臥房的方向瞥了一眼，意思是王氏在臥房裡。

陳阿福點頭，她可不願意王氏被陳老夫人當面羞辱。

之後，陳阿福才側臉對老夫人說道：「我爹娘把我教導得好得緊啊！別人都誇我才貌雙全，蕙質蘭心。」

幾人聽了齊齊撇嘴。

陳老夫人氣得一噎，罵人的話剛想衝口而出，但想到今天的目的，又把火氣強壓下去。

「阿福，妳知道我是誰嗎？」

陳阿福說道：「我第一次見著妳，怎麼會知道妳是誰。」

「也難怪妳不知道，這是咱們祖孫倆第一次見面。我是定州知府陳世英大人的娘，也就是妳的親祖母。阿福，妳應該叫我一聲奶奶。」說完，臉上的表情也變得和善起來。

在她看來，貧寒人家的小姑娘，乍一知道自己的出身，肯定會欣喜若狂，馬上給她磕頭見禮，認祖歸宗……當她一看到這個小姑娘，那容貌跟兒子竟然有八成相似，也是吃驚不已。當初是自己急躁了，這麼好的小模樣，若真配給泥腿，還真是可惜了一顆好棋子。

誰知陳阿福聽了這些話並不驚訝，更沒有如陳老夫人所想的馬上給她磕頭見禮，而是把陳名扶著坐在椅子上。

陳阿福站在陳名身旁，不疾不徐地說道：「陳老夫人，妳說笑話呢！若妳是我親祖母，怎麼會出錢讓人發賣我？妳也別做出這副和善樣，因為我知道妳不是和善人。告訴妳，我的親祖母在響鑼村，我的親爹就在這裡，那啥陳大人，我不知道，也不認識。不知今天妳來我家有什麼事，不會又是要我離開棠園，或是讓我爹娘把我綁起來，強嫁了吧？告訴妳，妳的這個美夢不可能成真。」

陳老夫人沒想到陳阿福會這麼說，氣得滿臉通紅，拍了一下椅子扶手喝道：「放肆！沒有教養的東西，連最起碼的孝道都不懂，王氏怎麼把妳教成這樣！」

陳阿福翻了個白眼，揶揄道：「哼，還說我沒有教養，在別人家裡大呼小叫，這就是有教養的表現？告訴妳，我娘把我教得可好了，我對我的祖母、爹娘，可是孝順得很呢！我們村裡的人都誇我孝順懂禮。」

陳老夫人握了握拳頭，擲地有聲地說道：「不行，我陳家好好的閨女不能讓人養廢了，阿福，妳得跟我回家去。」

陳阿福堅定地說道：「這裡就是我的家，在這個家裡，有寬和慈愛的爹，溫柔似水的娘，還有聰明的弟弟，孝順的兒子。我可不傻，會放棄這麼好的家，往狼窩裡鑽。」

陳老夫人聽她把自己家說成狼窩，果真又氣著了，提高聲音道：「來人，去，給我掌嘴，給我好好打這個不知好歹的小賤人。」

她身後的那個婆子愣了愣，硬著頭皮站出來向陳阿福走去。

陳名嚇得趕緊伸出一隻胳膊擋在陳阿福前面，說道：「不許打阿福。」

陳阿福說道：「爹放心，這是在咱們家，院子裡還有幾個棠園的護院，誰敢動我一根手指頭，保證這幾個人都走不出這個門。」

那個向她走過來的婆子一聽便停下腳步，不敢動了。

唐姨娘看老夫人氣得忘了來這裡的目的，趕緊高聲笑了幾聲，說道：「哎喲，這真是大水沖了龍王廟，一家人不認識一家人了。老太太，阿福是您的親孫女，她說那些氣話，是在跟您撒嬌呢！人家受了這麼多年的苦，過了這麼些年的窮日子，還不待出出氣啊！您不是來接她回家去享福的嗎，怎麼把主要的事搞忘了？」

陳老夫人聽了，才又記起今天來的目的，拍拍自己的腦門，訕笑道：「看我，年紀大了，腦子就不清楚了。阿福，我知道妳心裡有氣，覺得是奶奶不要妳這個親孫女了；但這事不能怪我，當初是王氏騙了我們所有人，她懷了孩子，卻沒有告訴我們，還把妳帶到這個家來受苦。好孩子，現在奶奶知道了，奶奶這就領妳去享福。快，去收拾收拾，咱們這就走。」又道：「這個家也沒什麼好收拾的，妳這就跟我們走，奶奶給妳買漂亮首飾，買漂亮衣裳，讓妳住漂亮的大房子，以後再給妳謀一段好姻緣。」

陳阿福冷眼看著老太婆在畫大餅，若自己真是十五歲的鄉下小姑娘，真的有可能被她騙了去。

坐在老太太下首的陳雨暉站起身，走過來拉著陳阿福的胳膊，格格嬌笑道：「大姊，妹妹領妳去府城的霓裳繡坊和玉麒麟銀樓逛逛。哎喲，那裡面的好東西多得是，讓奶奶多出些銀子，給大姊多買些好衣裳、好首飾。」

陳雨暉穿著一件銀紅色立領繡花小襖，一排丁香色大花籃盤釦從領下斜到腰間，配著一條丁香色百褶緞面長裙。這正是當初陳阿福給霓裳繡坊設計的衣裳，只不過顏色不一樣。

她或許看到陳阿福穿了一身半舊綢子長棉袍，一條半舊細布裙子，頭上只戴了一根木簪，特意用一隻手拉了拉自己的小襖，又扶了扶頭上的赤金嵌玉銜珠蝴蝶簪。

這個丫頭不僅長得跟老太太一樣，還幫著老太太一起幹壞事，真是個壞丫頭。

陳阿福把自己的胳膊抽出來，冷笑道：「是接我去妳家嗎？」

陳老夫人豪氣地說道：「當然，去咱們在定州府城的大宅子。」

「我不信，若真接我去那個家。」陳阿福冷笑，用手指了指唐姨娘和陳雨暉。「這母女兩人也不會這麼高興。」她也拉了拉衣裳，摸了摸頭髮。「我冰雪聰明，又貌美如花，若真去了那個家，還不得把這位姑娘比得更加蠢笨和其貌不揚啊！她和她姨娘肯定不願意，我不傻，才不會上妳們的當呢！」

這話把唐姨娘和陳雨暉氣了個倒仰。

陳雨暉羞憤難當，她平生最恨的就是自己長得不像容貌好的父母，卻被這個死丫頭當面說出來。「小賤人！」她罵道，抬手就向陳阿福的臉打去。

陳阿福伸手把她的胳膊抓住，使勁一推，把她推了出去；若不是唐姨娘起身抱住她，陳雨暉肯定會摔倒在地上。

陳阿福拿出帕子擦了擦手，又把帕子扔在地上，罵道：「還敢打我！再有下次，我就把妳的胳膊折斷。」

唐姨娘在陳雨暉的耳邊說了一句，她才跺了跺腳，含著淚罵道：「土包子，不知羞恥。」她不甘心地坐回椅子上。

陳老夫人都快氣死了，覺得這個死丫頭嘴臭又厲害，更不放心她不在自己的掌控下，強壓著火氣說道：「暉兒是妳的親妹子，妳怎能那麼說她？她是真心實意地想接妳回家。」

「那我去了妳家，是以什麼身分？總不能說陳世英大人生活不檢點，在外面弄出了個私生女吧？那樣，對他的名聲有礙，也容易被御史彈劾……」

這話不僅讓那幾個人紅了臉，連陳名都紅了臉。

陳老夫人都快氣死了，厲聲喝道：「放肆！一個姑娘家，怎麼啥話都能說出口呢！真是……」她使勁壓，才強壓下想罵的話，又緩下口氣。「放心，這些事我都想好了，定會給妳一個好身分，不讓妳受委屈。」她指了指唐姨娘，說道：「這是唐姨娘，雖然不是妳爹的正妻，卻是貴妾，地位僅次於夫人。對外就說妳是她的親閨女，跟暉兒是雙生女，只不過一生下來就體弱多病，只得忍痛送去庵裡養活。如今身體好了，也就接回家了，妳以後要好好跟暉兒相處，姊妹情深。」

陳阿福摸清了老夫人的打算，心裡更是氣憤不已。死老太婆，果真打的一手好算盤！

「妳當我傻啊！我跟那陳大姑娘長得一個天上，一個地下，人家的眼睛再不好，也不會把我們看成雙生女。」她又了然道：「哦，我知道了，妳們定是怕了楚家，想用榮華富貴把我騙出去。鑑於我跟陳大姑娘天差地別的長相，肯定不會把我接去府裡，而是會把我困在別院裡。那時，妳們想如何拿捏我就如何拿捏，離開這麼好的家，跟妳們去受苦？除非我腦袋壞了。」

別說，老夫人的確是打著這個好主意。

陳老夫人作夢都沒想到自己著了臭丫頭的道，被她引著一步步把心裡的打算都說了出來，更沒想到這個臭丫頭厲害得緊，不僅不被富貴所吸引，說的話比刀子還利，能氣死人。

她忍下氣說道：「阿福，妳不要意氣用事、自毀前程，跟我回家，當了知府大人的千金小姐，自有好姻緣，將來富貴一輩子。」說完向後揮了一下手，後面的丫鬟把手裡一直捧著的盒子拿去放在陳名的面前，一打開，裡面整整齊齊放了幾排銀錠子。

「陳名，謝謝你幫我養大了孫女，這一百兩銀子是我們的心意，你拿去購置些田地，以後你一家人就衣食無憂了。」

陳名搖頭道：「我不要妳們的銀子。阿福是娟娘給我生的閨女，我喜歡這個閨女，養大她應該，再多銀子也換不走她。」說到後面，聲音都哽咽起來。

陳阿福拉了拉他的袖子。「爹，我當然是你的親閨女了，這世上，我只有一個爹，就是你。」她抬頭對陳老夫人說：「陳老夫人，妳就把妳的那點心思收起來吧！我若真跟妳去了，不管進府，還是住別院，就是妳不弄死我，這兩人都會弄死我。」她指了指正怒目瞪著她的唐姨娘和陳雨暉。「看看她們，現在都恨不得拿眼刀殺死我，何況被妳們拿捏？一個家有三個人想要我死，我敢回去嗎？」

頓了頓，她又說道：「哦，我說錯話了，妳不會讓我死，妳會把我賣給哪個能幫妳兒子升官或是幫眼刀子發財的人，讓我生不如死……真是，好事都被妳想完了。就像當初妳把我娘買回家幫妳幹活、帶兒子，等用完了，就一腳踹了出去；之後攀上唐家，從唐家得了錢財，又把唐家踩下去，攀上當官的江家……老夫人，妳雖然出身鄉野，卻打了一手好算盤；只不過，我不可能如妳所願，當妳的棋子。告訴妳，就妳那個腦袋，還沒有本事擺布得了我。」

陳老夫人氣得身子晃了晃，指著陳阿福說：「妳、妳、妳大逆不道！」

陳阿福翻了個白眼，繼續說道：「老夫人，我奉勸妳一句，聰明些，別再來找碴，我可不像我娘那麼老實，隨妳拿捏。如今，我和我娘誰都拿捏不了，我們的後臺比妳的後臺硬耶，若妳一開始不做壞事，咱們井水不犯河水，我娘也不會把妳和老唐家做的那些壞事說出來，別人就更懶得管妳家裡那些破事；可妳偏偏作賊心虛要來害人，妳這是自取其辱，自絕後路。也不知道妳兒子從京城回來沒有？聽說，有人已經準備去他跟前感謝妳為棠園操碎了心，還會專程去京城面見妳的親家江大人，感謝妳的手伸得長……」

陳老夫人又氣又怕。氣的是這個死丫頭嘴壞又可恨，自己卻拿捏不了；怕的是若真的有人把這些事說到兒子或是親家面前，兒子和兒媳婦就更會跟她離心離德了。她感到一陣暈眩，臉色蒼白，身子晃了晃。

陳老夫人顫抖著手，指著陳阿福大罵道：「大逆不道、大逆不道，妳個小賤人，如此忤逆不孝，老天早晚要收了妳。」

「天作孽猶可違，自作孽不可活，老天要收也是收那壞事幹盡的人。」陳阿福冷哼，把桌上那個盒子蓋上，塞進那個丫鬟懷裡。「拿著妳的銀子走吧！我家不稀罕。還有，以後別來我家認親，我是陳名的親閨女，別的爹都不認。」

陳老夫人想站卻有些站不起來，身後的婆子趕緊扶她起來。陳老夫人的身子顫抖得厲害，特別是跨門檻的時候，還費了吃奶的勁才跨過去。

陳老夫人都走到院子裡了，又回頭大罵陳阿福道：「大不孝，大不孝，老天有眼，祂會收了妳。」

那惡狠狠的樣子，就像要吃了陳阿福一樣。

陳阿福不是這個時代的人，根本不覺得自己大不孝，還想著，若老天一直睜著眼，也不會讓這個老妖婆享了這麼久的福。她倚在門邊慢悠悠地說道：「老夫人，看妳惡狠狠想一口吃了我的樣子，哪裡像是對待親孫女的親祖母。所以啊！妳剛才說的話我不會往心裡去，也不會相信。妳啊！不能看我長得俊，就非得讓我給妳做孫女，還是跟這麼醜的陳大姑娘做雙生女；別說我不信，別人也不會信啊！我要孝順也是孝順我在響鑼村的親祖母，而不是妳，妳別再說那些『大不孝』的話。以後，妳千萬別再坐著馬車來我家讓我打臉，我打得太狠，怕妳受不住，不打狠點我心裡又難受……本來，我在鄉下過窮日子，妳在府城過富貴日子，咱們互不相干，可妳非得來害人；若妳再敢出么蛾子害人，說不定有些話就直接傳到御史耳朵裡了。」

陳老夫人顫抖著被人扶出院子。這是她一輩子最倒楣的一天，也是敗得最難看的一次。她，輕敵了。沒想到，一個十五歲的鄉下女娃，聽說之前還是傻子，竟然會這麼厲害！還有，誰會去她兒子面前胡說呢？誰又會去江親家面前胡說呢？她得趕緊回府城……

陳雨暉更難堪，一路哭著，一直用帕子捂著臉。

走在最後的唐姨娘，實在受不了陳阿福對自己女兒的貶低，要出門之前，回過頭說道：「陳阿福，老夫人是好心，我們是好意，想接妳去城裡享福，妳不領情就算了，還惡語相向，口出狂言。真是沒教養的鄉下土包子，老天遲早要收妳，我呸！」她狠狠啐了一口後，就趕緊跑出門去，生怕陳阿福說出更難聽的話來。

陳阿福不想跑出門跟她罵街，但又不願意受這個鳥氣，便對被山子抱著的追風說：「去，拱那個滿嘴噴糞的惡女人。」

山子聽了一鬆手，追風就跑出門去，一陣風似地追著唐姨娘跑。

唐姨娘見一條像狼一樣凶狠的大狗追過來，嚇得一陣狂跑，高聲尖叫著。「救命啊！救命啊！」

趙里正和車伕及婆子、丫鬟都跑去護著陳老夫人，根本沒有辦法管唐姨娘，陳雨暉更是嚇傻了，連哭都忘了。

追風追到唐姨娘，用頭一拱，把哭叫不已的唐姨娘拱倒在地。牠堅決貫徹主人的指示，只拱不咬，牠把唐姨娘拱得滾了幾圈，讓唐姨娘嚇得暈死過去。

陳阿福走到院子外面，對牠說道：「好了，回來吧！」

追風聽了，甩著尾巴回到主人面前。牠覺得一點都不好玩，那個人還沒等自己咬，只拱了幾下就沒了反應。

陳阿福對嚇傻的陳老夫人幾人說道：「我們家，不只人厲害，狗也厲害，以後少來我家擺威風，若不長記性來了，肯定讓你們比這次還慘，因為我家還有更厲害的。」說完，她退回院子裡把門「砰」一聲關上後，對看門的曾老頭說道：「以後這幾個人再來，連門都不許進。」

曾老頭連忙躬身應是，態度跟對楚令宣一樣恭敬。

院子裡的其他人都低頭屈膝，神情異常恭敬，好像沒聽見，也沒看見剛才發生的一幕。

陳阿福回了上房，看見淚流滿面的王氏從臥房走了出來。

王氏輕聲說道：「阿福，妳把她得罪得這樣慘，她會害妳的，她，厲害得緊。」

陳阿福迎上去摟著她。「我過去沒有得罪她，她還不是想讓大伯賣了我。娘，有些人，咱們越軟弱，她們就越欺負；若咱們強硬起來，她們反而不敢來惹咱們。放心，我如此收拾她們，就是再借十個膽子，她們也不敢再來欺負我們了；而且，我必須讓她們怕我，才能徹底打消她們想拿捏我的打算。」她又壓低聲音說道：「哪怕那個人以後知道了，有了什麼想法，這些人也會想盡辦法不許我進那個家。」

陳名的眼圈也紅了，在一旁說道：「阿福，妳跟著我這個窮爹，受苦了，還要被別人欺負。」

陳阿福搖頭道：「正因為有你這個當爹的護著，阿福才活了下來。爹，謝謝你，我永遠都是你的親閨女。」說完故意嘟嘴問：「爹，難道說你不想要我這個親閨女了？」

之前，他們三個人從來沒有當面說破，陳阿福不是陳名親生閨女這件事，儘管陳名和王氏都知道陳阿福心裡門兒清，但他們還是不願意當面明確說出來。哪怕他們知道這個可心的閨女不會嫌貧愛富，不會棄他們而去，但就是不想說出來。

現在，陳名聽陳阿福如此說、如此問，激動到眼淚都流出來了，結結巴巴地說道：「怎，怎麼會，爹、爹想要妳這個親閨女，爹稀罕得緊……」

陳阿福笑道：「那咱們說定了，不管以後發生什麼事、出現什麼人，你都要認我這個閨女，我也只認你這個爹。」

陳名笑著點點頭，這個話題就此揭過。

陳阿福把身子還顫抖著的王氏扶回臥房，讓她躺下歇息，又讓穆大嬸給她熬碗參湯喝，她自己則帶著保鏢去棠園。

陳阿福感到異常雀躍和輕鬆，那麼討厭的三個人，以後斷不敢再出現在自己面前了。

此時，怡然院裡，大寶和楚含嫣正眼巴巴地站在廊下焦急地望著大門。一個穿得像個藍氣球，一個穿得像個紅氣球，眼睛都像大葡萄，小臉都像紅蘋果。

看見他們，陳阿福的心像吃了蜜一樣甜，胸中所有的鬱氣頓時煙消雲散。剛才和現在，就像魔鬼和天使的現實版，反差太大了。

她在離他們幾公尺遠的地方停下來，俯身伸出手笑道：「兩個寶貝，到我這兒來。」

大寶和楚小姑娘互望一眼，甜笑著向陳阿福走去。大寶能夠如一陣風跑過去，但他等著楚小姑娘，刻意跟她的步調一致。等他們終於來到陳阿福的面前，同時撲向那個溫暖的懷抱。

陳阿福抱住他們兩個，一人親了一口，笑道：「兩個寶貝，有你們，真好。」

大寶呵呵笑著在陳阿福左臉上親一口，楚含嫣也笑咪咪地在陳阿福右臉上親一口。

大寶一高興，又撲騰著去親陳阿福，用的勁有些大，陳阿福一不小心跌坐到地上。她懷中還抱著兩個孩子，他們也摔倒在她身上，頓時，三個人抱成一團，都大笑起來，楚含嫣格格的笑聲尤為明顯。

陳阿福驚喜地看著楚含嫣笑道：「天啊！姊兒的笑聲這麼好聽，真是天籟之音啊！」

大寶也驚喜地笑道：「對啊！對啊！嫣兒妹妹的笑聲好好聽。」

楚含嫣聽了，又格格笑了幾聲。「喜歡……姨姨、大寶，也喜歡……爹爹。」

大寶聽了，臭屁地說道：「我喜歡娘親、嫣兒妹妹，也喜歡楚大叔。」

楚含嫣聽了，笑得更甜了，眉眼彎彎，一排小糯米牙盡現，嘴角有深深的小梨渦。

看到楚含嫣這個樣子，一旁的羅大娘用袖子擦起了眼淚。這些人裡，只有她最清楚小主子曾經受過的苦，沒想到小主子能有今天。

魏氏和宋嬤嬤也高興異常，姊兒能好得這樣快，她們都沒想到。

魏氏心裡還有幾分不為人知的苦處，昨天她被公爹羅管事訓斥了一頓，因為她幫陳阿福物色了一個後生，是她拐了好多個彎的親戚。這後生家裡是良民，比較符合陳阿福的條件，那家聽說女方長得好，家裡有錢，也願意上門。

昨天晚上吃飯的時候，魏氏非常高興地說了這事。哪承想，公爹當時就擺臉色，第一次不給面子地訓斥了她，說她手伸得太長，失了奴才應有的本分……她覺得自己實在冤枉，她好心幫忙，怎麼叫手伸得太長？陳阿福和自己一樣，都是棠園的下人，怎麼叫失了奴才的本分？

現在，她看到陳阿福和小主子沒有一點隔閡的親密，看到小主子越來越健康，看到陳阿福如花般嬌豔的容顏，她突然有些明白公爹的意思了。

難道，大爺看中陳阿福了？

別說陳阿福現在是村姑，就是陳世英大人認了她，成為知府的庶女，身分也不夠給大爺做正妻。

不過，她自認比較瞭解陳阿福。別看阿福只是一個村姑，脾氣倔強、自尊心強，又極有主意，哪怕一輩子不嫁人，她也斷不會給人當小的。

若大爺真是有那個心思，這事就懸了！

陳阿福三人鬧夠了，才從地上站起來，拍著手叫道：「來來來，孩子們，站好隊，咱們開始練——武——功。」

領著孩子和動物們練完武功，天上又飄起雪花。進了廳屋，屋裡溫暖如春，陳阿福讓孩子們自己玩積木，自己坐在一邊發呆。

吵架也是個體力活啊！

下了班，走到外院，碰到了羅管事，羅管事迎上來說道：「聽說，陳老夫人去妳家了？」

陳阿福點頭道：「嗯，我把她罵跑了。」

羅管事遲疑了一下，又道：「若以後她再來找事，妳不好忤逆她，就讓人來找我，我帶人把她攆走，以後，我不會對她客氣。」

陳阿福本來想說，自己跟那老太婆沒關係，不存在忤不忤逆；但想到古人的思維，也不想多解釋，笑道：「好，謝謝羅大伯。」

之後的幾天，陳阿福依舊正常上班，領著孩子們練武功、講故事和玩積木。陳家二房的日子依然如以前一樣和樂融洽，再沒有說過親爹、親閨女這些話題，哪怕小阿祿很好奇，偷偷問過王氏，還被王氏斥責了一頓。

「胡說八道什麼，你姊當然是你的親姊姊，是你爹的親女兒。」

那天陳老夫人來的時候，阿祿在東廂，有些話聽得似是而非，聽王氏如此說，就相信了。他也覺得，姊姊肯定是爹的親閨女，他的親姊姊。

一晃眼，到了臘月二十八日，這天陳實一家回村，二房一家要去大房吃晚飯。

晚上，陳阿福母子從棠園回祿園，這次只帶追風回來，留下七七和灰灰在棠園陪楚含嫣。

大房不太把鳥啊、狗啊這些動物放在眼裡，都給牠們吃人吃剩的廚餘。追風和旺財不介意，但當貴公子一樣養著的七七和灰灰肯定不會高興，嘴又壞，牠們被怠慢了，是會罵人的。

祿園裡，一家人都在等他們，見他們回來了，便帶著追風和旺財一起去村裡。護院楚小牛還揹了一個背簍，裡面裝了兩條臘肉和一扇羊排。

此時天已經黑透，寒風凜冽，還飄著小雪。走在回村的路上，幾個人的心情都非常好，笑聲不斷，特別是陳名，他已經好久沒見過陳實了。

來到大房，還沒進門，就聽見裡面傳來陣陣笑聲。

一開門，陳阿滿一下躥了出來，招呼完陳名和王氏後，拉著陳阿福笑道：「阿福姊，我都想死妳了。」

陳阿福笑道：「我也想妳。」

陳實一看見身體好起來的二哥，激動得眼圈都紅了，兄弟兩人相攜著進了上房。

張氏從廚房笑著走出來，拉著王氏一起去廚房做事。

陳實說，家裡已經另租了一個大鋪子，還雇了十二個小工，現在銀子不夠，等以後銀子掙多了再把鋪子買下來。

胡氏則是廚房、西屋兩頭跑，忙得不行，生怕漏掉陳實家的一點點信息。

陳實回家之前，陳老太太就私下敲打過胡氏，所以那句「你不能光顧著自己發財，也該給你大哥買個鋪子」的話，在胡氏的喉頭轉了無數圈，還是強壓了下去。

陳實對陳阿福笑道：「阿福，三叔要謝謝妳，妳出的那個點子，讓三叔家的日子發生了天翻地覆的改變。」

陳阿福笑著說：「主要是三叔能幹。」

她心裡暗道：陳實是精明，但跟陳業有同樣的毛病，就是好面子，喜歡吹牛，怪不得當初被胡氏宰，他家有十兩銀子他會吹出十一兩來。

胡氏聽了，馬上尖著嗓子說道：「阿福，妳都幫了三叔家，也得幫幫大伯家才成啊！都是親戚，哪能分個厚薄。我們家可算妳的恩人呢！若是那眼皮子淺的，拿了五十兩銀子把妳騙回來賣了，妳還能好端端坐在這兒嗎……」

「娘，妳胡說什麼呢！」陳阿貴瞪著眼睛攔住胡氏的話。

陳業也沈下臉，高聲罵道：「臭娘兒們，大過年的，妳找不自在呢！若妳敢拿了銀子做壞事，那銀子還沒等妳花，妳的手就會被人剁下來。蠢東西，罵了妳多少遍，還要胡亂說嘴。去，去，滾到廚房裡幹活去。」

胡氏見男人發火，撇了撇嘴，只得轉身去了廚房。

陳阿福冷笑一聲，心道：真是腦袋被門夾了，好話也能被她說成這樣。

陳阿貴趕緊替胡氏向陳阿福道歉。

陳實問什麼情況，陳名不想當眾說這些，擺手說道：「糟心事，得空了再說。」

陳阿福知道，三房因為自己賺了大錢，大房肯定會有想法；再加上這幾次大房和陳老太太幫了自家大忙，她記情，想著也該拉拉大房，便低聲跟陳阿貴說道：「我又買了一塊荒地，大概有五畝，我想種西瓜。我在府城的時候，從胡人手裡買了一些西域的西瓜種，又聽他講了一些處理種子的特殊法子；若大哥信得過我，就分出幾畝地跟著我種西瓜，我會給你一些用西域西瓜種發出的幼芽。」說完又謙虛道：「我這也是第一次種瓜，不敢保證一定賺錢。」

前世好友湯婷婷的父母是瓜農，她去過幾次湯婷婷的家，也經常聽好友念叨，知道了一些西瓜出芽的訣竅；再利用空間的環境，她相信種出來的西瓜會更好吃，就像夏天種出來的黃瓜一樣。

陳阿貴雖然腦子不算很活絡，但也知道跟著陳阿福幹不會吃虧，馬上點頭笑道：「大哥跟著阿福幹，肯定賺錢，萬一賠了，大哥也認栽。等收了冬小麥，我就撥出五畝來種瓜。」

陳業和陳老太太聽了，都高興地笑著點頭。

吃飯的時候，胡氏又是唱做俱佳，表情極其豐富地敘說了一遍陳老大撫養陳老二、陳老三的不易。

陳業最喜歡聽這話，哈哈聲笑得震天響。

陳名和陳實都拿起酒碗感謝陳業曾經的付出，三兄弟憶苦思甜，暢談著當初的不易和現在的美好生活。

胡氏氣得胸悶，只說得好聽，不出銀子有個屁用啊！

陳阿滿挨著陳阿福，不時跟她耳語，讓陳阿菊羨慕又嫉妒。

因為在鄉下，陳阿福的穿著不算出色，一般都是細布，或是顏色偏深的綢子；但陳阿滿穿得好，雖然衣服質料不算太好，但顏色嬌嫩，樣式好看，加上人長得白淨嬌俏，隨時笑容可掬，大家都喜歡她。

飯後，陳實一家把禮物拿了出來。給老太太買了一根金簪子和一些軟的吃食，大房和二房各一大包或吃或用的東西，禮物一樣，分別值三、四兩銀子，這樣的禮已經非常重了。陳業和陳名說著感謝的話，胡氏卻撇了撇嘴巴，想說什麼，見陳業瞪著她便住了嘴。眾人又說笑一會兒，陳名幾人就要回家了，說好大年三十都來大房團圓，大年初三由二房請客。

陳阿堂宣佈道：「我去二伯家跟阿祿住。」

陳阿滿也站起身說道：「我也要去跟阿福姊一起睡。」

陳老太太對她說道：「那麼久沒回來了，阿滿要陪著奶奶睡。」

陳阿滿聽了，馬上摟著老太太的胳膊笑著說好。

老太太看了一眼坐在遠處的陳阿菊，低聲說：「妳阿菊姊姊一直盼著妳回來呢！妳跟阿福親近了，也該多跟阿菊親近親近。阿菊就是個棒槌，啥事都聽那胡翠翠的，經常是胡翠翠挑唆她幹了壞事，人家脖子一縮啥事沒有，最後都是她遭殃。我的話阿菊聽不進去，也不耐煩聽，她老子就知道打人，她娘又一味慣著。妳們小姑娘之間好說話，妳多跟她說說，多帶帶她，讓她精明些……」

老太太這也是沒轍了，本來想讓阿福多跟阿菊說說，但阿菊把阿福得罪到底了，她都不好意思跟阿福說，只得讓阿滿多跟阿菊親近親近，讓阿菊學精明些，少跟胡翠翠混在一起。

一旁的陳阿福暗笑，心想：老太太挺精明，知道近朱者赤，近墨者黑，還知道同齡小姑娘之間好說話，這才是慈祥的祖母，一切都為孫女好。哪怕是對自己這個沒有血緣關係的孫女，但該幫忙的時候還是會幫忙，也不會昧著良心想賣了她掙黑錢。

有了對比，就更加顯出這個老太太的可貴。

陳阿福笑道：「阿滿無事多扶著奶奶去我家串門子，我後天就休假了，要休到正月初十才去棠園上工，妳們來了，我下廚做奶奶喜歡的吃食。」

陳老太太聽了，笑得一臉的褶子。她和陳業已經從陳名的話中聽出來，這個孫女即使知道自己的親爹是誰，也不會去攀附富貴，而是選擇留在這個家。

「好，奶奶知道阿福是個記情的好孩子。咱們這個家沒什麼錢財，可大夥都會互相幫襯。」陳老太太聲音放低了些。「雖然妳大伯娘貪心蠢笨，阿菊脾氣壞又不懂事，但大奸大惡的事還是做不出來的。在這個家裡，日子不富貴，也算和樂。」

陳阿福聽了有些感動，拉著老太太的袖子說：「謝謝奶奶。」

第二十二章

回到祿園，陳阿福又去廚房看了眼那一盆蒜苗，已經長到將近二十公分高了，蒼翠碧綠，香味撲鼻。

之前的那盆蒜苗收了第三次就不能再收了，這是重新栽的。她也施了點燕糞，這次用得非常少，只用牙籤挑了一丁點出來，用水兌了，澆在盆裡。

這盆蒜苗雖然沒有第一次長得那麼快，但比一般的蒜苗還是要香得多，陳阿福要的正是這個效果，既要香些，也不那麼逆天。

這盆矜貴物要留到過年，給楚家祖孫兩人吃的。自家是貴人的小弟，被人家罩著，得想盡辦法把他們的胃服侍好才行。

大年二十九，陳阿福聽魏氏說，今天棠園會準備老侯爺和楚令宣祖孫兩個的晌飯，他們很可能晌午就會趕到棠園。

今天是長假前的最後一天上班，陳阿福領著孩子們玩了半天後，也不吃晌飯，領著大寶、追風回家，七七和灰灰貪玩又嘴饞，要留在棠園混吃混喝。

楚含嫣知道今天太爺爺和爹爹要回來，雖然捨不得姨姨和大寶，還是聽話地讓他們走了，只是說：「送到……門口。」

這個要求不過分，陳阿福一手牽著大寶，一手牽著小姑娘，向門口走去。

他們剛出角門，便看到南邊有一隊車馬向這邊駛來，應該是楚老侯爺和楚令宣回來了。

陳阿福鬆開小姑娘的手說：「姊兒的爺爺和爹爹回來了，姊兒要表現好些哦。」

「好。」小姑娘答應得挺痛快。

陳阿福又表揚了幾句小姑娘，看她抿著小嘴滿足地笑起來，才牽著大寶向祿園走去。

回到家，看到祿園佈置得喜氣洋洋，門上、窗上都貼上對聯和窗花，大門口和廊下還掛起了紅燈籠。看到這樣的家，陳阿福心裡溢滿了溫暖和滿足。

下晌，陳阿福和王氏、陳名一起，正在準備明天送陳老太太及大房的年禮時，魏氏就來了。

「阿福，我家老侯爺和三老爺、大爺晚上要來妳家吃飯，你們準備一下。」

三老爺，這又是哪路神仙？

陳阿福問道：「他們想吃什麼呢？火鍋嗎？」

「火鍋做起來麻煩，又吃得慢，我家三老爺吃完飯後馬上要連夜趕回京城過年，弄幾個精緻些的下酒菜即可，最好酉時初開飯。大爺還說，妳再多做些金絲糕，這點心鬆軟又好消化，侯府裡的孩子都喜歡吃。」

陳阿福聽了，暗道，這哪是把她當成針線師傅，明明是把她當成廚房管事了。她就說嘛，怎麼可能給自家送那麼多年禮，這是把自家當成他家的廚房兼倉庫了。

想是這麼想，陳阿福還是趕緊答應下來，她放下手中的東西，和王氏一起，把穆嬸、曾嬸叫去廚房。此時，離酉時還有半個多時辰，不可能做太複雜費時的。她想了一下，決定先做飯炒菜，做四滷、四涼、六熱、一湯，趁他們吃飯的時候，再做金絲糕。

魏氏也進廚房幫忙燒火，她邊做事，邊跟陳阿福講三老爺楚廣開的傳奇人生。

楚三老爺十五歲去邊關，到今年三十五歲回來，已經整整二十年，立過戰功無數。八年前，二十七歲的他就封西進伯，同年還當上了玉城總兵，是大順朝最年輕的總兵大人。他是老侯爺最喜歡的兒子，也是楚大爺最喜歡的叔叔，更是楚家人的驕傲。

雖然這些年邊關安定，但聖上的本意還是希望楚三老爺繼續在玉城鎮守邊關；可老侯爺幾次上奏，說自己老了，盼兒心切，還哭過，才讓楚三老爺回來。

看魏氏的表情，對那位楚三老爺崇拜得不得了。

「我們永安侯府，出過三個大順朝之最。第一個是已經去世的老老侯爺，他二十二歲封侯，是最年輕的侯爺；我家三老爺，二十七歲當總兵，是最年輕的總兵大人；我家大爺，二十三歲當了參將，是最年輕的從三品官老爺。」魏氏非常得意地說著。

「妳家老侯爺把楚三老爺哭回來，就不怕誤了他的前程？」陳阿福隨口問道。

「唉，老侯爺也是沒法子，他叫三老爺回來，不只是想他了，還是讓他和三夫人回來幫忙看著侯府……」魏氏或許覺得說太多了，趕緊閉上嘴。

曾嬸子一愣，問道：「三老爺和三夫人回京，不住西進伯府嗎？」

魏氏搖頭說：「不，老侯爺讓他們一家都住進侯府，說三老爺從小就在外面，鮮少孝敬他老人家，讓三老爺必須在侯府住幾年，多多在他跟前孝敬。」

曾嬸子笑起來，低聲說道：「三夫人回侯府就好了，若侯府再被那位……」曾嬸子用手指頭比了個二字，繼續說：「被她管著，將來交到楚大爺手裡，還不得成空架子啊！」

魏氏笑道：「所以啊！老侯爺才把他們叫回來。三夫人厲害，娘家又得勢，跟我家主子關係也好，又不怕……那個人，有她坐鎮，二夫人就蹦躂不起來了。以後，內院的事由三夫人管著，外院和府外的事由三老爺看著，老侯爺的閒暇時間多了，就能多來棠園住些日子。」

陳阿福聽得雲裡霧裡，但沒深問。不是她不八卦，其實她對許多事情都充滿了好奇心，只不過覺得那侯府不關她的事，她更不喜啥內院、後宅、宅鬥這些遙遠的名詞，所以除了對那位英雄楚三老爺感興趣外，其他的都興致缺缺。

菜準備得差不多了，陳阿福去上房廳屋讓人把八仙桌抬到中間，把那套黃釉綠彩細瓷餐具拿出來。這是棠園作為年禮送來的，正好派上用場，又拿了兩罈青花釀出來。

快到酉時了，陳名顫抖著雙腿領著阿祿、大寶去門口迎接，還不時囑咐他們不要多話，言多必失。

陳阿福則領著曾小青，把滷味和涼菜先擺在桌上。

突然，聽到院外一陣嘈雜，接著，聽到陳名顫抖著聲音說：「草民見過老侯爺，見過兩位大人。」

又聽到大寶和阿祿的聲音。「小子見過老侯爺，見過兩位大人。」

一個老者的聲音傳來。「快快請起，是我們厚著臉皮主動來你家吃飯，無須多禮。」

楚令宣的聲音傳來。「陳叔快別這麼客氣，都是熟人，還要經常往來，禮數太多反倒不美。」

那聲「陳叔」不只叫得陳名嚇一跳，連廚房裡的幾人都有些嚇著了，魏氏不由得多看了陳阿福一眼。

接著一個陌生的爽朗男聲傳來。「聽宣兒說，你家的飯菜做得甚是好吃，這不，我回京之前，便厚著臉皮登門品嚐來了。」

此時，儘管天還沒有黑透，門外和院子裡的紅燈籠都已經點亮。

廚房只開了一道門縫，陳阿福從門縫裡看到一個披著玄色斗篷的人走在最前面，他的左肩上站著七七，右肩上站著灰灰，他一定就是平易近人又喜歡花鳥的楚老侯爺了。他身後緊跟著兩個男人，披藏藍色斗篷的是楚令宣，他牽著陳大寶；另一個男人披著藏青色斗篷，他懷裡抱著披紅色斗篷的楚含嫣，那個人一定就是楚三老爺了。

陳阿福算著他們應該坐定，開始喝酒了，便開始炒蒜苗回鍋肉。炒好後，又把溫在鍋裡的蔥包羊肉和蘿蔔燒牛肉盛入盤中，領著曾小青去廳屋上菜。

廳屋裡點著四根蠟燭，燒了兩個炭盆，溫暖而明亮。

一個六十歲左右的老者坐在上位，他紅光滿面，神情和藹，穿著滾灰鼠毛暗紅色棉緞褂子，一點都不像威嚴的老侯爺。左面坐著一位三十多歲的男人，長得氣宇軒昂，劍眉星眼，微鬚，跟楚令宣相貌很像，穿著金色鑲邊玄青花鳥紋雲錦棉褂子，他的下首是陳大寶。楚令宣坐在右面，他的下首是楚含嫣。陳名和阿祿坐在桌子的最下首，在老侯爺正對面，羅管事等人則在後方服侍著。

陳阿福把菜端上桌，盈盈笑道：「蒜苗炒回鍋肉雖是家常小菜，卻也是小女子的拿手菜，請老侯爺、兩位大人嚐嚐，看看還合口味嗎？」

老侯爺先笑道：「小丫頭客氣了，聽我孫子說，妳心靈手巧，不只把我重孫女教得好，還擅美食，花鳥也養得好，妳做的菜和小點都不錯，老頭子我很滿意。」

楚令宣看了老爺子一眼，不知是不是熱的關係，臉有些泛紅了，趕緊說道：「孫兒多是聽嫣兒和羅掌櫃的說詞。」又補充道：「不過，陳師傅的確擅美食。」

楚三老爺沒說話，先給老爺子的碗裡挾了一塊回鍋肉，又自己挾一塊吃了。他嚼得很慢，似乎在慢慢品嚐，吞下肚後，又挾了一節蒜苗嚐了，才滿意地點點頭。「回鍋肉我吃過很多次，但這次的最鮮美，肉肥而不膩，蒜苗鮮香可口，小丫頭的手藝很好，快趕上御廚了。」

真是個儒帥，態度溫文爾雅，和藹可親。

陳阿福被誇得有些不好意思，她知道自己還沒到那個水準，忙謙虛道：「老侯爺、兩位大人過獎了。」

楚含嫣說話了。「姨姨做的黃金……最好吃。」

老侯爺已經吃了好幾塊回鍋肉，聽了楚含嫣的話，停下筷子說道：「什麼？黃金還能吃？」

陳阿福笑著解釋道：「姊兒應該是說我做的黃金滑肉。我今天會做另一道菜，叫黃金蝦球，姊兒肯定更愛吃。」

蝦比較貴，家裡一般不會買，這次楚府送了一些冷蝦來，陳阿福才決定做這道菜。

楚三老爺笑道：「那我們就等著吃這道黃金蝦球了。」

陳阿福笑著點頭，餘光看到陳名緊張到不敢挾菜，鼻尖都滲出了汗。她看了十分心疼，但是沒辦法，只得先委屈委屈他了。這個家必須要巴結上權貴，將來才能自保，等以後權貴們來的次數多了，習慣了，也就好了。

她在開門的時候，背後傳來楚令宣的聲音。「陳叔，莫緊張，來嚐嚐……」

聽著屋裡逐漸熱絡的聲音，她鬆了一口氣。

黃金蝦球做好後，陳阿福又親自端去廳屋。幾人看到色澤金黃的蝦球，頂端還露出一截小蝦尾巴，都笑起來。

老侯爺挾一個來嚐，直點頭，說道：「嗯，好吃。外形好看，口感酥脆，味道鮮美，非常好！」

楚小姑娘聽了，急得直說：「要，要，要。」

楚令宣趕緊給她挾了一個放在碗裡，之後又挾了一個放在陳名碗裡，才開始自己吃。

楚三老爺和楚令宣吃了後，也頻頻點頭，直說好吃、美味。

聽他們評論了桌上的幾道菜，陳阿福覺得有些像電視裡的美食大賽，每做好一道菜，就看幾個評審先吃，吃了後又開始評頭論足。

菜都做完了，她們才開始做金絲糕，待金絲糕做得差不多了，上房的人已經酒足飯飽，曾嬸帶著人把碗碟收下來。

金絲糕放涼了，陳阿福幾人各拎著兩個食盒去了廳屋。

走在院子裡，就能聽到廳屋裡傳來大笑聲。陳阿福知道，肯定又是那兩隻鸚鵡在敞著鳥嘴亂說話了。

陳阿福一進去，七七和灰灰爭先恐後地叫起來，一個叫「娘親」，一個叫「姨姨」，是大寶和楚含嫣的聲音，又逗得眾人一通笑。

陳阿福幾人把六個食盒放在八仙桌上。楚三老爺點頭表示感謝，一揮手，一個長隨模樣的人端上來一個托盤，托盤裡裝著一尊青玉馬踏飛燕的雕塑，一支靈芝，兩套筆墨硯。

「謝謝陳姑娘，妳把嫣兒教得非常好，作為嫣兒的長輩，最高興的莫過於看到她能健康、快樂。如今，她兩樣都有了，這孩子……不容易啊！」

老侯爺也點頭說道：「嫣兒能這麼好，阿福小姑娘功不可沒，這個情，我們楚家都記著。」

楚令宣沒說話，在一旁點了點頭，楚家三代對她的工作都給予很高的肯定。

陳阿福笑道：「老侯爺、楚大人客氣了，我也非常喜歡嫣姊兒，希望她能一直健康、快樂。今天時間緊，有招待不周之處，還請見諒。」

楚三老爺笑道：「已經非常好了，謝謝你們的盛情款待。我今天走得急，下次再來吃妳特製的羊肉火鍋，聽宣兒說，比京城的鴻運酒樓做得還鮮美。」

真是會說話的儒帥，幾句話說得陳阿福心裡暖洋洋的。

楚家人和陳家人把楚三老爺送出院子，看他帶著十幾個騎馬的人消失在茫茫夜色中。楚老侯爺又邀請大寶、阿祿明天帶著七七和灰灰去棠園玩，還說改天請陳名去棠園喝酒。

楚令宣悄聲跟陳阿福說道：「我已經跟陳大人說過他母親的所做所為，陳大人對他母親的做法十分氣憤和羞愧，說一定會約束老太太和親戚，不會再有那些事發生，讓你們放心。」

楚令宣說完，抱著小姑娘走到那棵枯樹旁，聽到女兒的格格笑聲，輕聲在他耳邊說道：「姨姨，大寶。」

楚令宣站定回頭，見祿園門口還站著一高一矮兩個身影，他們手牽著手，紅燈籠把他們照得通紅，即使在寒冷的冬夜，也讓人倍感溫暖。

那個小身影看到他們回頭了，又伸長胳膊向他們揮手，還高聲叫著。「嫣兒妹妹，楚大叔。」

那個長長的身影雖然沒動，也看不清她的臉，但能想像得到她的笑容肯定如春花般燦爛……

楚含嫣又格格嬌笑道：「喜歡……姨姨，大寶。」

楚令宣笑著「嗯」了一聲。

魏氏和一個棠園的丫鬟拎著食盒走在最後面，食盒裡是陳阿福專門為沒有吃飯的羅管事及老侯爺和楚大爺長隨準備的滷味。

魏氏目不斜視地領著丫鬟從大爺的身邊走過。今晚星光燦爛，即使大爺站在樹下，斑駁的星輝透過樹枝，用餘光也能看到大爺明亮的笑容以及姊兒亮晶晶的小眼神。

原來，大爺還有這樣的笑容！

魏氏想到自家的那個五表弟，算了，年後就趕緊拒絕了吧！

楚令宣站著看了那兩個身影一會兒，才不捨地轉過身，邁開大步去追走在前面的老侯爺。

「看不到嫣兒妹妹了，可以回家了？」陳阿福低頭笑道。

「嫣兒妹妹」幾個字咬得比較重，說完，她也覺得自己說得有些刻意，不禁老臉一紅。

每次都是大寶拉著她站在門口瞧那父女兩人越走越遠，每次她都欣然接受；可每次當看到那個修長挺拔的身影轉過來，向他們駐足眺望的時候，她的心都禁不住有些異樣。

異樣！想到這個詞，她自己都嚇了一跳。

她清楚知道自己和他的差距有多大，認為絕對沒有那種可能性。她前世已經三十二歲，早過了作夢的年齡，何況曾經被愛傷得那麼深。在她看來，灰姑娘和白馬王子過上幸福生活的機率幾乎等於零；況且，他已經有喜歡的女人了……

剛剛有的那些朦朧不該有的小心思，必須馬上打包丟掉。陳阿福雙手握了握，下定決心。

回到上房，八仙桌上不僅擺著楚三老爺送的東西，還有老侯爺送的禮物。老侯爺送的是一根人參，一斤燕窩。

陳名指著桌上的東西說道：「這些都是楚家人感謝妳教導楚大姑娘的，妳都拿回去吧！」

陳阿福只拿了一套筆墨硯出來。「這套筆墨硯給大寶，其他的爹都收著。那尊擺飾就放在弟弟的書房裡，羅管事說楚家人給了我謝禮，有件擺飾專門讓大寶放在西廂裡了。」

陳阿福吃完飯後，才領著大寶回西廂。

大寶指了指桌上的一個大包裹，說道：「這就是楚太爺爺和楚大叔的獎勵。」

陳阿福把包裹打開，看到最底下是一個大方木盒子，上面有著一個非常精緻的洋漆描花小木盒子，再上面是一個荷包。

她拿起最上面的荷包，打開一看，裡面有一個五兩的銀錠子，這應該是這個月的月銀，還有一張二百兩的銀票，這是年終獎，應該是楚令宣董事長獎勵她的。

陳阿福抿嘴笑起來，楚董事長一直都這麼大方。她把銀子和銀票塞進荷包，又繼續看其他獎勵。

打開小木盒子，紫色絨布上躺著兩顆食指指腹大的淡藍色珍珠。這麼大，應該是東珠，即使是東珠，也是難得一見啊？

又打開大盒子，大盒子裡裝的是一套五彩瓷梅花紋茶具，其中一個茶壺搭配六套茶碗，非常精緻漂亮。

陳阿福歡喜地拿出一套把玩起來。都用上這種茶具了，自己的生活品質又躍上了一個新臺階，想著等搬了家，住在雕梁畫棟的房子裡，用這樣的茶碗悠然品茗，是何等地優雅愜意。

這兩樣東西她都非常喜歡，想著那兩位上司也挺大方的。

大年三十，陳名先讓穆嬸去大房幫忙幹活。早飯後，陳名便帶著王氏和阿祿、旺財先去了大房，準備去陳家祖墳祭拜。

之前，陳阿福和大寶從來就沒跟著陳家人去祭祖，一個是因為「癡病」，一個是養子身分。

關於他們母子今天去不去祭祖，陳名和陳阿福還悄聲商量過，陳阿福想都沒想就拒絕了。

每到這個時候，大寶都有些受傷。看到陳名三人出了大門，他抱著陳阿福的腰嘟嘴說道：「娘，我都沒去上過墳祭祖呢！小舅舅去了，大虎也去了，小石頭和嫣兒妹妹肯定也會去上墳，可是我都不能去。」

沒有根的孤兒，祖墳在哪裡呢？

陳阿福有些心酸，摸著他的小瓜皮帽，低聲說道：「陳家祖墳裡的老祖宗，不是咱們兩人的祖先，所以，咱們不需要去上墳。」

大概午時初，陳阿福母子就帶著追風和薛大貴去了村裡。薛大貴揹了個大背簍，手裡還拎著個大籃子，裝滿了給大房的年禮。

年禮吃穿用品俱全，量足，品質又好，至少值十幾兩銀子，一送到大房，讓陳業和胡氏笑開了眼。

之後，陳名給了陳老太太六百文大錢，陳阿福則給了二兩銀子。六百文大錢是每年都要給老太太的養老錢，二兩銀子是孝敬。王氏也把親手做的兩套綢子衣裳、兩雙千層底鞋送給老太太，另外還送了幾包點心和糖果。

陳老太太眉開眼笑地接過去。「喲，娘享了你們的福了。」又專門對陳阿福說道：「奶奶也享了阿福的福了。」

送完禮，薛大貴揹著空背簍走了，陳業和陳阿貴本來還要留他喝酒，他笑著拒絕了。

陳阿福見陳阿滿特別喜歡年禮裡的那塊大紅色緞子和幾朵絹花，悄聲跟她說：「也有妳的，你們回府城之前再給妳。」

陳阿滿笑著撓了撓她的手心。

吃飯的時候，陳阿菊難得對陳阿福和大寶笑了笑，還給大寶挾了兩塊肉，她定是看到年禮裡面有她喜歡的幾樣東西。

今年，二房和三房送的禮物多，胡氏和陳阿菊也沒有找事，陳家團年飯吃得非常樂呵。當然，飯桌上少不了胡氏聲情並茂的追憶，陳名和陳實又真心實意地感謝了大哥陳業。陳業也高興，他最喜歡看到這個情景，三兄弟和睦，兩個弟弟緊密地團聚在他的身邊。

陳業跟陳名說了，讓他想辦法在大年初五把羅管事父子請到胡家，胡老五要請客，還請了縣城的夏捕頭，及附近的幾個里正和地主，也包括陳家兄弟。其他人都欣然接受邀請，只有羅管事父子說看情況，沒有說定。

陳業因為胡老五，現在跟夏捕頭的關係也熱絡起來，還去夏家做過客。胡老五讓他跟陳名說說，一定要想辦法幫忙把羅管事請去胡家。

陳名也算承過胡老五的情，便答應下來，說那天若羅管事無事，一定把他請去胡家；若羅管事有事，也會想辦法把羅小管事請去。

飯後，二房回了祿園。

在福園和棠園之間有一大片荒地，如今那裡也熱鬧起來，不僅棠園下人的孩子會在那裡玩，響鑼村的孩子也來了幾個，陳大寶、阿祿和阿堂也跑去那裡。

聽到外面孩子們的笑鬧聲和爆竹聲，以及狗吠聲，陳阿福很滿足。孩子就代表希望，熱鬧就代表欣欣向榮，她希望這一片寧靜的土地從此充滿希望，欣欣向榮。

她端著一碗剛炸好的酥肉出去餵他們，孩子們和動物們都排著長隊張著嘴，等著陳阿福餵。七七本來想插隊，被大寶拽到了後頭。

陳阿福笑著一人一塊地餵著，一抬頭，看見遠處棠園朱色大門不知何時打開了，披著紅色斗篷的楚含嫣站在門口，羨慕地看著這裡。雖然她的後面跟著宋嬤嬤和妙兒，卻依然顯得孤單而寂寥。

陳阿福向她招了招手，她猶豫了一下子，還是向這裡走來，似乎宋嬤嬤和妙兒不太贊成小主子過來，還是跟在她的身後。

陳阿福知道她們的想法，也知道侯府千金和鄉民孩子之間的差距，但想著楚小姑娘還小，又有這個病，應該利用一切機會鼓勵她與人相處。現在她就在鄉下，這裡沒有跟她身分相符的大家小姐，不能因為沒有身分相符的人，就不讓她接觸人群，那是因噎廢食。

不過，陳阿福沒有給小姑娘餵碗裡剩下的幾塊酥肉。小姑娘被養得嬌慣，不能讓她在風口張嘴吃東西，況且酥肉已經有些涼了。

她把碗裡的肉餵給了那幾個小子，笑著用帕子擦掉小姑娘嘴角流下的銀線，悄聲笑道：

「過會兒，姨姨領妳去我家吃好東西。」

小姑娘聽了，便抿嘴笑了起來。

陳阿福站在這裡看那幾個小子瘋鬧著，那幾個孩子看見這麼漂亮的小姑娘在一旁看著他們，鬧得更歡暢了，逗得楚含嫣格格笑起來。

小姑娘如今的笑聲越來越多，聲音似乎也越來越大。

陳阿福覺得時間差不多了，便把這幾個孩子都邀請到自家，一人招待他們吃了幾片臘肉和滷肉，又給他們的荷包裡裝了些糖果和瓜子，才把他們送出門去。

陳阿福給楚小姑娘吃了點滷肉後，拿了一個食盒出來，裡面裝了一小盆滷肉和涼拌三絲，讓妙兒拿去棠園，那祖孫倆都喜歡吃這兩道菜。

小姑娘明顯不想走，陳阿福輕輕捏捏她的小臉笑道：「今天是除夕夜，都要在自己家裡吃年夜飯。等明天姊兒再來姨姨家，姨姨給妳做好吃的。」又把一個裝了六個銀花生的紅包插在她懷裡，摸著她的小包包頭。「這是姨姨給姊兒的壓歲錢，姊兒今天壓在枕頭底下睡覺，來年就會健健康康，快快樂樂。」

小姑娘聽了，拍拍胸口，不捨地走了。

她們走後，陳阿福讓曾小青拿一個食盒送去羅管事家，這是自家送給他們的滷味。

之後，一家人都坐去廳屋吃起了團圓飯，主子一桌，下人們一桌。還端了一個炕桌放在地上，追風和旺財蹲在地上吃，七七和灰灰站在炕桌上吃。

時而山子會帶著阿祿和大寶去院子外面放爆竹，他們一跑出去，兩狗和兩鳥也會跑出去，熱鬧非凡。

看到這個熱鬧的景象，陳名的眼眶都紅了，自己家，興旺起來了。

不過，有一個「人」特別不高興。陳阿福腦海裡經常會閃現金燕子痛哭的樣子，爆竹聲越響，小身子抽得越厲害，眼睛都哭腫了。也是，過年了，人人都高興，連追風、七七和灰灰的嗓門都比平時大，可小傢伙卻一個人在空間裡，牠是寂寞了。

大概戌時，吃完餃子，陳阿福便藉口累了，把玩興還濃的大寶拎去西廂，又讓動物們回屋睡覺。

大寶睡著後，陳阿福便去了空間，拿了兩小碗吃食。

金燕子正用翅膀捂著小腦袋嗚啊嗚地痛哭著。

陳阿福用手戳了戳金燕子。「寶貝，快起來吃團圓飯，媽咪來陪你了。」

金燕子把翅膀放下來，抽泣著說道：「媽咪，今天是你們最熱鬧的一天，卻是人家最寂寞的日子。現在人家才知道，精神享受遠比物質享受更重要，哪怕我住的是金屋子，可今天卻比不上村裡的一隻小土狗。」

還真是矯情。

陳阿福哄道：「你也關不了多久了，再過兩個多月，你就能出來了。好了，好了，品嚐美食，也是一種精神享受。」

金燕子一骨碌爬起來，讓陳阿福用帕子幫牠擦擦眼淚，開始啄著碗裡的吃食，剛吃了兩小塊，就停下來，小綠豆眼瞪著她說道：「媽咪，妳跟人家藏私了。」

陳阿福一愣，問道：「藏私？藏什麼私？」

金燕子回頭嫌棄地看了一眼那四個「恭桶」，說道：「楚男主送什麼好東西給妳了？人家不只聽到妳壓抑的笑聲，還聽到了細瓷碰撞的聲音。媽咪，告訴妳哦，人家不只嘴巴厲害，耳朵同樣厲害，光聽聲音，就能分出K金和赤金，粗瓷和細瓷。楚男主給妳送了一套好茶具，對不對？妳為什麼不拿進來給人家當恭桶？人家也不多要，一個足矣。」

「寶貝，哪怕給你一個，另五個我也不能用了，總不能我一喝茶就想到你在出恭吧！心裡不好受啊！你先將就將就，我改天託人去府城買一個好茶碗回來。」

金燕子聽了，也不吃飯了，蹲去一邊抽抽噎噎地說道：「媽咪還說喜歡人家，原來都是假話。連一個好恭桶都捨不得，以後還能指望妳什麼呢？」說完傷心了，小身子又啜泣起來。

陳阿福一咬牙出了空間，從箱子裡把那套茶具找出來拿去空間。

金燕子看到那套茶碗，高興得眉開眼笑，欣賞了一圈後說道：「媽咪，人家知道妳是好媽咪，也承妳的情了。妳把那些糞挪一挪，再把那幾個破桶扔出去，人家嫌棄。」然後，就去吃飯了。

陳阿福只得認命地去處理那些糞。小東西折騰人，那四個恭桶裡每個桶都拉了一點，她全都倒進一個茶碗裡，裝了大半茶碗。

看到這些肥料，她又抿嘴笑起來，這東西，其經濟價值和社會價值，肯定遠遠超過那套茶具。

陳阿福陪金燕子陪得有些久，大半夜才回屋。

一大早起來，陳阿福被院子裡的一陣吵鬧聲驚醒。好像下大雪了，下人們在掃院子。

陳阿福掀開羅帳，看見窗外的天光已經大亮，她趕緊起身，把大寶叫醒。「大寶起床了，今天你要同舅舅代表咱家去拜年。」

陳大寶也記得這個光榮的任務，眼睛睜得老大。

陳阿福低頭親了他一下，笑道：「兒子，新年快樂。」

大寶也笑道：「娘親，新年快樂。」

端著水站在門口的曾小青喊道：「大姑娘，奴婢來服侍你們了。」

陳阿福披著睡衣去把門打開，讓曾小青給大寶穿衣裳。

陳阿福穿上早已準備好的那套新衣裳，桃紅的綢子小襖，大紅棉長裙。小襖的領子很高，腰身收得正好，一排冰藍色大蝴蝶盤釦作裝飾，裙襬繡了一圈纏枝蓮花，頭上插了根銀簪子，和兩朵絹花。淨了臉後，又抹了點香脂。

她難得穿得這樣喜氣，顯得姿色更加妍麗粉嫩。

給大寶穿好了衣裳的曾小青說道：「大姑娘這麼一打扮起來，真好看。」

大寶臭屁地說道：「我娘什麼時候都這麼好看。」

曾小青格格笑道：「是奴婢說錯話了。我是說，大姑娘本來就好看，這麼一打扮，比那些大戶人家的小姐還好看得多，也比侯府裡的二姑娘好看。」

陳阿福笑問：「楚二姑娘是幾房的閨女？」

曾小青說道：「楚二姑娘是二老爺的嫡女，今年十三歲。聽說二夫人正著勁地挑選女婿，想把二姑娘嫁個好人家呢！」

陳阿福想起那天魏氏和曾嬸閃爍的言詞，又問：「京城侯府裡挺複雜吧？」

曾小青歲數小，現在又是陳家的奴才，聽見主子問話，便把知道的都倒了出來。「其實，之前京城侯府裡的人一點都不多，除了老侯爺，就是二老爺一家。二老爺身子不好，根本管不住二夫人……不過，現在好了，三老爺一家回去了，二夫人也掀不起風浪了。」

陳阿福更聽不懂了，納悶道：「侯爺不住在侯府裡嗎？他只有楚大人一個兒子？」

曾小青說道：「侯爺當然不住在侯府裡了，他住在公主府。大爺還有一個妹子，已經嫁人了。大姑娘想想啊！侯爺不在侯府，大爺和姊兒也不在侯府，那侯府裡，除了老侯爺，其他人都不是侯府的真正主人，他們總有一天會被分出去，二夫人還不得乘機多撈油水啊！還好外院都是老侯爺把持著，她無法插手。」

原來是鳩占鵲巢。

陳阿福想到楚小姑娘，又問：「之前嫣姊兒也住在侯府裡嗎？那個楚二夫人可夠缺德的，不僅占人家的錢財，還把人家的孩子折騰成那樣。」

曾小青搖頭道：「不，姊兒之前住在公主府。公主說要讓兒媳婦在她跟前敬孝，大奶奶活著的時候也住在公主府。姊兒生下來之後，一直住在那裡，後來大爺從邊關回來，在定州開衙建府，才把姊兒接出來。」

一想起出家的了塵，陳阿福心想：那位公主更壞，搶了人家的老公，還把人家的孩子折騰成這樣。怪不得楚令宣躲到這裡，他的身分再高，也惹不起公主。還好這裡遠離京城，小姑娘慢慢走出了自己的世界……

陳阿福回頭看到站在床上的大寶，他穿著紅襖紅褲，還戴了頂紅色小瓜皮帽，像個紅通通的燈籠椒，漂亮得不像話。她過去捧著大寶的臉親了兩口，笑道：「我兒子真俊。」

陳大寶害羞得舌頭都伸不直了，抱著她的脖子說著。「我比不過娘親，我比不過娘親……」

母子倆鬧夠了，才牽著手走出西廂。

天空中還飄著鵝毛大雪，儘管下人們剛剛把院子裡掃出一條路，此時又被雪花鋪滿了。兩人來到上房，陳名、王氏和阿祿已經穿著新衣坐在裡面了。

飯後，由薛大貴陪著，阿祿領著大寶去拜年。

陳阿福陪著陳名和王氏說了一陣話，商量著陳名初四去仙湖村的事，他們決定去王氏的大堂伯家，拜年的同時，打聽打聽王成的下落。

大堂伯比較厲害，當初就是他帶著人，把王氏的親爹和後娘揍一頓。

聞言，王氏的心燃起希望，她也想回去，她太想知道弟弟的下落了。

陳阿福便道：「娘要回去，就把薛大哥和曾嬸帶著。」

正說著，拜年的人來了，陳阿福回了西廂。

突然，聽見院子裡曾老頭驚喜的聲音。「哎喲，姊兒來了。」

陳阿福出了臥房，看見披著石榴紅連帽斗篷的楚含嫣已經進了屋。她看見陳阿福，趕緊走過來，小胖手抱在一起福了福。「祝姨姨……新年吉祥，一切……如意。」然後，抬高頭望著她，一臉求表揚的小模樣。

一旁的宋嬤嬤糾正道：「姊兒，要等姨姨坐好後再拜年。」她在棠園的時候已經教了姊兒好多遍，可姊兒一看見陳師傅就急著表現。

「不拘那麼多禮。」陳阿福對楚含嫣說：「姊兒真能幹，來給姨姨拜年，姨姨的大紅包已經準備好了。」

陳阿福把準備好的紅包交給她，又把她的斗篷脫下來，請她吃點心和糖果。聽到上房裡拜年的客人們都走了，她把小姑娘領去上房，給陳名和王氏拜年。

貴女能向自己拜年，讓陳名和王氏極是開懷，趕緊又一人給了她一個紅包。

小姑娘眉開眼笑，數著指頭說：「姊兒有……一、二、三、四，哦，五，五個紅包了。」

楚小姑娘沒有多的親人在這裡，這次一下得了這麼多紅包，讓她極是開心。

陳阿福又領她去西廂玩了一會兒，小姑娘才依依不捨地走了。

晌午，阿祿和大寶才回來，兩個小子收了好幾個紅包。楚老侯爺居然還給了陳阿福一個，託大寶帶給她的，是八顆金花生。

大寶說道：「我替娘給楚太爺爺磕了一個頭，祝他健康長壽。」

大年初二早上煮的是醪糟蛋。醪糟是陳阿福在前幾天突然想起來才做的，今天正好時間到了，便讓穆嬸做出來。

陳阿福做了三罐，分別給棠園和羅管事家各送了一罐。這東西，南方人愛吃，不知道北方人愛不愛吃，所以沒多送。

初二回娘家，但他們家沒有回娘家的閨女，王氏也沒有娘家可回，一家人都擠在上房西屋的炕上說笑。

大概巳時的時候，魏氏來了。

魏氏為難地笑道：「老侯爺聽說妳做的火鍋好吃，今天晌午就想吃；可今天是大年初二，不好串門子，所以能不能請阿福移步去棠園做？」

她沒好意思說，昨天老爺子就說自家廚房做的菜沒有陳阿福做的好吃，和姊兒都想來祿園吃飯，被大爺勸住了。今天又想來，又被大爺攔住了，說哪有大年初一、初二跑去別人家吃飯的道理……

陳阿福笑道：「喲，這時候已經有些晚了，做火鍋若是湯熬不濃，香味就出不來。這麼著吧！我去給妳家老爺子炒幾樣小菜，讓他晌午吃，下晌時間充足，我再調製火鍋？」

魏氏笑道：「那就更好了，我們這些奴才愚笨，服侍不好主子，反倒讓阿福受累了。」

陳阿福謙虛幾句，去廚房割了一大把蒜苗，還拿了一小罐「細糠」，同魏氏一起出了門。

進了棠園後，她們直接去楚含嫣住的怡然院。魏氏說，爺祖兩個這兩天，除了晚上睡覺，白天都是在這裡陪著姊兒玩，她們今天也在怡然院的小廚房做飯。

還沒進怡然院，就能聽到楚老侯爺爽朗的笑聲，以及七七和灰灰的大叫聲。

陳阿福一臉茫然，自家的這兩個小東西是什麼時候跑來的？

進了大門，看到祖孫三人都站在院子裡，正看著七七和灰灰耍寶。

楚含嫣看到陳阿福來了，像快樂的小燕子一樣向她小跑過來，嘴裡喊道：「姨姨，姨姨，姊兒想……」

陳阿福笑著蹲下，因她手裡拿著東西，不能抱小姑娘，只能伸開手臂等著楚小姑娘撲進她的懷裡。「姨姨也想姊兒，很想、很想。」

等小姑娘的小臉跟她的臉挨了挨，陳阿福站起身，小姑娘拉著她的裙子，很是驚豔地說道：「姨姨，漂漂。」

陳阿福低頭看著小姑娘笑道：「姨姨什麼時候不漂漂了？」

她說的本是句玩笑話，可小姑娘不知道啊！直覺姨姨又給她出了一個問題，便很認真地想了想，又想不起來，嘟著嘴說道：「是啊！什麼……時候呢？姊兒……也不知道……」

老侯爺哈哈大笑道：「小丫頭，妳給我重孫女可是出了一道難題啊！」又對楚小姑娘說：「重孫女兒，妳想不起來，就不用想了，這說明陳師傅什麼時候都是漂漂……嗯，好看。」

老侯爺的話把院子裡的人都逗笑了，連楚令宣都笑起來。他有些納悶，這個丫頭的臉皮有些厚，哪怕她說的是玩笑話，也是當眾誇自己好看，還一副光明磊落的樣子。不過，他不能否認，她是真的很好看，明眸皓齒，肌膚賽雪，關鍵是由內而外散發出的那股淡雅清新……

陳阿福本是說一句玩笑話，由於小姑娘太過認真，搞得像她在自我表揚一樣，她有些不好意思，但還是強撐著，沒有表現出來。同時，她覺得老侯爺很有意思，一點都不像封建老頑固，還挺幽默。

她的餘光看到楚令宣的臉上有些許笑意，那抹笑暖暖的，如雪後初晴的暖陽，雖不灼熱，卻乾淨明媚。

陳阿福的老臉似染上了一層胭脂，她略低了低頭，給老侯爺和楚令宣屈膝福了福，說道：「老侯爺，楚大人，新年好。」

楚令宣的臉上又恢復之前的清冷，點頭說道：「麻煩陳師傅了，今兒過年，還讓妳專程來給我祖父做菜調羹。」
陳阿福表示現在做火鍋晚了，她先炒幾道菜，晚上再做火鍋。
老爺子哈哈笑道：「兩頓飯都能吃小丫頭的手藝，那就更好了。」
看到陳阿福和魏氏去了後院的小廚房，老爺子才沈下臉，把鬍子吹得老高，對楚令宣罵道：「小子，你的嘴比我還饞，卻拿老子當擋箭牌，你不說她做的吃食好，老子能知道？」然後牽著楚含嫣，招呼七七和灰灰去院子的另一邊玩。
自覺沒趣的楚令宣只得邁開大步進了屋子。
炒了幾道菜，陳阿福沒有留在這裡吃，謝絕了楚家人邀請大寶、阿祿來吃飯的好意。今天是大年初二，她還是回家吃飯，等吃過飯，再來棠園做火鍋。
晚上，陳阿福在棠園把火鍋做好擺進屋，便帶著大寶和追風告辭。
他們都走下了臺階，楚令宣開門走了出來，說道：「大寶寫字有天賦，我有一本名師拓本，讓他每天照著臨摹，於他極有益處。拓本放在外書房裡，我現在就去取。」
沒等陳阿福答應或是拒絕，楚令宣就率先走去了前面，陳阿福只得牽著大寶跟在他後面。走了一段路便上了遊廊，遊廊裡隔一段距離就掛著一個燈籠，燈籠泛著紅光，照亮了前行的路，也照亮了前面那個修長的身影。
來到外書房，楚令宣進去一下子又出來，不僅遞給大寶一本字帖，還遞給他兩枝筆、一條墨。「好好學習，以後若是連私塾的蔣先生都教導不了你，我會想辦法請更好的先生來教導你。」

大寶作揖說道：「謝謝楚大叔，小子定會好好發憤，不讓楚大叔失望。」

陳阿福也跟著道謝。

楚令宣的臉上有了些許笑意，說道：「陳師傅客氣了，大恩不言謝，嫣兒能有今天，都是陳師傅的功勞。」

母子倆告辭走了一段路，大寶回頭看了一眼，拉了一下陳阿福說道：「娘，楚大叔還在看我們呢！」

陳阿福聽了，回過頭去，除了飄落的雪花，書房門口空空如也。「沒有啊！」

大寶眨了眨眼睛，的確沒看到人。「是我看錯了嗎？可剛剛楚大叔明明在那裡啊！」

陳阿福笑道：「天黑，又下著雪，把柱子看成人也有可能。」

「可能吧！」大寶垂頭喪氣地說。

第二十三章

大年初三，陳家二房請自家兄弟來家裡宴客。今天客人的嘴不刁，所以就由穆嬸、曾嬸主廚，陳阿福難得輕鬆一天。

祿園有下人，所有的女人也不需要進廚房幫忙，都去上房悠閒地嗑著瓜子，聽男人們大聲說笑。陳阿堂、阿祿、大寶和大虎幾個男孩子，在院子裡跟追風、旺財瘋鬧著。

陳阿滿拉著陳阿福在一邊說悄悄話，原來是陳阿菊動了她的衣物飾品和香脂水粉，雖然沒有偷，但還是讓她十分不高興。張氏好心跟陳老太太說了，好好管管那丫頭，隨意動別人的東西不好。誰知胡氏不識好人心，反倒不滿意張氏母女，說她們冤枉陳阿菊，還說不想住就走，哪有吃她家的、喝她家的，還冤枉她女兒的道理……

「……奶奶怕大伯大過年的打人，不敢跟他說，只在暗地裡罵大伯娘和阿菊姊，我都不想在鄉下住了，想早些回府城。」陳阿滿嘟嘴說道。

陳阿福看了一眼坐在角落裡的陳阿菊，過了年才滿十三歲，這個階段是性格最重要的形成期，若再不好好引導，由著胡氏帶歪了，這孩子真就毀了。

兩個人正說著話，陳老太太拉著陳阿菊走了過來，笑道：「妳們幾個小娘子歲數差不多，要多多親近。」又對陳阿福說：「阿福，妳是懂事的好孩子，多帶帶我們阿菊。」

陳阿菊不像往常那樣高傲得像隻孔雀，很是乖巧地坐在陳阿福的身邊，還喊了句。「阿福姊。」

這真是太陽從西邊出來了！陳阿福也笑著招呼她。

陳阿菊很快被陳阿福身上的衣裳吸引，說道：「昨天我們回我舅舅家，紅表姊從縣城回來了，傲氣得跟什麼似的。我看她長得沒有阿福姊好看，衣裳也沒有阿福姊的好看，連阿滿都比不上，還瞧不起我們這些鄉下人……」

陳阿福說道：「她覺得自己比妳們強，所以才瞧不起妳們；若有一天，妳強過了她，她便不敢這樣狗眼看人低了。」

正說著，陳實過來把陳阿福拉到一邊。原來，他還想把生意再擴大一些，問她還有沒有主意。

陳阿福看了一眼遠處跟陳業說笑著的陳名，想著，應該以陳名的名義做一樣生意，她自己再有，不如讓陳名他們自己有。

「還真有一樣，三叔想不想開個真正的大酒樓？若想，我可以託人幫你們找好廚師、好掌櫃，但前提是得讓我爹入股。」

陳實笑道：「打仗親兄弟，上陣父子兵，有二哥的加入，當然更好。我不太懂酒樓生意，若是阿福能幫忙找到廚師、掌櫃，我願意。」

陳實當然願意讓陳名加進來了，若有了陳名，就相當於有了阿福；有了阿福，就有好的點子，還有參將府做強大的後臺，再加上好的廚師和掌櫃，生意想不好都不行。

陳阿福之所以想讓他們開酒樓，是因為聽說楊明遠把酒樓抵出去的時候，原酒樓的許掌櫃和幾個廚師、小二不太願意離開家，而頂酒樓的東家又說願意繼續用他們，他們便留了下來。但後來東家帶來的一班人馬與原來的人馬不合，原班人馬被排擠得厲害。

陳阿福對原本喜樂酒樓的許掌櫃及小二印象都很好，想經過楊明遠之手把那些人請去酒樓幫忙。定州府離三青縣城只有幾十里的路程，他們應該願意，再加上陳實的精明，酒樓的生意應該會不錯。

最好再跟楊明遠商量商量，他現在主要經營的是火鍋生意，能不能再把九香滷味和黃金系列從他手裡重新「買」回來，當作新開酒樓的招牌菜之一。

陳阿福便把陳名叫了過來，三人商量起來。

陳三滷串就交給陳阿玉去做，依然是三房獨立的產業。陳實主管酒樓的經營，是大東家，陳名是二當家……

一旁的陳業極眼紅，大聲說道：「我家也加一股，我們出一百兩，不，出一百五十兩銀子！」

胡氏聽了，差點沒嚇暈過去，大聲說道：「當家的說什麼大話，咱家哪裡有那麼多銀子？」

陳業罵道：「老子哪裡說大話了？咱家有五十貫的存銀，再賣二十畝地，就能湊夠了。」

胡氏聽了，像摘了她的心肝，一下子大哭起來。「那怎麼行，若酒樓賠了，那我們娘兒們去喝西北風啊……」

一哭一鬧把陳名夫婦和陳實夫婦都氣得夠嗆。大過年的，在人家家裡大哭，還說人家生意賠本，任誰誰也不樂意啊！再說，陳業若真插一腳進來，陳名和陳實，包括陳阿福都不太願意。不是嫌棄他出的錢少，而是怕他當慣了老大，什麼時候都要當老大，讓弟弟聽他的；若他摻和進酒樓生意裡，亂指揮一通，酒樓生意就不好說了。

但把大房撇開，二房、三房賺大錢，好像也說不過去。陳名和陳實很糾結，不知道該怎麼辦。

見胡氏鼻涕一把、淚一把的邊哭邊念叨，陳業想揍她又被人拉著，鬧得一團亂。

陳阿福說道：「大伯莫氣，大伯娘莫哭。我看這麼辦吧！我爹和三叔出同樣多的錢經營酒樓，各占四成股；大伯家不用出一文錢，給大伯家分一成，算是我爹和三叔送大伯的。再抽一成的股給羅掌櫃，有了他，不僅能給酒樓拉一些客人，在府城也不怕被人惦記；而且，把他拉了進來，就算在鄉下，大伯和我爹都比以前腰桿硬。」

陳阿福這麼一說，所有的人都願意。

陳業搓著手喜道：「我家一文錢不出，又出不上力，怎麼好意思要？」

胡氏臉上掛著眼淚卻笑開了花，趕緊說道：「有啥不好意思呢！是當家的把兩個小叔拉拔大，供他們讀書……」巴拉巴拉，一陣老生常談。

陳名問陳阿福道：「只給羅大爺，不給楚大人，好嗎？」

陳阿福笑道：「就這個酒樓，楚家還瞧不上眼。」

幾人又繼續商量，酒樓定位在中檔酒樓，租鋪子、帶裝修等，先要拿出五百兩銀子才夠，也就是說，陳名和陳實要各出二百五十兩銀子。

陳實做滷串生意不久，到現在為止只攢了一百多兩銀子，但他說會去岳父家借。陳名也一臉為難，他哪裡有那麼多錢啊！

陳阿福說道：「爹莫為銀子發愁，這個錢由我替爹出了。」

陳名說道：「既然是妳出的錢，股份就寫妳的名字。」

陳名這麼一說，陳業和陳老太太不願意了。

陳業趕緊說道：「老二，阿福是個好閨女，她孝敬你，你不受，她反倒會難過。」

陳老太太的臉都急紅了，也說道：「是啊！這是阿福的一片孝心，你必須接受。」

陳名倔強起來，就是不受，說阿福已經為自己修了這麼大的房子，不好意思再占她便宜。陳業和陳老太太急得不行，生怕陳阿福順水推舟，寫她的名字。他們又是說、又是罵，陳老太太氣急了還用指頭戳陳名的腦袋。

看到這一幕，陳阿福心裡直感嘆，不是親生的，就不是親生的，無論怎樣孝順都不行。這個酒樓明明是她的主意、她的人脈、她出的錢，可一牽扯到利益，就生怕她多占了，而自己人占不到便宜。

還好自己不是真的十五歲女孩，不會痛到骨子裡，她前世看多了人生百態……

陳實勸道：「二哥，你就接受吧！阿福能幹，不會在乎那些錢。憑你們父女兩人的情分，也不一定非得寫出來，若是以後咱們生意好，你再給她封個五百兩的大紅包就是了。」

陳實也是勸陳名接受，但話說得好聽，不僅陳名笑著接受了，陳阿福也不反感。聰明人就是不一樣。

晚飯之前，陳阿福讓阿祿帶著大寶去把羅管事父子請來。

當他們聽說這件事後，都笑著接受了。定州城的一個中檔酒樓，別說一成股，就是全給，主子都看不上；既然主子看不上，他跟陳家人又熟悉，也相信陳實和陳阿福的為人，爽快接受了。

羅管事又說，讓羅源明天就去京城一趟，正好老侯爺有信要送去京城，公私兼顧，剛好給楊明遠帶封信；若是抓緊時間，羅源五日後就能趕回來，看看楊明遠能介紹多少人去酒樓。

陳實預定十日回定州府，他一回去就先去找鋪面，辦契書，若是人不夠再招幾個人。一切準備就緒，大概等到下個月，酒樓就能正式開張，等到開張當日，陳名、陳業和羅管事都得去定州一趟。

酒樓的名字定為「興隆大酒樓」，眾人皆大歡喜，晚飯吃得更熱鬧。陳老太太尤其高興，三個兒子共同開了酒樓，都有錢了。

大年初四巳時，穿戴一新的王氏要跟著陳名去仙湖村。自從嫁進陳家十六年，她從來沒回去過。近鄉情怯，她激動到身子都有些發抖。她今天好生打扮了一番，穿著綢子衣裳，戴著金銀簪子，不過，穿得再好，也掩飾不住操心過多的老態。

陳阿福非常固執地要給她上個淡妝，人也顯得有精神了。

陳名笑得眼睛都瞇成一條線，直說：「這樣很好，這樣很好。」

他們走後，陳阿福母子和阿祿三人便被請去棠園，幾人在這裡玩了一天，陳阿福還在這裡做了兩頓飯。

老爺子第一次看見了傳說中的「武功」，扯著鬍子笑了半天，覺得比看大戲還熱鬧。

楚小姑娘以為爺爺看到自己練得好才笑，小肥屁股扭得更起勁了，聲音也較往日大了許多。她能跟上歌詞的只有「一二三四，二二三四」，所以一數這幾個數的時候，聲音出奇大。

開始玩積木的時候，陳大寶被楚令宣抓到院子裡教他蹲馬步，說男孩子應該練真正的武功，還跟他說：「你是小男子漢，不要盡玩女娃的遊戲，不要像女娃一樣跟娘親撒嬌，丟人！」

大寶辯解道：「我娘說我是孩子，就要有孩子樣，撒撒嬌無妨。我長大了，會成為一個真正的男子漢。」說完，還握了握小拳頭。

楚令宣聽了直搖頭。「婦人再有見識也有限，她不想想，習慣養成了，哪裡容易改過來。以後，我一回來，你就過來棠園跟我習武。你娘是婦人，主要教導嫣兒。」

大寶知道楚大叔是有本事的大將軍，也願意跟他學武，點頭答應下來，但還是幫著他娘辯解了兩句。「我娘很能幹，也很有見識。」

他們正說著，就見陳阿福把紅著臉的阿祿牽了過來，說道：「楚大人，也教教我弟弟吧！」

楚令宣點頭說道：「以後我回棠園，就讓大寶和阿祿跟著我練武。」

陳阿福點頭，她一直認為男孩子就應該多跟男人接觸。自家雖然有陳名，現在還有幾個男下人，但陳名性格內向單純，男下人也不好多指點主子，若是楚令宣願意幫忙教教大寶和阿祿，當然更好了。

老侯爺連著兩天吃火鍋，有些上火。晚上，陳阿福做了綠豆粥和幾樣菜，以及蔥油餅和酥餅。

當陳阿福帶著大寶和阿祿及動物們回到祿園的時候，陳名和王氏已經回來了。

王氏紅腫著眼睛，臉上的妝容已經洗去，肯定是把臉哭花了又洗了臉，不過，看她的情緒還好。

幾人坐在炕上，聽陳名和王氏講這次仙湖村之行。

當王氏領著陳名以這樣一種面貌出現在她大堂伯王老爺子家的時候，驚壞了一眾人。沒想到，那個二嫁給病秧子的王娟娘真的發財了！

王老爺子一家非常熱情地接待陳名夫婦。他們看到王氏帶了這麼多禮物極高興，又去請了一眾親戚來吃酒，並把帶的禮物都分配了。

王氏問起王成被賣去哪裡，親戚們便七嘴八舌地說開了。剛開始時，丁氏被王家族親揍成那樣，都不吐露孩子被賣去哪裡，她怕這些人讓她把銀子吐出來，去把孩子接回來。

還是幾年後，孩子被賣去哪裡才有了些風傳。有的說直接賣給了縣城範氏牙行，也有的說賣給村裡何猴子的丈母娘，而後一種說法傳得最多。

如今已過去二十多年，何猴子的丈母娘早死了。

陳名便讓薛大貴揣了二兩銀子，帶著一個王家的後生找去何猴子家。看到那一兩銀子，何猴子說了實話。王成的確是丁氏當初以四貫兩百文賣給了他的丈母娘，他丈母娘又把孩子以五貫兩百文賣給她家的一個遠房親戚，那個親戚一直沒生出兒子。

之後，何猴子帶著薛大貴兩人去了他丈母娘家，雖然丈母娘死了，但小舅子還在。他小舅子原先還說不知道，但看到薛大貴拿出一兩銀子來，才講出具體位置，說在夷安縣的一個叫小李村的村子裡。夷安縣距三青縣有近百里的距離，也屬於冀北省管轄。

眾人沒想到這麼容易就得到王成的下落，都十分高興。王氏想著那家沒有兒子，肯定會對弟弟好，這比賣去大戶人家當下人，或者賣進戲班要好太多了。

不過，王氏的爹王老漢和丁氏，知道陳名和王氏回了仙湖村，都找上門來。丁氏撒潑大鬧，說王氏大不孝，回村都不回娘家看望年邁的親爹，有錢了只給親戚，卻不知道孝敬爹娘……

陳名和王氏都拙於言辭，一氣就更說不出話來。好在曾嬸的嘴皮子索利，她和王老爺子的孫媳婦一起，把丁氏做的缺德事數落了個遍。說到氣人處，王家的兩個長輩婦人，忍不住拿著枴杖去打丁氏，才把丁氏嚇跑了。

可王老漢卻不走，賴在那裡吃了晚飯，還抹著眼淚叫「閨女」，說自己的日子不好過。王氏無法，只得讓陳名給了他一兩銀子。

陳阿福又把曾老頭叫來，問他知不知道夷安縣的小李村在哪裡。曾老頭還真知道，說夷安縣在三青縣的西北邊，小李村是個偏遠小村，靠著大燕山，他年輕的時候去過一次。

陳名幾人十分高興，讓他明天就帶著薛大貴去那裡打聽王成的下落，又給了他十兩銀子。

初五一早，陳阿福去找羅管事借了輛馬車，這次要借兩至三天。

這日，恰逢胡老五請客，送走曾老頭和薛大貴兩人後，陳名便邀約羅管事一起去胡家吃酒。

白天祿園沒有成年男人，楚家祖孫倆不好來這裡吃晌飯，便說好他們晚上再來；而楚小姑娘帶著羅梅姊弟上午就來祿園了，還說要在這裡午睡。

陳阿福領著他們練了武功，講了故事，做了遊戲，然後讓他們在西廂南屋玩積木，她則去廚房忙碌，不僅要準備晌飯，還要準備晚飯。那兩位老爺的嘴越吃越刁，特別是老侯爺，他就是覺得祿園的吃食比棠園的香。

老爺子年紀雖長，卻有些像老玩童，很可愛，一點都不像上位者。

吃了午飯，讓楚小姑娘和羅梅在床上睡下，陳阿福剛出西廂，準備去上房同王氏一起做針線活時，便聽到有人敲門。

山子把大門打開，卻沒請人進來，愣愣地問道：「老爺，你找誰？」

只聽門外一個清朗的男聲。「請問，這是王氏娟娘的家嗎？」

是哪個男人竟然敢叫王氏的閨名，真沒有禮貌。

陳阿福腹誹著，走去門口，看到門外站著的高個子男人，她一下愣在那裡。

來者，正是她曾經在玉麒麟銀樓見過的絕美男人。他姿態優雅，目光溫潤，由於天冷，凍得臉頰、嘴唇緋紅，更顯得豔若桃杏。

他剛想說話，看見走過來的陳阿福，面上一喜，叫道：「福兒。」

這個稱呼讓陳阿福起了一層雞皮疙瘩，也把她叫清醒了，她來到門口，對山子說：「你去忙你的。」

陳阿福堵在門口說道：「你是誰，到我家做甚？」

陳世英沒回答陳阿福的提問，他嘴角噙著笑意，上下打量了陳阿福好幾眼，眼神越來越溫柔，說道：「福兒，我是妳……我是陳世英，我來找妳和妳娘。」

陳阿福面無表情地說道：「我不認識你，也不認識叫陳世英的人。我家裡都是女眷和孩子，不方便讓陌生男人進來。」說著，就想關門。

陳世英伸出一隻手把門抵住，說道：「福兒，讓我見妳娘一面，我有要事。」

「我娘是良家婦女，不會見外男。」陳阿福說著又要關門。

陳世英把門擋住，請求道：「福兒，聽話，讓我見見……」

突然，他的眼睛呆呆地望著陳阿福身後，眼裡似湧上淚光，輕聲說道：「姊……」

陳阿福回過頭，看見王氏站在自己身後。她呆呆地看著陳世英，眼裡蓄滿了淚水，嘴唇不住地抖動著。

陳阿福喊了一聲。「娘。」

王氏似乎才清醒過來，輕聲說道：「英弟，你是英弟……你來這裡做甚？你走吧！你來我家，不好。」

陳阿福聽了這話，又要關門。「你聽見了，我娘不要你進門。」

陳世英一直用手抵住門，說道：「姊，福兒，讓我進去吧！有些事，咱們總要面對面解決啊！」見王氏低頭抹淚，陳阿福又使勁要把門關上，又說道：「姊，我……我一大早就從府城往這裡趕，又冷又餓，到現在還未進食……」

王氏聽了，抬頭問道：「難不成胃又痛了？」

「嗯，有些痛。」陳世英輕輕點頭，一隻手還捂在肚子上。

王氏用袖子抹去眼裡的淚水，說道：「成，你進來吧！吃了飯，你就趕緊回去。」見陳阿福堵在門口沒動，又說：「阿福，讓他進來。妳要記住，妳不能對他不禮貌，不能。」

陳阿福只得把門打開，回過身扶著王氏說：「娘，讓他來家裡不好。」

王氏拍拍陳阿福的手，說道：「娘心裡有數。」

陳世英站在院子裡四下看了看，向正房走去，王氏和陳阿福相攙著跟在他身後。

來到上房，陳世英坐在八仙桌旁。王氏過去倒了一杯茶，拿茶碗的手不停地抖動著，碗裡的水溢出來一些，還是把茶碗端到陳世英的面前放下。

陳世英問道：「陳……姊夫不在家？」

王氏說：「他去別人家喝酒了。你先喝口熱茶，我這就去給你下碗雞蛋麵。」

陳阿福被陳世英溫柔的目光打量得難受，他來家裡絕對不會是為了吃碗麵，他有什麼事就跟王氏說吧！快點說完快點走。

「娘，還是我去下麵吧！你們有什麼話快點說，最好在我爹回來之前讓他走。」陳阿福又覺得讓他們孤男寡女共處一室不好，又說：「我去讓穆嬸下麵，馬上就回來。」說著快步去了廚房。

陳世英喝了兩口茶，見王氏還低頭站在那裡，雙手握在一起顫抖得厲害，他說道：「姊，妳坐。」

王氏便坐在離他隔了幾把椅子的地方，依然低著頭。

陳世英嘆了一口氣，輕聲問道：「姊，妳的變化……有些大。他，對妳好嗎？」

「我當家的對我非常好，對阿福也非常好。」

陳世英點點頭，說道：「姊夫是個良善之人。」

見陳阿福回到廳屋，挨著王氏坐下，他又說：「前些日子，楚大人跟我說了一些事情，我也打探了一番，沒想到我娘在鄉下竟然做了那些事，傷害了姊和福兒……對不起，是我失察。我替我娘給妳們道歉，她那麼做不好，我以後會嚴加約束她們，定不會再有那樣的事情發生了。」

陳阿福不是古人，做不到像王氏這樣，她抬起頭冷冷道：「你娘那麼做，僅僅是不好嗎？她已經知道……」她實在說不出「親孫女」這三個字，頓了頓又說：「她已經知道了一些事情，卻還要花銀子買通別人把我強嫁出去，這是惡毒！」

陳世英已經聽說了這個閨女厲害，卻沒想到如此咄咄逼人。他張了張嘴，還是忍下想說的話，心想以後再慢慢教導吧！

「姊，當初妳為什麼要離開家裡？再有難事，也應該等我回來啊！妳已經有了福兒，為什麼還那麼匆匆忙忙地嫁人？」

後面的話，還是有些埋怨。

王氏本就難過，聽了這話更難過，眼淚也湧了出來，哽咽道：「我為什麼離開你家，難道你猜不出來？」

陳世英低聲說道：「我知道，肯定是我娘和唐家，還有趙二伯逼迫妳了……我是說，就算再有難處，妳也應該等我回來。」

王氏把眼淚擦乾，目光轉向他說道：「那年，你還在石州府沒回來。有一天趙二伯突然帶來兩個客人，他們跟你娘關在屋裡談了許久的話，你娘就來找我，說你去石州府參加鄉試，是住在唐家的。一次酒後亂性，竟然跟唐家姑娘有了首尾，唐家姑娘羞憤難當，上吊自殺，還好被人及時發現救了下來。唐家老爺氣不過，說只有兩條路，要麼娶他家姑娘，要麼他去府衙擊鼓鳴冤。趙里正說，若是你被告發了，不僅參加不了鄉試，還會被奪了秀才，把你投進大獄。你娘哭著求我，讓我給你一條活路……」王氏哭聲大了起來。「我嚇壞了，怕你被唐家告發，怕你坐牢，我不敢想像，若是那樣，你該怎麼活，除了離開你家成全你，我還能怎麼辦？」

「他們竟然這樣誣衊我！」陳世英氣得一拳砸在桌子上，震得茶碗跳了兩跳，碗裡的茶也溢了出來。

當年，他回到家裡，他娘跟他說，唐家姑娘無意中看見他便芳心暗許，唐家來人說合，知道他已經有了個媳婦，唐家姑娘甘願為妾。可王娟娘竟然連這個條件都不答應，還大吵大鬧，跑回了娘家。她娘一氣之下，就跟唐家訂下了兒女親家，還互贈了表禮……

陳世英不傻，當然知道王娟娘是什麼個性，他娘和參與其中的二伯又是什麼個性。他在定州府的時候，唐氏的父親——石州府富商唐守德，就找到他住的客棧，奉上千兩白銀，還請他住去唐家。

陳世英當然不可能收唐家的銀子，更不會去唐家住，只再三感謝他的好意；沒承想，唐家會來找自己的母親，為了把唐家閨女塞給他，聯手把王氏逼走了。

陳世英跟王娟娘相處多年，兩人的感情極好，情似姊弟，卻比姊弟還要親密。所以，他根本不相信他母親說的話，姊姊怎麼可能大吵大鬧，怎麼可能沒等他回來弄清情況，就賭氣跑回娘家。她，肯定是被他們逼走的！

陳世英氣憤難當，跑去王家找王娟娘。更沒想到的是，王娟娘竟然在幾天前就嫁人了。

陳世英失魂落魄地回了家，他沒有辦法恨自己的娘，便把所有的氣都出在趙二伯和唐家身上，堅決不同意娶唐家女。

可他的母親不僅跟唐家互換了表禮，竟然還收了唐家二千兩銀子，以及三青縣城一座價值千兩的宅院。他母親是以這樣一種行為，逼迫他娶唐家女！

若是此時把母親收的東西都還給唐家，被唐家鬧出來，那他這個解元郎可就成為笑柄了，弄不好，連舉人都有可能被奪了……

正在他不知該何去何從的時候，當時的三青縣縣太爺吳大人夫婦去了他家，為江大人的二閨女說媒。

這門親事，他應下了，他母親也應下了。考慮再三，他老娘的那一個大把柄被唐家人抓住，最終只得同意唐家女為貴妾。

第二年殿試，他被皇上點為探花，可以直接進翰林院；但他放棄了這個大好機會，而是直接要求去江南任一方縣令。

他不敢在京城為官。那時，他還只是一個雙手空空的十六歲少年，家裡的錢是唐家的，家裡的人是江家的，後買的下人有沒有混進唐家的人，他也不知道。

他想著，先去千里之外的江南為官，讓江氏把家管起來，再培養一些自己得用的人，最主要是困住他娘……

陳世英拉回思緒，又氣又羞，滿臉通紅，說道：「唐家人委實可惡！那時，我連唐家都沒去過，怎麼可能與他家姑娘有首尾！姊，我是妳帶大的，我的為人妳還不清楚嗎？妳為什麼就不想想辦法，等我回來呢？只須再等幾天……」

「那時，我只覺得天都塌了，我什麼都沒有了，沒有了英弟，沒有了親弟弟，沒有了……」清白這兩個字實在說不出口，王氏頓了頓又道：「我就想啊！我還活著幹什麼？死了算了。回了娘家，我關上門準備上吊，哪知命不該絕，被我爹發現救了下來……」

來看病的大夫，跟王氏死去的母親有親戚關係，等丁氏和王老漢不在跟前的時候，悄悄告訴王氏，她懷孕了。

王氏知道這個震驚的消息，整個人懵了，又是欣喜、又是害怕，本想去找親爹商量，沒承想，在門外聽到丁氏和王老漢的談話。

王老漢說，到底是親閨女，已經賣了她一次，這次哪怕二嫁，也要找個稍微可心的男人。

可丁氏說，那趙氏放話，讓王娟娘必須在半月之內嫁到山裡或是千里之外。這麼短的時間，就算是好人家的姑娘都找不到好後生，更別說給人家當過童養媳的二手貨。她讓王老漢別管，她有辦法把她嫁去深山。

王老漢又說，他知道丁氏收了趙氏和唐家的禮，想賣了王娟娘再掙一次錢，卻不能做得太過了，王娟娘已經上吊一次，逼急了就會再有第二次。

丁氏聽了有些怕，若王娟娘真上吊了，她連一文銀子都賺不到，才答應先把要嫁王娟娘的風聲放出去，若半月之內有好人家求娶，就嫁；若沒有人家求娶，就由著她了……

王氏聽了腿都軟了，扶著牆回自己房內，她躺在床上思前想後，便想出了大概。

英弟不是那種不小心的人，怎麼可能無故住去唐家，更不可能酒後亂性。

再想到婆婆趙氏，多年來就沒對她有過好臉色，話裡話外都是嫌棄。現在，趙氏攀上了高枝，就迫不及待地趕自己走了。

她充分相信，英弟即使把她接回去，趙氏也有本事把她肚裡的孩子折騰沒，然後再想法子把她攆出來，甚至要了她的命。

她活不活已經不重要了，但她捨不得肚裡的孩子，她不能讓這個還沒見天的孩子胎死腹中。

幾天後，真有一家人來提親了，這家的兒子快死了，他們想娶王氏去沖喜。

但丁氏卻獅子大開口，要十兩的聘禮。

王氏想著，快死的人肯定不能行房，那麼他家更有可能接納自己腹中的孩子，自己不僅能平安生下孩子，還能給孩子一個合法的身分。於是，王氏偷偷追上那家人，把十兩銀子的銀票給了他們，說自己願意嫁去陳家，又說自己會繡活，可以掙錢為他看病，但必須要認她腹中的孩子……

那十兩銀子是陳世英偷偷攢下來的私房，讓王氏保管，她回娘家的時候，便帶上了。

王氏斷斷續續訴說完，當然很多細節她沒好意思說出口，但陳阿福腦補出來了。

陳阿福流了淚，陳世英也掩面而泣。

最後，王氏用帕子擦乾眼淚，待情緒平靜下來說道：「上天有眼，我當家的病逐漸好了起來，我們還有了一個兒子阿祿。我當家的對阿福非常好，視如己出。為了給阿福看病，為了阿福將來有人養老，我們一家省吃儉用，他卻毫無怨言……我們雖然不富裕，但一家人和樂，不僅熬過了最艱難的日子，現在又過上了不愁吃穿的生活。」她的目光轉向陳世英。「英弟，我今天之所以把事情全盤托出，就是想告訴你，只有這個家，給了我和阿福別的家給予不了的溫暖，還有尊重……」

陳世英早已淚流滿面，他掏出帕子把淚水擦乾。「姊，聽了妳這些話，我無地自容。沒想到，我娘還有唐家，包括妳的繼母，竟然能如此傷害妳。是我不好，那時年少無知，沒有能力護住妳，讓妳帶著身孕離開我家；我更對不起福兒，本應該抱在懷裡疼愛的嫡長女，卻在別人的家裡作為別人的閨女長大……我爹去世前，曾拉著我的手交代了兩件事，讓我一定要遠離趙家族親，回湖安老家定居；又讓我善待姊姊，說姊若能一直在我身邊，是我的福分。可是，我爹的兩個遺願，我都沒能做到，我對不起我爹，對不起姊和福兒……我真要謝謝姊夫如此善待妳們，我及不上他良多。」說完，拿著羅帕掩面而泣。

見他這樣，陳阿福和王氏也相擁而泣。

聽了那些話，陳阿福也沒有那麼怪陳世英了。那時他只是一個十五、六歲的少年，在前世還是高一學生，雖然他不該過早跟王氏有了那層關係，製造出阿福，又沒能力保護阿福，但至少他有心認錯。

他，不是王氏的良配，還好王氏離開了他家。她，也不是真的阿福，她不願意跟他有過多的交集。

陳阿福擦了擦眼淚，開口勸道：「陳大人，事情已經過去這麼多年，萬幸我娘嫁給了我爹，我娘和我都平安地活下來。現在，我們的生活越來越好，家裡也平靜喜樂，你如今也是官運亨通，嬌妻美妾，兒女繞膝，大家的日子都好過，就不要互相打擾吧！」

陳世英聽到「嬌妻美妾」時老臉一紅，他擦乾眼淚，剛想說話，便聽到叩門聲，穆氏喊道：「大姑娘，麵條煮好了。」

陳阿福起身開門，把麵條接過來，麵條已經半涼，還糊在一起。或許穆氏不好意思進來，一直在廚房等著陳阿福去端，實在等不了了，才端過來。

陳阿福把麵條放到陳世英面前的桌上，說道：「陳大人，請。」

聽到這個稱呼，又想到陳阿福剛才叫另一個男人「爹」，陳世英傷感起來，溫柔地看著陳阿福喊道：「福兒。」

想到那個死去的傻阿福，陳阿福的眼眶又紅了，低頭轉身坐在王氏身旁。

陳世英辰時前就吃早飯，肚子早已餓了，聞著麵條和雞蛋的香味，更餓了，便端起碗吃起來。

陳阿福不得不承認，這個男人真是優雅，哪怕吃麵都是那麼好看。

見陳世英吃完麵，王氏便站起來，說道：「話說完了，麵也吃了，你可以走了。」

陳世英沒動，說道：「姊，我們的事只是說完了，但還沒解決問題，還沒說我該如何補償妳，該如何安排福兒。」

「我不需要你補償！」

「我不需要你安排！」

陳阿福和王氏異口同聲。

陳世英搖頭訕笑兩聲。「姊，福兒，妳們聽我說，我是一個男人，是一個父親，必須要補償，必須要安排。姊照顧了我十年，無論生活上，還是為人行事上，對我的影響都非常大，我受益頗多。姊姊的好，我會永遠銘記於心，也感激姊夫對妳的照顧。我希望姊以後的日子更好過，不需要福兒拋頭露面掙銀子，也能過得很好。福兒是我陳世英的長女，本應金尊玉貴地生活，我不願意看到她為了掙錢到處討生活。」

王氏聽了這話又難過起來，流淚道：「你是怪我讓阿福拋頭露面討生活嗎？你是怪我沒讓阿福過上金尊玉貴的好日子嗎？我只是一個鄉下婆子，我們家又是鄉下最赤貧的家，我沒有那個能耐……」

陳世英看王氏哭得傷心，趕緊解釋道：「姊，妳誤會了，我沒有那個意思，我只是想讓妳接受我的好意。」

陳阿福說道：「陳大人，看來你是不知道我們一家之前過的是怎樣的日子，若是知道了，就不會這麼說。我爹有肺病，不能幹重活，還要吃藥、吃好的；阿祿摔斷了腿，大寶又小，我還是個傻子，我們一家五口，只靠娘的繡活和四畝田的租金過活，在整個響鑼村都是最赤貧的農戶之一。

「上天垂憐，我的頭腦漸漸清明起來。看到我娘從來沒有放棄過為我治病，看到我爹寧可委屈弟弟也不委屈我，看到年幼又瘸腿的弟弟為家裡幹活分憂，看到小小的大寶小心翼翼地服侍我，看到家裡有一點點好吃食只給我爹和我……看到這樣一個赤貧又相親相愛的一家人，我有什麼理由藏在家裡，讓他們如此待我？

「我願意用我的雙手和智慧讓家人過好日子，讓娘不要太操勞，讓爹不要太操心，把弟弟的瘸腿早點治好，讓大寶過正常孩子該過的生活……我教楚大姑娘針線，賣繡品和設計給繡坊，也跟別人合夥開酒樓，這些靠的是我的智慧和勤勞，不偷不搶不貪，沒什麼可丟人的。我不是什麼嫡長女，不可能躲在後宅裡金尊玉貴地生活。」

陳世英眼圈又紅了，嘆道：「福兒，這個家給了妳如此多的關懷和溫暖，妳如此作為，是對的。」又對王氏說：「姊快別難過了，我沒有怪妳，更沒有理由怪妳。你們在如此艱難的條件下，還如此善待福兒，我謝謝妳，謝謝姊夫，謝謝。」說完，還起身給王氏做了個揖。

王氏見了，趕緊側了側身。

陳世英又對陳阿福說道：「福兒，我是妳爹，妳願意跟我回家嗎？若實在不願意住在那個家，長住在這個家也可以，只偶爾去家裡玩玩，陪陪爹，如何？」

陳阿福當然不可能回那個家，但非常好奇陳世英會給自己一個什麼身分，會不會又想出腦抽的「雙生女」法子，便問道：「回家？你讓我以什麼身分回家？我娘當時的身分並沒有落實，總不能說我是你的私生女吧！」

陳世英嘆了一口氣。「當時是我失察，不知道我娘並沒有給姊姊去縣衙上檔，還一直以為姊就是我名正言順的妻子……直到姊被趕走才知道實情，可為時晚矣。我娘做了太多太多錯事，但她終歸是我娘，當兒子的總不能把她推出去遭受別人的指責。我想著，只得由我代母親受過。就說我婚前因為情不自禁，有了一個女兒，讓江氏把妳記在她的名下，若外面有對我不好的言論，甚至被御史彈劾，降職也罷，以後不好再升遷也罷，這都是我該承受的。」

雖然愚孝，還算有擔當。

陳世英又說：「福兒，回府後，妳就是我的嫡長女。」

陳阿福搖頭拒絕道：「我不願意，你娘先是買通別人想把我強嫁出去，沒達到目的，又跑來我家，想把我騙出去關進別院再賣掉。還有唐姨娘和陳雨暉，她們跟著你娘一起來騙我，你家有那麼多想整死我的人，你說說，若我去了你家，還能活著出來嗎？」

這當然不是她不回那個家的理由，但她必須要這麼說，要給那三個女人一點顏色。

陳世英紅了臉，說道：「福兒放心，在府裡，沒有人能害得了妳。府裡絕大多數都是我和江氏的人，我娘也……也不能為所欲為。我知道我娘回鄉做過的事後，把她身邊那幾個老人都換了。她那個幹壞事的二族兄，魚肉鄉里，縱子行凶，還霸占民女，總之惡行累累，他會受到嚴懲，不會再做壞事了。還有，唐姨娘已經被禁足，也斥責和懲罰了暉兒。」

陳阿福依然搖頭道：「陳大人，我只有一個家，就是這裡，我哪裡也不去。」

「哪怕偶爾只去我家住兩天，陪陪爹，也不行？況且，妳成為我陳世英的嫡長女，以後也好找婆家。」

陳阿福依舊堅定地搖頭。

陳世英又看向王氏，求道：「姊，福兒年紀小，不知道輕重，妳勸勸她，認了我這個爹，她不虧。」

王氏聽進去了「好找婆家」這幾個字，阿福今年都十六歲了，還沒找到合適的後生；可看到女兒一臉的堅定，還是選擇聽女兒的話。「我尊重阿福的意願。」

陳世英一噎，他再強求，就是不尊重女兒的意願了。「福兒不願意認我這個爹，心裡定是還怨著我。也罷，妳不來看我，以後我來看妳就是了。爹說的那個建議，永遠有效，只要福兒想通了，就讓江氏把妳記在名下。」

他從懷裡掏出幾張紙，拿出兩張放在桌上說道：「這是一千兩銀票，算是弟弟送姊的嫁妝，希望姊姊以後不要太操勞。」他看到搖頭的王氏，又說：「姊不能拒絕。從此之後，姊就是弟弟的親姊姊，無論何事，只要姊姊有求於弟弟，弟弟都會為妳出頭。」

「我不要你的錢。」王氏還是搖頭說道。

「那等我走後，就把它燒了吧！」他又把另兩張紙放在桌上對陳阿福說：「這是五百畝良田的契書和一處莊子的契書，是爹送給福兒的，有了它，福兒不去賺錢也能有一份好生活，以後，爹再給福兒一筆嫁妝。」

陳阿福沒拒絕，那五百畝良田和莊子就算是他給小阿福的利息吧！他本就是親生父親，該出撫養費。

陳世英深情地凝視著她們兩個。「姊，福兒，我先回去了，以後，我還會來看妳們，也會當面向姊夫致謝。」

說完，他掀開簾子走了出去，王氏沒動，陳阿福送了出來，卻看到楚老侯爺和楚令宣都站在西廂廊下。

楚老侯爺和楚令宣來祿園蹭飯，山子開門後，說家裡來了客人，主人在上房待客。他們兩個便想著去西廂等等，結果，還沒等他們進屋，就看見陳世英從上房走出來。

陳世英看到他們，臉更紅了，忙過去給老侯爺躬身施禮道：「下官參見楚老侯爺。」又跟楚令宣抱拳道：「楚大人，幸會。」

楚令宣抱拳道：「陳大人，巧啊！」

楚老侯爺一臉壞笑。「陳大人是來看閨女？」

陳世英紅著臉說道：「是。」

楚老侯爺又說：「一晃十幾年過去，突然得了個這麼好的閨女，陳大人有福啊！」

陳世英的臉紅如胭脂，又拱手道：「下官汗顏，讓老侯爺見笑了。」

楚老侯爺冷哼一聲說道：「我才沒那閒工夫笑話不相干的人。」他看見陳阿福走了過來，立即眉開眼笑。「小丫頭，我打算一回京城就去找江大人聊聊天氣，再跟御史們談談風景，妳需不需要老頭子看在妳的面上，跟他們多聊一聊？」

真是個可愛的老頭子，這麼明目張膽地威脅人家。

「謝謝老侯爺給我這個薄面。」陳阿福瞥了一眼不淡定的陳世英。「還是不要了，我領了老侯爺的情，今兒晚上給你做道你沒吃過的佳餚。」

楚老侯爺大手一揮，豪爽說道：「那好，回京我就不多事了。」

陳世英抱拳給楚老侯爺躬了躬身，又對陳阿福笑了笑。「老侯爺，楚大人，你們請便，下官要回去了。」

楚老侯爺點頭，又說道：「約束好家人，此地離京城很近，一有風吹草動，便能傳到聖上耳裡。」

陳阿福把他送到大門外，楚令宣也出來相送。

楚令宣笑道：「聽說陳大人好圍棋，我也喜歡，若陳大人空閒了，咱們好好殺兩盤。」

「好，若有時間，我定去府上叨擾大人。」陳世英轉頭，對陳阿福說：「福兒好生照顧妳母親，若有困難，隨時讓人給我帶信。莊子裡的林伯，他是爹爹的人，有事讓他送信即可。」頓了頓，又說：「若妳遇到了心儀的後生，定要過爹爹這一關。爹爹走南闖北這麼多年，比你們的眼睛都好使。」說完，便上了不遠處的一輛馬車。

陳阿福走上前兩步，隔著車窗說道：「陳大人，我覺得你以後還是少來我們家，少跟我娘接觸，這樣，對你，對我娘，都好。」

馬車裡傳來一聲長長的嘆息。「好，爹記著這個忠告。福兒想讓我少來這個家，也成，那爹想見妳了，妳就要隨時出來見爹，成嗎？」沒聽到陳阿福的聲音，又道：「福兒不出聲，爹就當妳答應了。」

看到馬車消失在蜿蜒的小路上，楚令宣來到陳阿福身邊，問道：「都認爹了？」

陳阿福搖搖頭說道：「我還沒有，他單方面認的，他為人還不錯，跟他娘完全是兩種人。」

楚令宣聲音裡有了些笑意，說道：「明面沒認，心裡已經認了，對吧？」

陳阿福默認。

那個男人不錯，還算光明磊落。只是世事弄人，他和王氏最終沒有走到一起。這個結果，對兩個人都好，各自都找到各自想要的。一個官運亨通，左擁右抱，一個家庭和睦，夫妻恩愛。

第二十四章

兩人回到院子裡，楚家祖孫去西廂廳屋喝茶，陳阿福則回上房，看到王氏還在抹眼淚。

陳阿福勸道：「娘，別難過了，現在，你們各自都過得好，這就夠了。」

王氏擦擦眼淚說：「娘不是難過，娘只是想到以前……以前那些事，有些感觸。英弟從五歲起，就是我帶著的，那時，陳老夫人她要忙著繡花養家，英弟的一切都是我打理，吃飯、穿衣，甚至他淘氣了，我還要跟他講道理……他七歲以前都是我帶著歇息的，他小時候，被他娘訓斥或是責罰了，也會偷偷抱著我哭。他長大了，還是非常依賴我，有事了只跟我商量，還教我認字、寫字。鬥詩或是為他人寫信賺了錢，也偷偷交給我，他娘為這些事非常不高興，經常趁他去學堂不在家，罵我或是掐我……」

想到他們的兩小無猜，陳阿福也頗多感慨，她摟著王氏的胳膊說：「所以啊！你們不在一起是好事，有那樣的惡婆婆，娘即使嫁給他了，也不會幸福。看看我爹多好，心疼娘，也尊重娘；還有奶奶，她雖然好強，但對娘還是不錯的……不過，那個人也很聰明，他把你們現在的關係定位成親姊弟，你們過去的那種相處模式，也的確當得起『親姊弟』這個說法。這樣，他既可以在遠處幫忙咱們這個家，也不會太引起我爹的反感。雖然，我們現在不需要他幫忙，但他有這個心思，算是難得了。」

王氏擦乾眼淚。「娘知道，娘就當他是弟弟，遙遙祝福他就是了。」

陳阿福把那一千兩銀票交給王氏，說道：「娘拿著，妳帶了他十年，又因為他受了那麼多的苦，這個補償妳當得起。」又把那兩張契書拿起來。「我是他親閨女，他本該養活我，這東西，我也該收。」

王氏拿著銀票猶豫道：「他是寒門子弟，哪來的這麼多錢？不要為了我們娘兒們，讓他去貪墨吧！算了，還是還給他吧！」

怪不得陳世英的爹臨死時，還要他保住王氏，王氏跟他娘一比，果真是一個天上，一個地下。

「娘放心，他那麼聰明，怎麼會為一個『姊姊』和一個不在身邊長大的女兒以身犯法？我猜，他在江南肯定當過知府大人，三年清知府，十萬雪花銀，何況江南是最最富庶之地，他不會窮的。」

陳阿福仔細看了看契書，田地竟然在三青縣十里鎮。陳阿福知道十里鎮，距他們這裡不遠，不到十里的路程。

母女兩人正說著話，陳名回來了，他看到王氏紅腫的眼睛，嚇了一跳，忙上前問道：「娟娘，妳怎麼了？」

陳阿福覺得應該讓王氏跟陳名單獨談談，便出了上房。

來到西廂南屋，楚家祖孫正坐在小椅子上，擺弄著矮腳桌上的積木。他們的塊頭都大，陳阿福都怕他們把小椅子坐塌了。

老爺子向她比了比大拇指說道：「小丫頭聰明，連這個法子都想得出來，這樣，既能鍛鍊孩子們的注意力，又能鍛鍊他們的耐心，以及觀察力。」

這是套新積木，小木塊組合在一起，上頭畫了一匹在草原上奔跑的馬。把小木塊打散後，再想辦法把它們拼成畫，裡面不僅有馬，還有青草、野花，孩子們要有足夠的注意力和耐心才能完成。

楚令宣也說道：「嗯，的確巧心思。陳師傅的丹青技藝也非常好，這匹馬畫得很傳神，只是這個顏料不太好，改天我讓人給妳找些上好的顏料來。」

陳阿福正需要好的顏料，只是上好的顏料太貴，她捨不得買，顏料也屬於教育工具，本就應該董事長出，她笑著表示感謝。

三人剛說笑幾句，就聽見院子裡傳來大寶、阿祿和羅明成幾個小子的聲音，他們起床了。楚老侯爺便起身走了出去，招呼那幾個小子蹲馬步、打拳。

老爺子走了，陳阿福和楚令宣便不好繼續待在南屋，起身來到廳屋，正好看見楚小姑娘從北屋裡走出來。

小姑娘小臉紅紅的，像打了兩團濃濃的胭脂，眼裡還有些氤氳，似乎沒有完全清醒。她沒有撲向對她伸出雙手的楚令宣，而是撲到陳阿福的面前，四肢並用地往陳阿福身上爬，陳阿福便把她抱了起來。

小姑娘糯糯說道：「姨姨，枕頭……香香，被被……香香，姊兒……喜歡，還要……」

小姑娘的無心之語，卻暴露了陳阿福「香閨」的秘密，陳阿福有些不好意思，更讓楚令宣不自在，他咳嗽一聲，趕緊走了出去。

陳阿福佯裝生氣地瞋了一眼小姑娘，輕聲說道：「姊兒記住了，不能當著別人的面說姨姨臥房裡的事情。」

小姑娘很固執地說道：「是……爹爹，不是……別人。」

他是妳的爹爹，是我的別人。陳阿福被她氣死了，卻又講不清楚。

晚飯後送走楚家祖孫，陳阿福看陳名心事重重，便自覺地把阿祿和大寶領去西廂。

隔天，吃早飯的時候，看到陳名已經神色如常，陳阿福才放下心來。

人就是這樣矛盾，陳阿福不願意看到陳名太高興，那樣就會覺得他愛銀子勝過了王氏；但又不願意他太糾結，擔心他們在以後的生活中產生矛盾。

很少男人能在遇到這種事情時坦蕩蕩，陳名的確是個有胸襟又磊落的男人。王氏算是撿到寶了，跟他過一輩子，總比跟陳世英強得多，至少日子和美，不需要爭風吃醋。像王氏這樣溫柔的女人，誰都爭不過。

接連幾日，楚家人繼續厚著臉皮來祿園吃飯，小姑娘還賴在祿園午睡。他們在祿園吃了晌飯後，小姑娘繼續在陳阿福的床上睡覺，祖孫兩個回棠園歇息，說好晚上再來吃飯，並說明天初八不來這裡，因為他們要去靈隱寺上香，順道去影雪庵看望了塵住持。

陳家人都鬆了一口氣，終於可以休息一天了。

但初七下晌，曾老頭和薛大貴從吏安縣的小李村回來了，帶回來一個不好的消息。

他們找到買小王成的那家，那家連門都沒讓他們進去，只說李狗剩十幾年前去邊關打仗，死在戰場上了。

曾老頭和薛大貴無法，只得住在一戶人家，拿錢出來打聽小王成的消息。

聽說，買小王成那家姓李，之前家裡媳婦生了三個丫頭後就沒了動靜。他們以為再也生不出孩子了，便放風聲說想買一個聰明些的男孩，正好那時候他家來了個老婦串門子，就是何猴子的丈母娘。

大概半年過後，那個老婦便帶了一個小男孩來家。小王成長得清秀討喜，剛開始李家對他還不錯，又給他重新取了個名字，叫李狗剩。但第二年，那家年近三十的媳婦竟然懷了孕，第三年便生了個男孩。從此，小王成的苦逼日子就來了。不給吃飽穿暖，還啥活都讓他做，做不好就挨打，身上經常是青一塊、紫一塊的，那三個姊姊也時常欺負他，把自己的活計都推給他幹。

小王成幹得多、吃得少，有一次竟然餓暈在撿柴的路上。

村裡許多人家就說老李家不厚道，把人家孩子買來了，這個孩子又給他家「帶」來個小子，怎麼能這樣對人家。李家人當面答應得好好的，一關上門就打得更凶。後來，這些鄰居也不敢說了，實在看他可憐，就會偷偷給他點食物，還不能被老李家發現，若是發現了，就會說他到處丟李家的臉，又會打他。
小王成命賤，即使這樣還是長到了十歲，李家便把他送去鎮上的鐵匠鋪當學徒。三年後，邊關打仗徵兵，那家的男人正好屬於抽丁範圍，便給小王成虛報了兩歲，送去前線，自此，小王成就再也沒有消息傳回來。打仗結束後，村裡有幾個人活著回來了，都說李狗剩被編去另一個營，他們沒有聯絡，李家人和村民們便都說他死了。
王氏聽了大哭不已，哭得快暈死過去，直說自己對不起死去的娘，沒有護好弟弟，陳名在一旁含淚勸著她。
陳阿福也是痛哭失聲。別說小王成是這具身子的親舅舅，就是沒有任何關係的小男孩，聽見這種際遇也會讓人心酸。
阿祿和大寶也跟著大人哭，一個喊著「舅舅」，一個喊著「舅爺爺」。
楚家祖孫來了，一進院子就聽見上房傳來一陣哭泣聲。院子裡的曾老頭跟他們講了經過，兩人都去了西廂。
楚小姑娘醒來，吵著要去找姨姨，被宋嬤嬤拉著勸住。
楚令宣過去把她抱起來，說姨姨家出了事，姨姨傷心了，莫去打擾她。小姑娘聽了後，大滴大滴的眼淚滾落下來，把頭埋進楚令宣的懷裡，嗚嗚嗚地哭起來。
閨女這個反應，讓楚令宣驚訝不已，抱緊了她哄道：「嫣兒莫難過，等姨姨出來了，好好勸勸她。」

老爺子又是吃驚、又是感慨，當初這個孩子癡傻得厲害，外界的一切都吸引不了她的注意，像個只會喘氣、吃飯的木偶。沒想到，幾個月的工夫，她的癡病竟然好了，有了情感，知道喜惡，還跟陳小丫頭的感情如此之深。

不多時，陳阿福牽著大寶來了西廂，兩個人都紅腫著眼睛。

見小姑娘埋在楚令宣懷裡哭，陳阿福驚道：「姊兒怎麼了？」

楚含嫣抬起頭，伸出雙手，陳阿福便把她接過來。

小姑娘用兩隻小胖手摸著陳阿福的臉，含著眼淚說道：「姨姨……哭了，姊兒……也要哭。」說完，又張開嘴大哭起來。

大寶本就難過，見楚含嫣哭了，也扯著陳阿福的裙子大聲嚎了起來。頓時，屋子裡面一片哭聲，陳阿福又被他們哭得淚光閃閃。

楚令宣勸道：「陳師傅快莫難過了，聽曾老丈說，妳舅舅只是沒消息，並沒有說已經陣亡，那麼，有可能他還活著。我在邊關待了好幾年，我三叔更久，足足二十年，打仗那些年他都全程參與了，請三叔給邊關的將領寫封信，我也寫信請好兄弟幫忙打聽，這事定能打聽出來。」

陳阿福連忙道謝，抱著一個、拖著一個，小跑步去了上房，讓王氏別難過，舅舅或許還活著，楚大人會寫信幫忙打聽消息。

有了這個念想，王氏就沒那麼難過了。她又說想去靈隱寺燒香，祈求菩薩保佑王成能平安活著。

陳阿福看著王氏蒼白的臉，昨天陳世英來到家中，就讓她難過不已，今天又出了這事，她更是傷心過度，走路都有些打晃兒，便勸道：「娘的身子不好，就在家裡好好歇著。明天我去寺裡燒香，再多捐些香油錢，保佑舅舅能夠平安活著。正好楚家人明天要去，我搭他們的便車一起去。」

一旁的阿祿和大寶聽了，也嚷著要去，陳阿福點頭應允，接著她又去西廂跟楚家父子說了此事，他們都點頭同意。

陳阿福便把小姑娘放下，前往廚房做素點。明天，她想去拜見「神交」多時的無智大師。她幫他養活了花，還送了那麼多素食，想請他幫忙算算，看王成小舅舅是不是還活著。她如此迷信無智大師，不只是大師算到她這具身子的病能治好，還因為魏氏等人經常說他佛法精深，許多皇親國戚以及世家大族都請他算命，只不過，許多人無智大師連見都不見，更別說給他們算命了。

為了「撬」開他的嘴，這次的素點應該做得更美味，於是，她趁著去茅廁的時候，又去了空間。

金燕子正翹著長尾巴在忙碌，見她進來了，抬頭狠狠瞪了她一眼。

陳阿福感到莫名其妙，問道：「寶貝，媽咪得罪你了嗎？」

金燕子幽怨地說道：「可不是嗎？妳都好幾天沒進來看人家了。」

陳阿福解釋道：「這幾天媽咪太忙，又遇到兩件突發事件，所以才沒進來陪你。媽咪明天要去趟靈隱寺，所以要拿點燕沉香渣出去做素點，給無智老和尚吃。」

金燕子道：「那個老禿驢應該有些道行，若他提出無理要求，媽咪記著不要答應，答應了我也不會給。」

陳阿福瞋了牠一眼說道：「人家是高僧，怎麼能罵他呢！不懂禮貌。」

金燕子白了她一眼，繼續翹著尾巴幹活。

由於全副精力在做素食，晚上只做了碎肉打滷麵，即使是一盆麵條、幾個滷菜，楚家人照樣吃得讚譽有加。

他們走的時候，陳阿福又把兩個食盒拿給他們，這是給了塵住持的。

第二天，一家人早早起床吃了早飯，穿戴整齊。

阿祿和大寶穿得圓滾滾的，裡面穿著小襖，外面又套著厚棉袍。陳阿福也專門穿了一件護胸口的小棉背心，外面又套了一件豆綠色細布棉褙子，還戴了個保暖耳罩。這身是她最厚的衣裳，穿上去很是暖和。

王氏給陳阿福帶上五十兩銀子，陳阿福自己也拿出五十兩銀子，這是給寺裡添的香油錢。

辰時末，棠園的馬車來到祿園門口，陳阿福拎著兩個食盒，帶著阿祿和大寶上了馬車。

馬車回到棠園門口，三人又被請下車，讓陳阿福母子上了第二輛華蓋柚木馬車，楚含嫣在裡面，阿祿被請上了第一輛馬車，楚老爺子坐在裡面。

楚令宣騎在馬上，他見陳阿福只穿了件薄棉褙子，在晨風中顯得更加纖細單薄，便把魏氏招呼過來，跟她低聲交代了幾句，魏氏點頭，小跑著進了棠園。

大半刻鐘後，魏氏拿了一個小包袱出來，徑直走向第二輛馬車。她把小包袱遞給陳阿福說道：「山裡冷，這是我家主子原來的斗篷，給妳進山後披上。」

陳阿福道謝接了過來，她很想說，我不冷，不需要，但人家已經拿來了，她只得領受這個情。

魏氏離開後，陳阿福還對宋嬤嬤笑道：「羅大嫂是個熱心腸。」

宋嬤嬤笑道：「嗯，是啊！」

陳阿福見宋嬤嬤笑得有些意味深長，才後知後覺，魏氏哪裡有資格拿主子的衣裳。她的臉禁不住有些紅了，那人還真是個體恤下屬的好上級，這像不像前世辦公室上下級搞的小曖昧？

大概半個多時辰，馬車便進了山。一進山氣溫就驟降，即使手裡拿著小手爐，還是渾身冰涼。陳阿福只得把包袱裡的斗篷拿出來，這是件石青色繡花鳥紋雲錦出白貂毛斗篷，同色皮毛的昭君套，套上還鑲了一顆拇指指腹大的紅寶石，富貴無比。

看到這麼華麗的皮草服飾，陳阿福也極喜歡。她把斗篷披上，再把昭君套戴上，身子立即溫暖起來。

不多時便到了靈隱寺門口，眾人都下了馬車和馬，他們的計劃是，先去拜見無智大師。

老侯爺早年見過大師兩面，楚令宣小時候跟著爺爺見過大師一面。

無智大師脾氣怪異，不是每次都能見上，若是他不見，只得把吃食留下，他們去殿裡拜完菩薩，就一起去影雪庵，在那裡吃齋，歇息，然後回家。

一行人剛走進寺廟大門，老侯爺似乎看到了不想看到的人，臉立即沈了下來；楚令宣更誇張，不僅眼眸冷得像寒冰，連拳頭都握了起來。

老侯爺停下腳步，冷冷說道：「宣兒，我們先去看你娘吧！」然後，轉身出了大門。

楚令宣俯身把嫣兒抱起來，對陳阿福說：「我們先去影雪庵，稍後再來這裡。」

陳阿福愣神兒之際，來了一個十一、二歲的小和尚，他雙手合十道：「請問女施主，是找無智大師嗎？」

陳阿福點點頭。「是。」

小和尚說：「請女施主跟貧僧走吧！」

楚令宣知道無智大師不容易見到，便說道：「去吧！我們在影雪庵等你們。」聲音又壓低了些。「離披黃色斗篷的女人遠些。」並讓兩個棠園的護院跟著他們三人，他則領著其他人出了靈隱寺。

他們都走了一段路，還能聽到楚小姑娘的哭叫聲。「姨姨，大寶……」

這次楚家祖孫都沒有妥協，帶著她匆匆忙忙地走了。

陳阿福感到莫名其妙。這是怎麼了？

她又看看大殿前的香客，走路的、東張西望的、燒香的、磕頭的……起碼有幾十人，他們形形色色，富人、窮人都有，卻沒看到披黃色斗篷的女人。

他們跟著小和尚向寺後走去。走過一段遊廊，穿過一片竹林，又過了一道石橋，視野便開闊起來。那裡有一排禪房，禪房前有幾棵梅樹，梅花開得爭奇鬥豔，煞是好看。

不過，禪房門口站了幾個人，其中一個婦人披著明黃色繡鳳尾的錦緞出風毛斗篷，戴著同色昭君套。

陳阿福雖然只能看到那個女人的背影，卻也覺得頗有氣勢，再想到楚令宣的話，便不想往前走了。

小和尚看出陳阿福有些猶豫，說道：「無妨，施主跟著貧僧即可。」又對阿祿和兩個護院說：「請三位施主去那邊的涼亭歇息片刻。」

十公尺遠的地方有一處涼亭，涼亭裡還站了幾個人。

阿祿不太願意，嘟嘴喊了一聲。「姊姊。」

陳阿福想著在大師的門外不會出啥事，便低聲道：「聽話，姊姊去辦正事。」

陳阿福目送阿祿三人去了涼亭，才注意到一個披著玄色斗篷的男人正吃驚地看著她。那個男人長身玉立，白面短鬚，長得氣宇軒昂，還有幾分面熟，他見陳阿福看向他，趕緊把頭側了過去。

小和尚拎著從護衛手裡接過的食盒。「兩位施主，走吧！」

陳阿福按捺下心思，和大寶跟著小和尚向禪房走去。

他們快到禪房門口時，聽到一個擋在門口的青年和尚在跟那個女人說話。「……大師讓貧僧給女施主帶句話，命裡有時終須有，命裡無時莫強求。」

那個女人強壓住怒氣，說道：「這話說得模稜兩可，到底是有，還是沒有呢？我想面見大師，請他指點迷津。」

「阿彌陀佛，一切皆是命數，大師不見女施主，定是無法解惑；大師還說，女施主的事，應該去找大夫診治。」青年和尚又說。

「無智大師也會治病。」那女人固執地說道。

青年和尚道：「可大師說了，他治不了女施主的病。」

那個女人氣得咬了咬牙，卻看到一個小和尚領著一個年輕麗人和一個孩子來到近前。那個麗人儘管低著頭，也能看出她是如何嬌豔動人，又看見青年和尚把門開了一道縫，讓他們進去，便不服氣地問：「不是說大師不見客嗎？他們怎麼能進去？」

那個青年和尚解釋道：「這兩位施主是大師的貴客。」

那個女人更氣了，冷冷道：「怎麼，本公主的身分還沒有他們高貴？」

原來是公主，無智大師可真夠牛的，連公主都能擋在門外。

陳阿福一直垂著頭，又用手把大寶的半邊臉捂著，跟著小和尚從門縫走進了禪房，又聽見關門的聲音。

外頭傳來青年和尚的聲音。「阿彌陀佛，佛祖面前，眾生平等。貧僧說的貴客，與高貴和低賤無關……」

陳阿福和大寶被領進側房，看見一個老和尚盤腿坐在炕上，擺弄著炕几上的一盤圍棋。見他們來了，老和尚抬起頭笑道：「阿彌陀佛，兩位施主來了，老衲一直等著你們呢！」

小和尚直接把食盒放在他的炕几上，陳阿福和大寶一起給老和尚作揖道：「無智大師。」

無智指了指炕邊的椅子笑道：「女施主請坐。」又向大寶招了招手。「小施主，過來讓老衲好好瞧瞧。」

大寶聽了，趕緊邁著小短腿走到無智老和尚的面前，笑道：「大師是要給我批命嗎？聽我姥姥說，大師給我娘親批的命極準，說我娘的病能好，我娘的病就好了。大師，我能不能把這次機會讓給我舅爺爺呢？請大師算算我舅爺爺在哪裡，讓我們找到他。」說完，又做了個揖。

無智伸手摸了摸他的頭頂，又仔細看了看他的臉，哈哈笑道：「小施主果真是人中龍鳳，不僅天資聰慧，還菩薩心腸，不過，有些事是不能交換的，何況，小施主的命格奇異，老衲並沒有要給小施主批命的打算。」說完，從袖子裡拿出一條掛著小玉墜的紅線給他戴在脖子上。「小施主與老衲有些緣法，老衲送你一樣什物。」
接著無智對一旁的小和尚說道：「把小施主帶去西禪房吃素點，老衲與女施主有要事相商。」
大寶看著陳阿福，有些不願意。
陳阿福笑道：「聽大師的話。」
屋裡只剩下無智和陳阿福兩人，無智沒說話，先打開食盒把點心拿出來，每一樣吃了一塊，極是享受滿足的樣子，他拍拍手說道：「阿彌陀佛，這個味道真真妙極。」又有些遺憾地說：「若是味道再濃郁一些就更好了。」
陳阿福暗道：還真是個老半仙，肯定吃出了燕沉香的味道。不過，他不說吃食，還真有種老神仙的樣子，鶴髮童顏，臉色粉紅，但一說話，就暴露饞嘴的本性了。
老和尚又仔細看了看陳阿福，斟酌著說道：「老衲之前雖然算出女施主會改變原施主的命格，卻沒想到還帶來了那處洞天之所。妳與它，原本無緣，也不應該帶來這裡，不知為何轉向了。如此，女施主今生不僅福澤不斷，更能惠及與施主相關之人，甚至……」
他停下沒有再說，又唸了一聲佛。
看著那雙充滿智慧的雙眼，聽著他說出自己的秘密，陳阿福的後背都有些發冷。這世上，真有老半仙！
陳阿福定了定神，又有些竊喜。照他這麼說，自己這一輩子肯定會順風順水，還能帶著家人脫貧致富奔地主。

她想起這次來的目的，說道：「大師佛法精深，令人佩服。我這次來，想請大師算算我那從未謀面的舅舅，不知他還在不在世。」又把王成的生辰八字說了。

無智一聽這話，眼裡閃過一番算計。「阿彌陀佛，不是誰想找老衲算命，老衲就給他算的。女施主也看到了，即使貴為公主，也不成，除非……」他給了她一個妳懂得的眼神，又嘿嘿一笑。

陳阿福想到金燕子當初的提醒，不知道這個老和尚會提出什麼要求。「除非什麼？」

無智伸出三根指頭，說道：「若是女施主能給老衲三指寬的燕窩，老衲就幫女施主算上一卦。」

若是要點燕沉香木頭，或是一、兩片葉子，陳阿福自認還有法子辦到，但要那麼大的綠燕窩，金燕子肯定不會給。正想著，腦海裡出現了金燕子的聲音。「不給，那老禿驢獅子大開口，想要我半張床，哪有那麼好的事。」

陳阿福只得為難地說道：「這個東西要這麼多，我真的無能為力。」

無智說道：「老衲要那東西，不是給老衲享用，而是為他人治病。」

「若是我的東西，我願意給大師救人性命，可是，那東西我做不了主，能不能，換一樣？」

無智沈吟了一下，咬咬牙說道：「給我半指寬的燕窩，再加兩片葉子。」

陳阿福還沒說話，腦海裡又出現金燕子的聲音。「只給指甲蓋那麼大的燕窩和一片葉子，這還是人家看在媽咪的面子上才給的，媽咪跟那老禿驢套好關係，大有好處。」

陳阿福只得說：「只能給指甲蓋大的燕窩和一片葉子。」

「阿彌陀佛，天意如此，也罷。」無智雙手合十。「老衲謝謝了。」說完，便下了炕，走出屋子。

這是讓自己進空間拿？陳阿福沒動，若是暗處有人，那不得把自己當妖怪了，任何人都要防一手。

她拉了拉左胳膊的袖子，把左手蓋上，感覺手心有了東西，便伸手一看，正是一點綠燕窩和一片葉子。東西一拿出來，一股特有的香氣立即在屋內瀰漫開來。

片刻後，老和尚進屋，聞著一屋子比花還香的香氣，喜不自禁。他伸手便要拿東西，陳阿福一縮手。「我舅舅的事呢？」

無智說道：「剛才老衲說了，要三指寬的燕窩才能給女施主算一卦。」看陳阿福有些急了，他又掐了掐手指。「女施主的舅舅應該還活著，至於在哪裡、你們能不能見面，老衲就沒有推算了，這麼點東西，只能得到這些線索，這是等價交換，對不對？」

既是出家人，還是大師，這話說得多小氣！

陳阿福暗誹不已，不以為然地說道：「大師是得道高僧，理應慈悲為懷，為何那麼斤斤計較呢？」

無智又恢復了大師風範，雙手合十說道：「阿彌陀佛，緣聚緣散，皆為命也。老衲吐露的天機不能太多，要挑著重點說。老衲要提醒女施主的是，那位小施主最好深居簡出，切莫讓他見不該見的人，兩年內，不能讓他離開妳家方圓百里之內，否則，大凶。」

陳阿福一聽這個話，有些嚇著了，趕緊把那點燕窩和葉子給他。「請問大師，什麼是不該見的人……」

無智攔住她的話說道：「老衲言盡於此，女施主回去琢磨琢磨，便可知曉。」伸出一隻手做了個請的動作，另一隻手捧著「寶貝」，直直地審視著。

陳阿福見無智連看都不看自己一眼，知道再也問不出什麼東西，只得心事重重地向門口走去。

剛到門口，身後的老和尚又說話了。「若下次女施主能給老衲多帶幾片這種葉子，老衲就送女施主幾根絕世熏香。還有，這些好吃的小點、滷味，以後也多給老衲送些，最好再多放些那種調料，老衲吃得高興了，不會讓女施主吃虧。」

陳阿福回頭看他，老和尚已經抬起頭，眼裡又閃著精光。

這老和尚有雙重人格？還是，高僧總有不為人知的一面？

陳阿福有些混亂了，她點點頭，走出了門。

想到老和尚的話，陳阿福一見到候在廳屋的大寶，把他的小手攥得緊緊的，說道：「大寶記著，以後不要亂跑，不要跟陌生人搭話，要一直待在娘身邊。」

不管陳阿福說什麼，大寶都會好孩子地使勁點頭。

小和尚說道：「大師讓小僧送女施主出寺廟。」

想到剛才那位公主的不善，再想到楚令宣的話，陳阿福急忙謝過。她已經猜到那個女人可能是誰了。

三人來到外面，亭子裡只剩下阿祿和那兩個護院。

陳阿福又有些想明白那個男人像誰了，像楚令宣。他那麼吃驚地看著她，或許是注意到這件斗篷和昭君套了，一件斗篷都能記得，他應該記得更多的點點滴滴吧？

不管記得多少，招惹到不該招惹的女人，把原配妻子趕去了庵堂，還放任那個女人把孫女害成自閉症，這樣的男人，都讓人不齒。

阿祿一看到陳阿福，急急跑了過來。「姊姊，大師說咱們舅舅在哪裡了嗎？」

陳阿福低聲道：「大師只說舅舅應該還活著，但並沒有說在哪裡。」

幾人向寺前走去，為了以防萬一，也不在這裡拜菩薩了，趕緊往影雪庵去。

他們剛在遊廊裡走了一段路，便看見那位公主帶著一群人迎面走來。

陳阿福低下頭，又用一隻手捂住大寶的半張臉，轉過身，低聲對兩個護院說：「那個女人是公主，護住孩子。」她不動聲色地把大寶和阿祿向他們推了推。

兩個護院趕緊各拉住一個孩子，轉身向反方向走去。陳阿福和小和尚跟他們離了一些距離，也快步離去。

那位公主看到陳阿福了，對下人說道：「去，把那個女人給我帶來。」

兩個婆子小跑著追上陳阿福，頗有氣勢地說道：「我家主子要見妳，走吧！」

陳阿福第一次嚐到被強權壓迫的無奈和悲憤。在這個沒有人權的社會，她區區一個平民，無論如何也不敢挑戰皇權。她自己走過去，總比被兩個婆子架過去好看，何況，還必須保護大寶不被這些貴人看到。

她給那兩個護院使了個眼色，硬著頭皮跟著那兩個婆子去了公主面前，小和尚也跟著她一起走了過去。

小和尚還安慰她道：「女施主莫怕，這裡是靈隱寺，不會讓人肆意妄為。」

榮昭公主冷笑道：「喲，是『貴客』啊！怎麼，這麼快就當完客人了？」

陳阿福知道自己惹不起她，只得低頭向她屈了屈膝。

榮昭又上下打量了一下陳阿福，冷冷說道：「長著一副狐媚子樣，一看就不是好東西，給我掌嘴十下，看看她以後還敢當誰的貴客。」

小和尚趕緊護住陳阿福說道：「這是佛門淨地，不能隨意打人。這位女施主可是無智大師的客人，是我們寺的貴客。」

陳阿福都快氣死了，暗罵那個老禿驢，要護送她也該找個機靈些的和尚啊！這不是火上澆油嗎？

榮昭的臉更沈了，冷笑兩聲，厲聲說道：「本公主就是喜歡打貴客，給我掌嘴二十。」

一個婆子用她壯實的身子擋住了小和尚，朗聲說道：「普天之下，莫非王土。我們公主想治誰的罪，無論在哪裡，別人都管不著，小師父，我勸你還是少管閒事。」

這婆子說完，掄起她厚實的巴掌向陳阿福臉上打去，陳阿福只能把眼睛閉上。

怎知那個巴掌沒打下來，陳阿福睜開眼睛，看見一隻大手抓住那個婆子的胳膊，正是那個在涼亭裡的男人，更確切地說，應該是楚侯爺。

楚侯爺一用力，那個婆子便趔趄著後退幾步。他鬆開手，掏出一張白色羅帕把手擦了，再把羅帕丟在地上，冷冷說道：「我看誰敢打。」

榮昭見狀，走上前嬌聲說道：「楚郎，這個狐媚子……」

楚侯爺輕聲說道：「榮昭，這是佛門淨地，若在這裡打人，被御史彈劾，皇上會怪罪的。」一聲音又放低了些。「咱們此行目的為何？才拜了菩薩，就在菩薩面前打人？」

榮昭一經提醒，才想起她是來拜菩薩求子的，格格笑道：「喲，本宮忘了，幸虧楚郎提醒了我……」

她看到楚侯爺已經轉身走了，沒再看陳阿福一眼，追上楚侯爺一起走了，那群人不多時便消失在遊廊的拐角處。

看不到那些人了，陳阿福才感覺自己活了過來，只是雙腿還有些顫抖，身上也出了一層冷汗。

大寶和阿祿哭著跑了過來。他們剛才被兩個護院摟在懷裡，護院見公主走了，才鬆手放開了他們。

陳阿福一手摟著一個安慰道：「沒事，我沒事。走，咱們快去拜菩薩，求菩薩保佑舅舅平安無事。」

既然公主已經被勸走了，她還是想去拜拜菩薩。

拜了菩薩，捐了五十兩香油錢，還餘下五十兩是要捐給影雪庵的。

他們剛走出大殿，一個護衛模樣的男人就來到陳阿福面前，說道：「姑娘認識了塵住持？」

見陳阿福點點頭，那個護衛拿出一個荷包說：「這是我家侯爺送給楚大姑娘的，麻煩姑娘代為轉交。」

這東西該不該轉交，陳阿福有些猶豫。她看得出楚家祖孫對公主的恨，也看出楚令宣對他父親的怨，何況中間還夾著了塵住持……

那個護衛見陳阿福猶豫不決，急道：「姑娘，這只是我家侯爺給孫女過年的一件小禮物，麻煩了，我沒有時間多耽擱。」

陳阿福怕他把公主的人又引回來，趕緊把荷包接了過來。回棠園後把東西交給楚令宣，看他怎麼處理吧！

幾人出寺，坐上馬車，向影雪庵駛去。

馬車進了影雪庵，一直緊繃著的陳阿福才算真正放鬆下來。

幾人下了馬車，看見楚令宣急步走過來，他一直等不到他們，正準備去靈隱寺接人。

「這麼久，沒出什麼事吧？」

陳大寶哇地一聲大哭起來，跑去拉著楚令宣的衣裳說道：「我娘差點被那個公主打了，大寶怕，嗚嗚嗚……」

楚令宣把大寶抱起來，急急問道：「果真碰到那個女人了？」

陳阿福簡單說了一下事情的經過。

楚令宣極力壓制住怒氣，從牙縫裡吐出兩個字。「可惡。」又愧疚地對陳阿福說：「都是我考慮不周，怕那個人認出我的護衛，只派了兩個棠園的護院跟著妳，他們不懂如何保護，沒有臨時應變能力，害妳受了驚嚇。」

那兩個護院聽了，嚇得趕緊跪在地上，磕頭道：「大爺饒命，大爺饒命。」

陳阿福幫忙求情。「不怪他們，是我讓他們護著孩子，且那情況他們也無能為力。」

楚令宣冷哼道：「那種情況下，他們該一個去前面偵察，一個護著你們，避免你們跟那些人遇上，連這點基本的處事能力都沒有，可見我沒冤枉他們。」又低頭對跪著的護院說：「這次是陳師傅替你們求情，回去領二十板子，再有下次，打個半死，直接賣了。」

正鬧著，老侯爺走了過來，問道：「這是怎麼了？」

楚令宣簡單講了兩句，老侯爺的臉也沈了沈。「這事回家再說，別讓你娘聽了難過。」

影雪庵不算大，布局比較緊密，過了三個大殿，走過一道石橋，便是一片花海。

此時正是梅花盛開之際，幾百株梅花競相綻放，景象蔚為奇觀。沿著花徑往左拐，便到了一座清靜的小院，這裡就是了塵的禪房。還沒進院子，便能聽到嫣兒格格的笑聲以及了塵溫柔的低語聲，還有七七和灰灰的吵鬧聲。

一聽到那兩個聲音，楚令宣一直緊繃的神情才放鬆下來。

幾人進了小院，陳阿福、大寶和阿祿給了塵做了揖，嫣兒又四腳並用地往陳阿福身上爬，嘴裡還叫著。「姨姨，姨姨。」

「嫣兒越來越好，都是阿福帶得好，謝謝阿福了。」了塵對陳阿福也換成了俗稱，又上下打量陳阿福一眼，笑得眉眼彎彎，燦爛的笑容讓她平靜的臉立即明媚生動起來。「我的這套衣裳只上過幾次身，阿福穿著正好，又好看，就送給阿福了，舊衣裳，別嫌棄。」

陳阿福知道，古代人和現代人不同。現代人不習慣把自己穿過的衣裳送人，覺得那是舊衣裳，送人不禮貌。可古代人不同，若是長輩把自己用過的東西或是穿過的衣裳送給晚輩，那是對晚輩的體恤，表達的是一種親近和喜歡。而且，古代講究長者賜，不能辭。

陳阿福便笑道：「謝謝住持。」

了塵又對楚令宣說道：「阿福跟我的身量相當，回去把那件鳧靨裘找出來給她，那東西一直壓在箱底，可惜了。」

楚令宣笑得眉目舒展，忙點頭應是。

陳阿福不好意思地說了句。「這怎麼好意思。」

「貧尼已經出家，那些東西也用不上了，本來是準備……」了塵頓了頓，嚥下後面的話，又道：「長者賜，不能辭。」

陳阿福只得笑納。

吃了齋，老侯爺和孩子們去午睡，楚令宣、陳阿福和了塵住持坐在西禪房話著家常。了塵把陳阿福拉去炕上，盤腿坐在几邊，還一直把陳阿福的左手拉在她手裡，她的手柔軟細嫩，一點也不像中年婦人的手。

楚令宣坐在炕几的另一側，他說著等三嬸把侯府庶務理順後，就會來這裡看她；他妹子在婆家很好，兒子已經快滿周歲了，等孩子大些也會來看母親；又說了些了塵娘家羅府的事情，羅老夫人的身體好多了，羅家過年送了些什麼年禮等等。

聽著他們兩人的談話，陳阿福也弄清楚了一些京城侯府和羅家的事情。楚二夫人在主持侯府中饋的這些年，侯府內院年年虧空，她貪墨得理直氣壯，氣得老侯爺跳腳也沒辦法。原因是楚二老爺年輕時和一群勛貴子弟上山打獵遇到突發狀況，被狼群撕掉了一隻胳膊，楚二老爺再也無法出仕，只捐了個四品官閒散在家。因為疼惜這個兒子，便對他的媳婦頗多忍耐。而關於羅家的事，就是了塵的母親還活著，只不過身體不好，一直癱瘓在床……

此時的楚令宣穿著半舊的紫色棉袍，就像個過日子的居家男子，態度溫和，小聲跟母親念叨著家裡的一些瑣碎小事。了塵竟也聽得津津有味，時而還評論幾句。

陳阿福明顯感覺，楚令宣如此作為，應該是刻意讓了塵多想些世間俗物，不願意她徹底了斷塵緣。如此的三個人，如此的話題，不像在禪房裡，倒像是一家人坐在一座宅子裡話家常。

之後，楚令宣又問了陳阿福去見無智大師的事情。陳阿福沒敢說無智大師對大寶的批語，只說了王成小舅舅可能還活著的事。

楚令宣道：「妳舅舅從軍登記的名字是李狗剩吧？我回去就給我三叔和邊關的兄弟寫信，讓他們打聽打聽。」

陳阿福又道了謝。

等老侯爺和三個孩子都午睡起來了，眾人才告辭回家。

馬車駛到棠園門口，陳阿福把楚含嫣抱下車，又把楚侯爺的荷包交給楚令宣。陳阿福見楚令宣明顯不想接，只得解釋自己也不想多事，但在那種情況下不得不接下。

「我並不是怪妳，只是覺得事已至此，他又何必多此一舉，還把妳牽扯進來，似乎算準我不會……」楚令宣沒繼續說下去，把荷包接過去。

回到祿園後，陳阿福跟王氏說了王成小舅舅可能還活著的消息，楚令宣已答應寫信尋找他，王氏喜極而泣，絕望中有了希望，總是讓人欣喜的。

隔日，羅源回來了，帶回楊明遠的信及一些禮物。楊明遠同意把買下的九味鮮滷方子和用「細糠」做的黃金系列方子，同興隆酒樓共用，不需要陳阿福付錢。因火鍋生意那麼好，他也不想再做其他生意了。然後，拉拉雜雜寫了許多生意上的事，還有他的近況，最後，他把大寶誇得像花兒一樣，說他如何喜歡大寶，他的一雙兒女也非常喜歡大寶。

最後一段非常突兀，感覺若大寶再大十歲，他就會讓大寶當他女婿一樣。想到楊茜，他或許有這個意思，畢竟古人喜歡訂娃娃親。

楊茜真是可人疼的孩子，但是大寶跟嫣兒的感情好像更好……

陳阿福可不會讓大寶這麼小就被人套住，這些，就讓大寶以後去頭痛吧！

也或許楊明遠是聲東擊西，還有另一層用意。他出身商人，生意做得不錯，長得也不錯，脾氣似乎也很好；但她對他好像沒有其他的感覺，只是生意夥伴而已，況且，他肯定不會上門的……唉，先當成後備人選看看吧！

陳實一家在十一日回定州府。原本喜樂酒樓的一個掌櫃、三個廚師、三個小二都願意跟著陳實去定州興隆酒樓做事。

過了大年十五，薛大貴和楚小牛開始請人開墾新買下來的那五畝荒地，福園又繼續施工。還有一個讓人高興的消息，有人狀告趙家村的趙里正魚肉鄉里，縱子行凶，強搶民女，已經被收押，若罪狀屬實，逃不過十年大獄。

陳阿福一陣解氣。那個助紂為虐的老東西，活該遭報應，雖然主謀還沒受到懲罰，但天作孽猶可違，自作孽不可活。

她提醒陳名，再給胡老五送十兩銀子和兩罈酒過去，讓他關照王氏娘家一整年，畢竟王成小舅舅的命運那麼慘，原凶正是丁氏，惡人自有惡人磨。

——未完，待續，請看文創風687《春到福妻到》3

她的任務是暗殺這男人，可他太狡詐，
九次任務皆失敗，她還命喪他手下。
這次再度重生，她決定要天涯海角躲著他，
誰知命運不由人，她從那禍害他的人，變成他心尖上之人……

莫顏／幽默風趣的文筆，意想不到的情節

文創風 690　【重生之一】新系列再開！！

《禍害成夫君》

全套一冊

苗洛青痛恨冉疆，因為這男人宰她的手段，讓她九世都忘不了。
她也很怕冉疆，這男人耍起陰謀狡詐，她重生九次還是鬥不過他。
第十次重生，她不幹了！
管他什麼刺殺、什麼奉命行事，她不當刺客了行不行？
什麼都比不上保住自己的小命重要，她實在被他殺怕了。
這一世，她立誓絕不讓自己落到慘死他手中的下場！
命運之輪果然轉了方向，冉疆不死，她也不死；冉疆生，她也生。
放棄與他作對後，她的小命果然保住了，
但詭異的是，她改變的是自己的命，怎麼他也跟著變得不對勁？
他看她的眼神，沒了冷酷，多了熾熱；
他對她的態度，上世無情，這世熱情。
當逃走的她再度落到他手中時，他吃人的眼神，彷彿要生吞了她。
「你想幹麼？」她嚇得簌簌發抖。
他含笑摸著她的身子。「乖乖聽話，把衣裳脫了……」

11/20 上市！ 新書75折，再送 10元 紅利金！（下次購書時使用）

被甜言蜜語和俊俏容顏坑了一世，今生她對此是避之唯恐不及。
未料這輩子的傻夫君，竟是生得宛如謫仙……

木蘭／通曉人間冷暖，不泯赤子之心

文創風 691-692

《傻夫有傻福》

全套二冊

閔窈上輩子所遇非人，直到垂死之際才明白，
自己的淒慘遭遇，全是丈夫與庶妹精心設計的陰謀。
她抱屈而亡，卻莫名的重獲新生，
花了段時間接受現實，她決定好好活過這一回，
沒打算費心復仇、勾心鬥角，她僅是避開詭計，
走上另一條路，嫁給了呆傻的秦王——東方玹。
藉此，她得到了前世未有的榮華富貴，
不但冷漠的父親對她和顏悅色，連帶母親的日子也好過許多。
明白自己對秦王的自私利用，愧疚使她發誓將來要真心對待他。
婚後，她逐漸喜歡上與天真單純的他相處，
雖然面對孩子脾性的丈夫，她總得萬分包容，
可寵一個待自己好的孩子，有什麼困難呢？
無奈，她並不是只需寵愛他的長輩，而是他的妻，
太后言談中渴望抱孫的態度，使她壓力倍增。
瞧著他純潔的睡顏，她心亂如麻，實在不想污染這個「孩子」啊……

11/20 上市！ 新書75折，再送10元紅利金！（下次購書時使用）

11月Family Day主打星

單本80元，任選8本以上每本50元

還有更多書單請見官網 →

米琪《醉愛小米酒》

當年不過才八歲，
雷斯燄就有了個襁褓中的小新娘，
害他被嘲笑，如今還要入住他家?! 真是夠了，他絕不娶！

伍薇《業務的新歡》

在宋安怡眼中，
周教授取名周陌真是當之無愧，
既沈默又冷漠，只想跟每個人當陌生人，
雖然他又帥又迷人，
但也僅僅只是她的客戶而已，
況且她已名花有主，她絕不可能覬覦他……

佟蜜《誘拐徒兒》

當年她用十個包子拐走自己，
還強押著他磕頭拜她為師，真是瘋了！
而且她老是把「為師」掛嘴邊，
偏又做些亂七八糟之事……

淘淘《芳鄰晚上見》

聽說她是劇場演員，
半夜在樓梯間自言自語是為了揣摩角色，
但以呂皓陽多年警察經驗看來，
他的芳鄰唐晚波可沒那麼單純！

唐浣紗《戀愛，忙線中》

杜洛崴沒想到竟會在泰國遇見她，
還看見她柔弱的另一面！
其實兩人不算熟，
他曾是她短暫的頂頭上司，
兩人有過幾次交集……

煓梓《玲瓏結》

太原城裡謠言滿天飛！
傳說尤玲瓏長相奇醜無比，脾氣忒壞，
沒人敢上門提親，首富之女銷不出去，
逼得尤家二老只好使出殺手鐧——
要拿回鎮莊寶刀還得被迫娶妻，
這玩笑未免開得太大?!

love.doghouse.com.tw

Family Day 購書注意事項：

1. 購書滿千元(含)以上免郵資。未滿千元部分：
   郵資65元(2本以下郵資50元)／超商取貨70元，限7本以內／宅配100元。
2. 請在訂購後三天內完成付款手續，逾期不予優惠，本社會以付款先後依序處理，
   可到「我的帳戶」查詢最新處理進度。
3. 歡迎海外讀者參與(郵資另計)，請直接上網訂購或是mail至love小姐信箱
   (love@doghouse.com.tw)詢問。
4. 使用信用卡傳真付款，請傳真後來電確認是否有收到。
5. 預購新書須等書出齊才會一起寄送，親自至本社購買亦享有相同折扣，
   請先電話連絡欲選購書籍，但紅利積點及紅利金則限網購會員獨有。
6. 加入會員及紅利積點辦法詳見狗屋官網橘子會員相關事項。

※狗屋・果樹　有權修改優惠活動的實施權益與辦法。

文創風 686

春到福妻到 2

國家圖書館出版品預行編目資料

春到福妻到 / 灩灩清泉著. --
初版. -- 臺北市 : 狗屋, 2018.11
冊 ; 公分. --（文創風）
ISBN 978-986-328-928-9（第2冊 : 平裝）. --

857.7　　107016160

著作者	灩灩清泉
編輯	黃鈺菁
校對	沈毓萍　周貝桂
發行所	狗屋出版社有限公司
地址	台北市104中山區龍江路71巷15號1樓
電話	02-2776-5889～0
發行字號	局版台業字845號
法律顧問	蕭雄淋律師
總經銷	知遠文化事業有限公司
電話	02-2664-8800
初版	2018年11月
國際書碼	ISBN-13　978-986-328-928-9

本著作物由起點中文網（www.qidian.com）授權出版

定價250元

狗屋劃撥帳號：19001626

網址：love.doghouse.com.tw　E-mail：love@doghouse.com.tw